Hans Ernst · Der Hirt vom Rochusberg

Aus der Reihe
»Das alpenländische Bücherbrett«

HANS ERNST

Der Hirt vom Rochusberg

ROMAN

ROSENHEIMER VERLAGSHAUS

Fünfte Auflage 1995

ISBN 3-475-52040-0

Dieses Buch erscheint in der Reihe »Das alpenländische Bücherbrett«
im Rosenheimer Verlagshaus Alfred Förg GmbH & Co. KG, Rosenheim.
Das Buch wurde gedruckt und gebunden in der Slowakei.
Ulrich Eichberger, Innsbruck, gestaltete den Umschlag. Er verwendete
dabei ein Foto von Löbl-Schreyer, Bad Tölz.

Solange der Pfannenflicker Andreas Hobelsberger lebte, war Christophs Kindheit besonnt. Der alte, schrullige Mann mit dem grauen Vollbart, hütete den verwaisten Jungen wie seinen Augapfel, zumal ihm zwei eigene Kinder schon frühzeitig gestorben waren. Als der Hobelsberger den Christoph bei sich aufnahm und die Gemeinde es ihm anheimstellte, zu wählen, ob er zwanzig Mark aus der Fürsorgekasse als Erziehungsgeld oder freie Wohnung im Gemeindehäusl vor dem Dorf haben wolle, entschied er sich für das Häusl. Denn — was hieß schon Erziehungsgeld? So ein kleiner Wurm aß leicht mit. Die Hobelsbergerin molk beim Anzinger die Kühe und bekam dafür als Lohn Milch und Butter. Einmal in der Woche wusch sie beim Grandlbäcker und bekam dafür Brot für sieben Tage. Was das Gemüse betraf, so wuchsen gelbe Rüben, Blau- und Weißkraut und Kartoffeln auf den Feldern der Bauern. Und wenn diese gegen den Pfannenflicker auch ein berechtigtes Mißtrauen hatten, Nachtwachen stellten sie doch nicht auf. Wenn Andreas Hobelsberger mit seinem Zweiradkarren, auf dem sein Werkzeug zum Pfannenflicken lag, in der Dunkelheit heimwärts zog, waren unter der Zeltplane immer ein paar Weiß- oder Blaukrautköpfe und ab August auch schon die ersten Kartoffeln.

Schlimmer wurde es erst, als die Frau des Pfannenflikkers und Pflegemutter des kleinen Christoph plötzlich starb. Aber es dauerte nur eine Weile, bis Andreas da einen Ausweg fand.

Er verlangte für seine Arbeit weniger Geld, dafür Brot, Butter und Eier. Manchmal fand er auch in einem etwas abseits gelegenen Heustadel ein Hühnernest mit etwa zwei Dutzend Eiern. Zwölf Stück lieferte er ab und bekam dann für seine Ehrlichkeit drei Stück geschenkt. Zwölf und drei macht bekanntlich fünfzehn.

O ja, es ging schon. Die beiden führten ein königliches Leben auf ihre Weise. Ging es zur Winterszeit, wenn Andreas nicht über Land konnte, wirklich etwas knapp her, so hungerte der Pfannenflicker gerne um des Knaben willen und steckte ihm das letzte Stück Brot zu.

Trotzdem sagten die Leute von Brugg, seine Erziehungsweise werde am Ende nichts anderes zeitigen, als einen liederlichen Burschen, aus dem nie im Leben etwas Richtiges werde. Aber keiner hatte ein Herz, diesem Buben etwa bei sich eine Heimat zu bieten. Da er mit seinen sechs Jahren noch viel zu klein war, konnte man ihn ja noch zu keiner Arbeit verwenden. Er wäre also nur eine Belastung gewesen. Es war eben leichter, von der Nächstenliebe zu reden, als sie selber auszuüben. Das Reden kostete wenigstens nichts.

Als Christoph in die Schule kam, hatte er es schwer, denn die anderen Kinder meinten, weil er arm sei, müsse er sich auch geduldig schlagen und puffen lassen. Andreas aber klärte ihn auf.

„Wenn man dich anrührt, mußt du gleich so zurückschlagen, daß sie es ein zweites Mal nicht wagen."

Und er zeigte ihm verschiedene Ausführungen. Einen Schlag mit geballter Faust auf die Nasenspitze zum Beispiel. Oder mit aufgezogenem Knie einen schnellen Stoß in den Bauch, oder mit der Fußspitze einen Schlag gegen das Schienbein. Christoph war ein gelehriger Schüler. In kurzer Zeit hatte er sich Respekt verschafft. Als er aber den Buben vom Sägmüller Adam einmal bei einer Rauferei in den Mühlbach stieß (freilich zog er ihn gleich wieder heraus) erschien die junge Sägmüllerin im Armenhaus und gab Christoph ein paar schallende Ohrfeigen. Sie gab ihm nur zwei, denn der Knabe rührte sich nicht, er starrte sie nur unverwandt an, obwohl es ihm ein Leichtes gewesen wäre, davonzulaufen oder ebenfalls einen Schlag gegen das Schienbein der Sägmüllerin zu führen. Aber er starrte sie nur an, und in seinen Augen sammelte sich eine grenzenlose Trauer, als wollte er sagen: Wie kannst du, ein erwachsener Mensch, dich bloß soweit erniedrigen, mich armen Wurm zu schlagen.

Sein Blick wurde so hundetraurig, daß Frau Isabella vor dem dritten Schlag sich abwandte und dachte: warum kann mein Blasius nicht so standhaft sein wie dieser.

Christoph war der Frau keinen Augenblick böse, denn er liebte sie mit kindlicher Hingabe. Die schöne Sägmüllerin war für ihn keine gewöhnliche Frau, sondern eine Prinzessin, die sich aus einem Zauberwald in ein Sägewerk verirrt hatte.

Wenn Christoph Ferien hatte, zog er mit Vater Andreas über Land. Es war ein seltsames Bild, die beiden über die staubigen Straßen ziehen zu sehen, der alternde Mann mit dem grauen Vollbart und den krummen Beinen. Das meist zerrissene Hemd stand auf der Brust weit offen und ließ die graue Haarwolle auf seiner Brust sehen. Neben ihm der schlankgewachsene Knabe mit strammen Waden und einem auffallend hübschen Gesicht. Der Ledergurt lag um seine schmalen Schultern, obwohl es nicht viel zu ziehen gab, denn der Karren war leicht und lief wie auf Kugellagern.

Christoph lernte von seinem Pflegevater, wie man einen Hund anzusehen hat, damit er sich kusche. Dann konnte er ungehindert in die Höfe gehen und mit seiner hellen Knabenstimme das uralte Pfannenflickerlied singen:

„Ich bin der Pfannenflickerbub aus Brugg,
gebt eure Pfannen her, wenn sie kaputt.
Wir flicken alles wieder z'amm,
nur raus mit dem kaputten Kram.
Halli, hallo, halli, hallo
die Pfannerflickerleut sind do.“

Die Bäuerinnen suchten Töpfe, Tiegel und Pfannen, die ein Loch hatten, zusammen. Christoph belud sich damit und brachte es dem Pflegevater, der inzwischen den Handkarren unter irgendeinem Apfelbaum oder, wenn es regnete, unter einem vorspringenden Schuppendach zu einer kleinen Werkstatt aufgeschlagen hatte. Manchmal, wenn der Weg nach Brugg zu weit war, schliefen sie in einem Heustadel. Christoph kuschelte sich eng in die Arme des geliebten Vaters, von dem er nicht wußte, daß er bloß sein Pflegevater war.

So ging es den ganzen Sommer, bis in den tiefen Herbst hinein. Da mußten sie dann das Armenhaus mit dem Schafhirten Benedikt teilen, der die Schafe vom Rochusberg heruntergetrieben hatte, die, an die dreihundert Stück, zum größten Teil dem Sägmüller Adam gehörten.

War dieses herrliche Wanderleben vorbei, mußte Christoph wieder zur Schule. Er war ein guter Schüler, nur viel zu wenig bei der Sache. Mitten unter einem Aufsatz kam er ins Grübeln und sann darüber nach, wie eine Lerche trillerte, wie eine Amsel pfiff oder eine Nachtigall schlug. Vielleicht wußte er es gar nicht, daß er es probierte. Aber plötzlich schmetterte er irgendeinen Vogelsang durch das Klassenzimmer und wurde sich dessen erst bewußt, als Lehrer Striebling vor dem Katheder den Stuhl herrichtete, das spanische Rohr durch seine Hände zog und den Spitzbart jäh nach vorne warf.

„Christoph, komm her. Hörst du nicht gut, Christoph? Du sollst zu mir kommen."

Lehrer Striebling tat es eigentlich nicht gerne, denn Christoph war sonst ein recht aufgeweckter Schüler, dem man in seinen Noten außer den Einsern höchstens noch einen Zweier geben konnte, aber niemals einen Dreier. Er hatte das saubere Bürscherl sehr gerne, im Gegensatz zum Zweitlehrer Stockerl, der Christoph manchmal prügelte, weil er ein zerrissenes Jöpperl anhatte, obwohl er dafür wirklich nichts konnte.

Eines Tages wurde Lehrer Striebling krank, und als Aushilfe kam eine Lehrerin aus der Rosenau, Emma Fuchs. Sie war ein schon etwas älteres Fräulein, recht groß, mit einem spitzen, dünnen Haarschopf, aber ein gutmütiges Ding. Die Buben hatten das gleich heraus und leisteten sich allerhand Unfug. Christoph ärgerte sie nicht mit Absicht. Er fiel einfach auf mit seinem Vogelpfeifen, oder dadurch, daß er sein Taschenmesser zog und an einer verbogenen Wurzel unter der Bank zu schnitzeln begann. Fräulein Fuchs richtete keinen Stuhl her und brauchte keinen Stock. Sie konnte nur unendlich traurig schauen, oder, wenn sie aus der Fassung geriet, strampelte sie mit den Beinen, daß ihr die Strümpfe herunterrutschten und schrie mit hochrotem Kopf:

„Christl, du bringst mich noch ins Grab. Stell dich vor die Tür!"

Vor der Tür draußen fand es Christoph ganz schön. Da konnte er nach Herzenslust schnitzeln, bis er das andere Fräulein mit der Mädchenklasse vom ersten Stock herunterkommen hörte. Sie gingen zur Turnstunde ins Freie, und Christoph versteckte sich schnell im Vorraum und fing dort zu schussern an. Er vergaß Zeit und Raum, bis es ihm plötzlich einfiel, daß er eigentlich vor der Tür des Klassenzimmers zu stehen habe. Vorsichtig lugte er heraus. In diesem Augenblick aber öffnete sich die Klassentür, Fräulein Fuchs trat heraus, sah sich ein wenig um und hustete. Gleich darauf ging die Tür gegenüber auf, der Lehrer Stockerl kam heraus und nahm Emma in die Arme. Christoph reckte neugierig den Kopf ums Eck und meinte, daß der Lehrer Stockerl jetzt das Fräulein gebissen habe. Aber es mußte nicht sehr weh getan haben, denn das Fräulein kicherte, sagte Xaverl zu ihm und legte ihre Arme um seinen Hals. Vielleicht hätte es in der Fortsetzung noch mehr zu sehen gegeben, aber in diesem Augenblick läutete die Pausenglocke, die beiden fuhren erschrocken auseinander und eilten in ihre Klassenzimmer.

Die Kinder stürmten ins Freie. Da sah Fräulein Fuchs den Christoph etwas abseits stehen, wie immer ohne Pausebrot, und wurde plötzlich bis unter die Haarwurzeln rot.

„Christl, wo warst du denn? Mußtest du nicht vor der Tür stehen?“

Christoph fand keine Antwort. Er lächelte nur, kindhaft und doch wissend. Das Fräulein wechselte wiederum die Farbe, wurde diesmal blaß und schenkte Christoph ihr Brot mit Butteraufstrich und ein paar Wurstscheiben. Christoph verstand wohl, daß dies so etwas wie ein Schweigegeld sein sollte. Aber er hätte auch sonst geschwiegen. Von diesem Tag an brauchte er nicht mehr vor der Tür zu stehen. Sie sagte auch nicht mehr zu ihm, daß er sie ins Grab brächte.

In diese Zeit fiel es auch, daß der Bürgermeister von Brugg herüberkam, um mit dem Kreisschulrat und dem Bezirksbaumeister die Möglichkeit zu besprechen, wie man das Schulhaus in Brugg erweitern könne. Brugg gehörte nämlich zur Gemeinde Rosenau, obwohl die beiden Ortschaften gute sechs Kilometer auseinanderlagen und Brugg in der Einwohnerzahl dem Dorfe Rosenau nicht recht viel nachstand.

Der Innerkofler war ein großer, breitschultriger Mann, mit markanten Gesichtszügen und eisengrauen Augen, die von buschigen Brauen überzogen waren. Eine imposante Erscheinung, ein Mann, der seine Worte mit knappen, energischen Gesten zu begleiten pflegte. Der Pellinger von Brugg, als Zweiter Bürgermeister, stand wie ein kleiner, unbedeutender Schatten neben dieser hohen Gestalt.

Der Innerkofler hatte seine Tochter dabei, ein zartes Mädchen von etwa fünf Jahren, mit einem kleinen Stupsnäschen und blonden Zöpfen, die über ihre Brust niederbaumelten und von zwei blauen Seidenschleifen zusammengehalten waren. Ihre großen Blauaugen verfolgten das wilde Spiel der Buben während der Pause und sahen, wie der eine, der ein zerrissenes Jöpperl anhatte, gleich drei Gegner auf einmal abschüttelte.

Hernach ging die ganze Gruppe zum „Sternwirt" zum Mittagessen. Das Fenster stand offen, und als Christoph mit seinem Schulranzen daran vorbeiging, drang der herrliche Bratenduft so aufdringlich in seine Nase, daß er stehenbleiben mußte. Das kleine Mädchen wandte den Kopf, sah ihn an, lächelte dann allerliebst und reichte ihm eine halbe Semmel durchs Fenster. In diesem Augenblick wandte auch der Innerkofler das Gesicht über die Schulter. Seine Stirn zog sich sofort in messerscharfe Falten, und mit herrisch knurrender Stimme sagte er:

„Druck dich, du Zigeuner."

Im ersten Augenblick wollte Christoph die halbe Semmel in das Gesicht des Mannes werfen. Aber dann trottete er langsam davon.

Daheim hatte Andreas bereits die Kartoffelsuppe gekocht. Sie stand schon dampfend auf dem Tisch, als Christoph mit gesenktem Kopf auf das Häusl zukam. Der Pfannenflicker merkte sofort, daß den Buben irgend etwas erschüttert haben müsse, denn es war nicht Christophs Art, so daherzuschleichen.

In der kleinen Küche zu ebener Erde roch es nach Zwiebeln und übergelaufener Milch. Es war ein ärmlich eingerichteter Raum mit einem Ofen, aus dem schon ein paar Kacheln herausgefallen waren. In der anderen Ecke stand ein altes Kanapee, aus dem das Seegras heraushing. Das einzig Leuchtende in diesem Raum war ein Öldruck in grelleuchtenden Farben, der den unglücklichen König Ludwig in seinen Jünglingsjahren darstellte. Christoph wußte nichts anderes, als daß man diesen schönen

Jüngling ertränkt habe, weil er ein Starrkopf war und sich nicht beugen wollte.

Christoph warf seinen Schulranzen auf die Bank und schob sich hinter den Tisch. Der Alte betrachtete ihn aus gesenkten Brauen heraus. Dann sagte er freundlich:

„Jetzt lang fest zu, Büble."

Sie löffelten eine ganze Weile schweigend aus der gemeinsamen Schüssel, bis Andreas sagte:

„Was ist dir denn übers Leberl gelaufen?"

Christoph hielt inne, stützte die Ellbogen auf und sah starr vor sich hin. Der Löffel in seiner Hand wippte hin und her.

„Es gibt Leute, Vater, die essen am hellichten Werktag einen Schweinebraten."

„Gibt es, jawohl", nickte der Pfannenflicker. „Aber ich kann mir nicht denken, daß du dir darüber den Kopf zerbrichst. Mußt nämlich wissen, daß die Welt nur in ihren Unterschieden bestehen kann. Es hat zu allen Zeiten schon Reiche und Arme gegeben. Aber vielleicht ist unsere Kartoffelsupp' gesünder als denen ihr Schweinebraten."

„Das weiß ich nicht, Vater. Aber einer war dabei, der hat mich einen Zigeuner geheißen."

„Soooo? Warum?"

„Das weiß ich nicht. Es hat ihm wahrscheinlich Spaß gemacht. Wart nur, wenn ich einmal groß bin, dann druck ich ihn an die Wand hin, daß ihm der Schnaufer ausgeht."

Andreas Hobelsberger schmunzelte.

„Bis du einmal groß bist, Christl, da lauft noch viel Wasser vom Rochusberg herunter. Obwohl — die Jahre geh'n grad so dahin. Ich meine, es wäre erst gestern gewesen, daß du da hinten beim Ofen die ersten Schritte getan hast. Und jetzt reichst mir schon bis zur Brust herauf. Iß weiter und ärgere dich nicht. Das war g'wiß kein Gscheiter, der dich das geheißen hat."

„Es muß der Bürgermeister von der Rosenau gewesen sein, Vater. Zuerst ist er mit dem Pellinger und noch ein paar Herren im Schulhof 'rumgestanden. Dann sind sie beim Sternwirt gesessen und da war es, daß er gesagt hat: druck dich, du Zigeuner."

Der Alte hob nur kurz den struppigen Schädel.

„So, der war es. Der hat es ja notwendig. Ausgerechnet der. Mach dir nichts draus, Christoph, und laß dir vor allem den Appetit nicht verderben. Iß nur, die Schüssel muß leer werden, sonst bleibt das Wetter nicht schön."

Hinter dem Häusl rauschte der Klobenbach, der auch die Sägmühle trieb und Brugg mit elektrischem Strom versorgte. Jetzt, weil es schon länger nicht mehr geregnet hatte, war der Bach ein lammfrommes, geduldiges Wässerlein, in dem sich Forellen tummelten, und dessen Uferränder fette Dotterblumen schmückten. Manchmal aber, im Frühjahr, wenn der Föhn den Schnee zu schnell von den Bergen riß, wurde der Klobenbach zu einem reißenden Wasser, das die Wiesen überschwemmte und in die Keller der Bauern drang.

In den Keller des Gemeindehäusls konnte es nicht dringen, weil es keinen hatte. Auch sonst war es schon recht baufällig, dieses Häusl. Andreas flickte halt selber immer ein bißchen daran herum, wechselte zerbrochene Dachschindeln aus und nagelte einen Fensterladen zusammen. Die Gemeinde wollte mit dem Haus, das sie einmal billig erworben hatte, nicht mehr viel Unkosten haben, und die Gemeinderäte hatten nicht viel Verständnis dafür, wenn der Pfannenflicker jetzt zum Beispiel neue Windbretter forderte und einen neuen Ofen, weil der alte schon zusammenfalle und nicht mehr geflickt werden könne.

Etwas abseits vom Häusl hatte sich der Pfannenflicker einen Schuppen aufgestellt, der ihm als Werkstatt diente. Meist aber saß er im Freien. Das Klopfen seines Hammers klang wie ein feines Läuten durch den Wind. Neben ihm brannte die kleine Spiritusflamme, mit dem er den Löthammer glühend machte. Die halblange Pfeife im Mund, saß er da. Viele Tagwerke seines Lebens hatten seinen Rücken gekrümmt, viel Leid hatte seine Stirn gefurcht. Über allem aber hatte er sich seinen Humor behalten, sein Herz war immer fröhlich bewegt, und aus seinen Augen strahlte eine unendliche Güte.

Unweit von ihm saß Christoph unter dem blühenden Holderstrauch und machte seine Schulaufgaben. Um die weißen, schweren Holderblüten summten die Bienen. Der Bach plätscherte sein vertrautes Lied über die Steine, und die Lerchen jubilierten um die Sträucher am Ufer.

„Schreibt man Herr mit zwei r, Vater, oder nur mit einem?" klang Christophs helle Stimme.

Andreas legte den Löthammer weg und nahm die Pfeife aus dem Mund. Aber er blickte nicht auf, sondern weiter in die kleine, bläuliche Spiritusflamme, als suche er dort die Antwort.

„Das schreibt man wohl mit zwei r, weil es von herrisch kommt", sagte er dann.

„Es könnte aber auch von herrlich kommen, Vater?"

„Ein Herr ist niemals herrlich, Christoph, merk dir das fürs ganze Leben."

„Aber Gott, der Herr, ist es doch."

Der Alte blickte weiter ins Feuer mit seinen müden Augen, die soviel gesehen hatten. Die Hände mit den blauen Adern hingen gefaltet in dem leeren Raum zwischen seinen Knien.

„Gott ist ja auch Gott", meinte er. „Der Herr über alles. Aber alle anderen, die sich als Herren dünken, sind nur kleine Würmer gegen ihn. Auch wenn sie eine Krone tragen, sind sie nur ein Hauch dessen. Sie können auch nur ihre kurze Wanderung über die Erde tun, dann verweht sie der Wind." Er lächelte still für sich hin. „Und das ist ganz gut so", nickte er zufrieden. „Wäre es anders eingerichtet, würden sie sich das Leben kaufen, und es müßten nur die Armen sterben."

Christoph verstand nicht immer, was der Vater sagte. Sein Gerede glitt oft vorüber wie das grüne Wasser des Klobenbaches. Und doch steckte oft ein tiefer Ernst hinter seinen wunderlichen Worten.

Plötzlich hörte man auf der Straße Rädergerassel. Der Pfannenflicker hob den Kopf und runzelte die Brauen. Aber er stand erst auf, als das Gefährt auf den Wiesenweg hereinbog und dann vor dem Häusl hielt.

„Der war es", flüsterte Christian.

„Ja, ich weiß schon." Andreas Hobelsberger löschte die Spiritusflamme und nahm den zerrissenen Lederschurz ab.

Der Bürgermeister Innerkofler war inzwischen von dem leichten Gäuwagerl gesprungen und wickelte die Zügel des Braunen um den Bremsgriff. Dann machte er den Finger krumm und winkte den Pfannenflicker zu sich heran.

Das kleine Mädchen blieb still und sittsam auf dem Gefährt sitzen.

„Hab mit dir zu reden“, sagte Innerkofler im Befehlston. „Gehen wir ins Haus.“

„Bitte schön“, antwortete Andreas mit übertriebener Höflichkeit und machte dazu eine spöttische Handbewegung zur Tür hin.

Der Innerkofler vergaß, sich bei der niederen Stubentür zu bücken und rannte mit der Stirn heftig gegen den Türbalken.

„Zacklzement! Man braucht bloß in so eine Hütte reingeh'n, dann hat man schon einen Binkel auf dem Schädel.“

„Ich habe es dir nicht angeschafft, daß du reingehst. Was du mir zu sagen hast, hätten wir auch draußen abmachen können.“

„Steht der Ofen vielleicht draußen, den ich anschauen soll, ob man ihn wirklich nicht mehr zusammenflicken kann?“

„Dort steht er“, sagte Andreas und deutete auf den Herd, der schon ganz windschief in der Ecke stand. „Die Gemeinde wird wohl nicht drumherum kommen, daß sie endlich einen neuen Ofen hereinstellt, wenn sie schon Miete für die paar feuchten Löcher verlangt.“

„Miete?“ fragte der Innerkofler stirnrunzelnd. „Weil du schon recht viel zahlst. Meines Wissens doch gar nichts.“

Er sah, wie das Gesicht des Pfannenflickers dunkelrot anlief und war sich sofort bewußt, daß er jetzt etwas Verkehrtes gesagt hatte. Blitzschnell überlegte er, wie er das Gesagte noch mal abbiegen könnte. Aber da brach es aus dem Pfannenflicker schon heraus:

„Ist das vielleicht nichts, wenn ich für die Gemeinde ein Kind aufziehe für zwanzig Mark im Monat? Ein Kind, das rechtmäßig ganz woanders hingehörte.“

Der Innerkofler sah sich erschrocken um, ob auch das Fenster wirklich geschlossen war. Dann sagte er weniger selbstherrlich:

„Schrei nicht so. Ich bin doch nicht taub.“

„Da herinnen rede ich so, wie es mir paßt. Und weil wir schon bei der Sache sind, Bürgermeister — mit welchem Recht hast du heute den armen Teufel einen Zigeuner genannt? Du weißt ganz gut, woher er stammt. Seine

Eltern sind beide tot. Warum mußt du denn deinen Haß noch auf den unschuldigen Buben weiterpflanzen? Ich warne dich, Innerkofler. Laß den Buben in Ruh, sonst schrei ich es einmal in der ganzen Gegend herum, warum er bei mir sein muß und nicht da, wo er rechtswegen hingehört, denn schließlich war ja seine Mutter einmal die Benedikta Staketer von Staket und sein Vater ..."

„Hör auf", unterbrach der Innerkofler ihn schreiend. „Was mußt denn du mir die alten Geschichten auftischen. Es ändert doch auch nichts an der Tatsache, daß die Gemeinde für den Buben aufkommen muß. Am besten wäre es damals freilich gewesen, man hätte ihn in ein Waisenhaus gegeben. Das wäre vielleicht heute noch zu überlegen, denn was man so hört, hat er bei dir gerade nicht die richtige Erziehung."

„So? Was geht ihm denn ab? Aber das sag ich dir, Bürgermeister, wenn du mir den Buben wegnimmst, dann nur über meine Leiche. Du warst es, der mich gebenzt hat, weil ich ihn nicht gleich nehmen wollte. Meiner Frau, Gott hab sie selig, hab ich schließlich nachgegeben. Jetzt aber ist mir der Bub so ans Herz gewachsen, daß ich mich nicht mehr von ihm trennen kann. In mir sieht er seinen Vater, und der will ich ihm auch bleiben, so lange, bis mir die Augen einmal zufallen. Das ganze Jahr fragt niemand, ob er satt ist und ob er was anzuziehen hat. Das läßt man schon meine Sorge sein. Für zwanzig Mark im Monat. Ich habe ihn gelehrt, daß er vor niemanden kriechen soll. Er lernt bei mir umsonst die Harmonika und tritt am Sonntag um Gotteslohn den Blasebalg der Kirchenorgel. Beten hat ihn meine Frau noch gelehrt. Und da kommst du daher, und sagst mir, daß ich ihn nicht richtig erziehe."

„Reg dich doch nicht so auf. Von mir aus ziehst du ihn auf, wie du willst. Zum Pfannenflicker wird es schon reichen. Man braucht auch diese Leute."

„Nein, die braucht man schon bald nicht mehr. Wer läßt den heute schon noch einen Hafen flicken, wo in den Geschäften für billiges Geld ein neuer zu haben ist. Wenn es nach mir geht, muß der Bub einmal was anderes lernen, wenn er aus der Schule ist. Vielleicht wird er Zimmermann oder Maurer."

Der Innerkofler winkte ab. Das interessierte ihn alles

nicht. Dieser Bub konnte ihn durch seine bloße Anwesenheit bis zur Weißglut ärgern, und nur weil die Kosten für einen Waisenhausaufenthalt für die Gemeinde wesentlich höher waren als die zwanzig Mark, die man dem Pfannenflicker auf seine zwei Zimmer im Armenhaus anrechnete, konnte er sich im Gemeinderat in diesem Punkt nicht durchsetzen. Arg genug, daß er überhaupt hatte herkommen müssen.

„Windbretter für das Dach verlangst du auch", änderte er jetzt das Thema.

„Ja, schau nur nauf. Sie sind bereits ganz verfault. Beim nächsten Sturm kann es das ganze Dach fortreißen. Merkwürdig, daß unsereins immer betteln muß, wenn man was braucht. Für den Fußboden wäre es auch keine Schande, wenn er einmal ausgebessert würde."

Dem Innerkofler stieg es schon wieder heiß auf, und er antwortete grob: „Du tust dich ja leicht mit den Gemeindefinanzen. Keine Steuern zahlen, aber fordern. Ist vielleicht auch ein gekacheltes Bad gefällig?"

„Nein, so verwöhnt sind wir gar nicht. Im Sommer ist der Bach draußen unser Bad und im Winter muß es nicht sein. Soviel baden soll man überhaupt nicht. Da wird bloß die Haut recht dünn."

Der Innerkofler lachte, aber er war nun doch etwas gnädiger gestimmt und versprach, daß er das Notwendigste nun richten lassen wolle, er hoffe jedoch, daß dies für die nächsten Jahre reiche. Zum Schluß ließ er sich soweit herbei, den selber angesetzten Enzianschnaps des Pfannenflickers zu kosten. Genießerisch schnalzte er mit der Zunge.

„Also, ich muß schon sagen, Hobelsberger, der hat es in sich. Magst mir nicht sagen, wie du den ansetzt, daß er auf diese wunderbare Herbe kommt?"

„Nein, mag ich nicht, weil du es nachmachen tätst. Und alles mußt du auch nicht wissen."

Unwillkürlich mußte der Innerkofler wieder lachen. Der Pfannenflicker erlaubte sich Frechheiten, die er von einem andern nicht dulden würde. Immerhin schob er sein Glas gleich wieder näher hin, als der Pfannenflicker die Flasche wieder hob, um neu einzuschenken.

Währenddessen saß das Mädchen des Bürgermeisters Innerkofler von der Rosenau brav auf dem hohen Gefährt und schaute über den Rücken des Pferdes hinweg zu dem blühenden Holderstrauch hinüber, unter dem das schwarzlockige Büberl saß und sie unverwandt anschaute. Dann machte er den Finger krumm und winkte ihr. Aber sie saß wie festgenagelt auf ihrem Sitz und wurde erst unsicher, als die Augen des Knaben immer bittender wurden.

„Komm doch, ich zeig dir was“, lockte er.

Das Mädchen horchte zum Stubenfenster hin, hinter dem die Stimmen so scharf geworden waren. Dann sprang sie vom Gäuwagerl, ihr Röckerl flog hoch auf, und für einen flüchtigen Augenblick bot sich den staunenden Augen des Buben ein Gewirr von blütenweißen Spitzen und Rüschen, unter denen ebenso weiße Zwickelstrümpfe ihre Fortsetzung fanden. Die kleinen Füße steckten in zierlichen Schnallenschuhen, und wer um diese warme Zeit noch Schuhe trug, der mußte reich sein.

„Was hast mir denn zu zeigen?“ fragte das Mädchen mit heller Stimme.

Christoph war barfuß und versteckte seine Zehen im Gras, weil sie nicht ganz sauber waren.

Vorhin hatte er gerade noch einen Frosch gehabt, aber als das Gefährt herangerollt war, hatte er ihn ins Gras hüpfen lassen. Er hatte jetzt nichts zu zeigen und war ein wenig verwirrt. Aber nur für ein paar Sekunden, dann sprang er auf.

„Komm“, sagte er und ging an den Bach. Seine scharfen Augen erspähten sofort die Forelle zwischen den Steinen. Er streckte die Hand aus und fragte:

„Siehst du sie?“

Das Mädchen war ein wenig enttäuscht, denn Forellen gab es in der Rosenau auch. Vielleicht hatte sie ein Wunder erwartet. Aber wie käme dieser zerzauste Kerl zu einem Wunder? Und doch mußte sie ihn immerzu anschauen. Ein Gefühl, Gutes zu tun, bewegte ihr kleines Herz, genauso wie am Mittag schon, als sie ihm die Semmel durchs Fenster gereicht hatte.

„Wie heißt du?“ fragte sie in kindlicher Neugierde.

„Christoph“, sagte er folgsam. „Christoph Stanz. Und du?“

Die Forelle schoß jetzt pfeilschnell zwischen den Steinen hervor und verschwand in einem Seitengraben. Christophs Augen leuchteten auf.

„Soll ich sie dir fangen?"

„Nein, laß sie leben." Sie setzte sich neben ihn ins Gras, zog aber die Füße mit den Strümpfen hoch, während seine Beine im Wasser baumelten.

„Zieh doch auch deine Schuh und Strümpfe aus", forderte er, und als sie sich noch besann, wurde er drängender: „Komm, komm! Zieh sie nur aus."

Das Mädchen wußte um das Verbotene, das sie tat, aber sie mußte ihm einfach gehorchen. Es war so etwas Zwingendes in seinen dunklen Augen.

„Aber ist das Wasser nicht recht kalt?" fragte sie ängstlich.

„Nur im ersten Moment. Dann wird es ganz warm, die Wärme zieht bis ins Herz herauf."

Sie zeigte ein allerliebstes Grübchenlächeln. „Hast du auch ein Herz?"

Er fuhr mit dem Gesicht herum. „Glaubst du es vielleicht nicht?" Er nahm ihre Hand und legte sie an seine linke Brustseite. „Fühlst du es nicht, wie es pocht?"

„Ja", sagte sie. „Und wie laut es schlägt." Sie ließ die Füße ins Wasser gleiten und zuckte zusammen. Aber es war wirklich so, wie er sagte. Es war nur im ersten Augenblick kalt, dann floß es ganz warm um ihre Knöchel, wenn auch diese Wärme nicht bis ins Herz herauf zog.

Christoph hatte eine Grasrispe zwischen die Zähne gesteckt und sah sie wieder an. „Du hast mir immer noch nicht gesagt, wie du heißt."

„Margret", antwortete sie gehorsam. „Margret Innerkofler."

„So, so, Margret." Es klang ein wenig enttäuscht.

„Gefällt dir mein Name nicht?"

„Doch, aber du müßtest anders heißen, Schneewittchen meine ich."

Wie sie lachen konnte. Es klang, als schlüge ein Glöcklein an. Sie legte ihre Hand auf die seine. Sie stach fast schneeweiß ab von der Bräune seiner Haut. So saßen sie ganz still. Es war ein merkwürdiger Augenblick, so als hielte die Welt den Atem an. Aber nur für ein paar Sekunden, dann war das Plätschern der Wellen wieder da, das Jubilieren der Vögel und der schwere Duft der Holderblüten.

„Erzähl mir etwas", sagte Margret und fand es schön, daß nun seine braune Hand auf ihrer schneeweißen lag. Der Grashalm in seinen Zähnen wippte hin und her.

Er hatte sich auf den Rücken gelegt und die Augen geschlossen.

„Das vom Schneewittchen weißt du ja schon?"

„Und das vom Rumpelstilzchen auch", antwortete sie stolz.

Vom Wald herüber hörte man einen Specht klopfen.

„Kennst du das vom Andermann und Silberglanz?" fragte Christoph. Und als sie das Köpfchen schüttelte, nahm er endlich den Grashalm aus dem Mund und lächelte zufrieden vor sich hin, weil er nun doch mit etwas aufwarten konnte, das sie nicht wußte.

Andermann und Silberglanz, das sei eine uralte Geschichte von einem Köhler und der Jungfrau Wunderschön, die in hellen Mondnächten unter dem großen Nußbaum ihres Vaters den Flachs spann und dazu Lieder sang von Tod und Liebe. Damals sei das noch so gewesen, daß ein Herz noch um der Liebe willen absterben konnte. Dieses Mädchen nun hieß Silberglanz, weil sie so wunderschön war. Und was den Köhler betraf, der war ein verwegener Kerl und trug eine weiße Adlerfeder auf dem Hut. Aber sie hatten nicht die gütigen Sterne über sich. Zuletzt nahm es ein ganz trauriges Ende mit den beiden.

Margret saß neben ihm. Sie blinzelte in die Sonne und dann wieder auf das flimmernde Wasser, in dem man jetzt die Forelle wieder sah. Sie wollte nichts sagen, aber der Tag war wohl zu schön, für eine todtraurige Geschichte.

„Wie war das also mit Andermann und Silberglanz. Warum nahm es kein gutes Ende mit den beiden?"

„Nein, die beiden konnten nicht zusammenkommen, obwohl der Köhler das Mädchen sehr liebte. Vielleicht verstehst du das noch nicht. Du bist doch höchstens acht Jahre."

„Nein, zehn", gestand sie ihm.

„Aha", sagte er und rechnete nach. „In zehn Jahren

bist du zwanzig. Vielleicht bist du dann auch so stolz wie die Jungfrau Silberglanz."

„War sie stolz?"

„Ja, hör zu. Der Köhler legte ihr nachts Blumen vor das Fenster. Aber Silberglanz dankte ihm nicht einmal dafür und wollte mit ihm auch nicht zum Erntetanz gehen. Werde erst etwas, sagte sie, und komm im nächsten Sommer wieder. Andermann nahm sich das sehr zu Herzen und verlor sich in den fernen Wäldern. Nirgends sah man mehr die stillen Feuer seiner Meiler aufsteigen. Die Jahre gingen dahin, es wurde so oft Frühling und Sommer, und Silberglanz wurde immer vergrämter. Ihr Stolz war zerbröckelt, und sie merkte wohl, daß ihre Jugend vorbei war. Sie dachte an Andermann und weinte viel. Jetzt würde sie gern mit ihm zum Erntetanz gehn, käme er nur. Ihr Herz wurde ihr immer schwerer in der Brust, so schwer wie ein Stein, bis es zerbrach.

Und da geschah es, daß Andermann zurückkam aus der Fremde. Er fuhr in einer Kutsche mit vier Schimmeln bespannt und war reich geworden. Vielleicht, dachte er, war jetzt seine Jungfrau Silberglanz nicht mehr so stolz. Aber er fand nur mehr ihr Grab und pflanzte dort eine Blume aus fremdem Lande, die nur einmal im Jahre drei Tage und drei Nächte blüht, die Blume namens Silberglanz ..."

Margret saß nun ganz traurig da und sagte nichts mehr. Aber sie dachte an Zenno, den Großknecht auf ihres Vaters Hof, der soviel von Blumen und Sträuchern wußte. Vielleicht kannte er die Blume Silberglanz.

„Und was ist aus Andermann und seinen vier Schimmeln geworden?" fragte sie.

Aber ehe Christoph sein Märchen noch weiter ausspinnen konnte, gellte vom Haus her ein scharfer Pfiff. Margret sprang erschrocken hoch und raffte ihre Strümpfe und Schuhe an sich. Noch nie hatte sie ihren Vater mit einem so wilden Gesicht gesehen, und noch nie hatte er die Hand gegen sie erhoben. Heute tat er es. Mit einem harten Griff zerrte er sie an den Zöpfen zu sich her und wollte schon zum Schlag in das blaßgewordene Kindergesicht ausholen, als er in flüchtigem Aufschauen Christoph sah, der mit gespreizten Beinen dastand und mit einem faustgroßen Stein zum Wurf nach ihm ausholte.

„Christoph ...!" schrie der Pfannenflicker mit warnender Stimme.

Christoph aber ließ den erhobenen Arm erst sinken, als er sah, daß Margret nicht geschlagen, sondern nur unsanft auf den Wagen gehoben wurde. Dann wandte der Innerkofler sein zornrotes Gesicht noch mal nach dem Pfannenflicker.

„So weit ist der schon, daß er nach mir mit einem Stein schmeißen will. Da kann ich mir ja an den fünf Fingern ausrechnen, was aus dem einmal wird. Heute ist es noch ein Stein, morgen kann es ein Messer sein oder gar ein Schießeisen." Sein wütender Blick streifte noch einmal Christoph, dann stieg er auf den Wagen und ergriff die Zügel. Aufgeschreckt von dem scharfen Zügelriß stob der Braune in scharfem Trab auf die Straße hinaus. Eine Staubwolke wirbelte hinter dem Gefährt auf und hüllte es ein. Man sah nur mehr undeutlich den breiten Rücken des Mannes und dann eine schmale Kinderhand, die sich verstohlen hinter dem Rücken des Mannes aufhob und heimlich zurückwinkte.

Der Innerkofler merkte das gar nicht. Zu sehr waren seine Gedanken mit dem zerlumpten Knaben beschäftigt, der es gewagt hatte, einen Stein gegen ihn zu heben. Noch nie hatte er ihn so genau und so nahe gesehen, und es hatte erst dieser Begegnung bedurft, daß sich alle Bilder der Vergangenheit wieder aus der Versunkenheit heraushoben und ihn hämisch anstarrten. Es war das Gesicht des einen, den er als seinen Todfeind gehaßt hatte. In jeder Linie war es jenes Gesicht, die Augen, die Haare. Von seiner Mutter hatte er eigentlich nicht viel, von dem andern aber alles. Und der Innerkofler wußte, daß ihn immer wieder lodernder Haß anspringen würde, wenn er dieses Bubengesicht sah, daß sich sein Haß gegen den einen, dessen Namen nie mehr über seine Lippen kam, fortgepflanzt hatte auf diesen unschuldigen Knaben, dessen Mutter einmal seine große Liebe gewesen war, und die ihm den Streich gespielt hatte, den er nie in seinem Leben vergessen konnte.

Erst weit hinter Brugg fiel das Pferd in Schritt, ohne daß der Innerkofler es merkte. Er merkte überhaupt nichts, nichts von der Schönheit, die ringsum blühte, nicht den Bergwald mit seinen jungen Trieben und nicht die

Berge selber, die sich wie eine blauerstarrte Riesenwoge aufhob und einem Wächter gleich über dem Tal stand. Der Himmel war voller Bläue und ganz ohne Wolken, die Sicht war so klar, daß man sogar mit dem bloßen Auge den Schäfer Benedikt auf dem Rochusberg inmitten seiner Schafe stehen sah.

Aber dann verschwand dieses Bild, das Tal wurde enger, Waldberge schoben sich vor, bis man dann in einer Mulde weit hingestreckt das Pfarrdorf Rosenau liegen sah.

Als das Gefährt dort einrollte, verwandelte sich der Himmel über den westlichen Bergspitzen schon in ein zitterndes Gelb und kündete den nahenden Abend an.

So gingen die Jahre dahin. Christoph Stanz ging ins letzte Schuljahr und begann darüber nachzudenken, warum er Stanz hieß und nicht Hobelsberger, wie sein herrlicher Vater, der Pfannenflicker.

Andreas erschrak heftig, als der Knabe ihm eines Abends vor dem Einschlafen diese Frage stellte, obwohl er sie eigentlich längst erwartet hatte. Und es gab keine Lüge, die so barmherzig gewesen wäre, die Wahrheit umschleiern zu können. Nie im Leben ist dem Pfannenflikker etwas so schwer gewesen, als in dieser nächtlichen Stunde dem Knaben zu bekennen, daß er nicht sein leiblicher Vater war. Vielleicht war es so zu drehen, dachte er, daß er sagen könnte: ich bin zwar dein leiblicher Vater nicht, aber die Mariann Hobelsberger, mein verstorbenes Eheweib, war deine Mutter.

Oh, wohin verirrten sich seine Gedanken. Vielleicht würde Christoph im Augenblick noch nichts sagen, würde sich mit dieser halben Lösung zufriedengeben. Aber in ein paar Jahren würde er auch das überrechnen und dann noch mal eine so qualvolle Stunde heraufbeschwören und sagen: Wenn das so ist, dann müßte ja meine Mutter einen Ehebruch getan haben.

Die Mariann und ein Ehebruch? Ehe wäre wohl die Welt zusammengestürzt. Nein, es gab keine andere Möglichkeit, er mußte schon mit der Wahrheit herausrücken. Schon war Christophs drängende Frage wieder da. Sie kam vom anderen Bett her, das an der Wand stand, sie war ganz hell, kalt und fordernd:

„Wie kommt es, Vater, daß ich Stanz heiße und nicht Hobelsberger wie du.“

Der Alte schob die Wolldecke etwas zurück, die er sich schon über die Ohren gezogen hatte, weil er dachte, daß er dann nichts mehr höre.

„Ja, das ist nämlich so“, begann er, geriet aber gleich wieder ins Stocken. Ach, war das schwer. Warum hatte er nicht selbst schon früher den Knaben darauf vorbereitet! Die Angst, daß Christophs Liebe und Zuneigung zu ihm dann erlöschen könnten, hockte wie ein schweres Tier auf seiner Brust.

„Wie ist es?“ fragte Christoph in lauernder Gespanntheit und richtete sich in seinem Bett auf. Das Mondlicht erhellte die Kammer ein wenig und er sah drüben an der anderen Wand das verwitterte Gesicht mit dem Bart sich von den Kissen abheben. Und ohne sich dabei zu regen, sprach der Pfannenflicker jetzt in das matte Zwielicht hinein:

„Dein Vater und deine Mutter sind beide tot, und man brachte dich zu uns, als du noch ganz klein warst.“

Stille. Der Mond hatte sich ein wenig weitergeschoben und warf den Schatten des Fensterkreuzes jetzt mitten auf die Dielen zwischen den zwei Betten.

„Ach so“, sagte Christoph nach einer Weile, und seine Stimme war jetzt ganz matt und voller Enttäuschung. „Dann war also die Mutter gar nicht meine richtige Mutter?“

„Ja — das heißt — du mußt wissen, Christoph, so wie sie, hätte dich vielleicht deine wirkliche Mutter nicht liebgehabt. Jedenfalls — mehr hätte sie dich nicht lieben können.“

Mit klopfendem Herzen wartete er auf eine Antwort, die nicht kommen wollte. Der Bub lag ganz still, fast ohne Atem. Aber dann war nach einer langen Weile plötzlich seine Stimme wieder da.

„Vater“, rief er und es klang wieder ganz hell und froh. „Wenn das so ist, dann muß ich dich doch mehr lieben als bisher. Ich bin nicht dein eigenes Kind, und trotzdem hast du für mich soviel schon getan und —“

„Nein, nein“, unterbrach der Pfannenflicker ihn glücklich. „Ich hab nur immer dein Bestes gewollt.“

„Ja, du hast alles für mich getan, hast auch für mich

gestohlen. Wenn es auch bloß Kartoffeln waren oder ein Kopf Weißkraut. Jetzt weiß ich, du hast es nur aus Liebe getan und weil du mich nicht hungern lassen wolltest."

„Gestohlen in dem Sinne war es nicht", meinte der Alte es abschwächen zu müssen. „Es war nur Mundraub, und das ist nicht strafbar. Ich wollte es dir an nichts fehlen lassen, weißt du."

„Und wenn zu wenig da war, dann schobst du mir das letzte Stück Brot zu und sagtest, daß du keinen Hunger hättest. Wie oft bist du meinetwegen hungrig zu Bett gegangen. Das werde ich nie vergessen, und ich weiß nicht, ob mein wirklicher Vater auch für mich gehungert hätte."

„Sicher, sicher."

Wie ein Pistolenschuß kam Christophs Frage: „Hast du ihn gekannt?"

„Ja, aber nur flüchtig."

„Wie sah er aus?"

„Oh, er war kräftig und ein tüchtiger Mensch."

„Und meine Mutter?"

„Deine Mutter? Sie war schön, und sie schienen beide zum Glück geboren zu sein. Aber es stand kein guter Stern über ihnen. Sie starben sehr früh, kaum daß du auf der Welt warst."

„Und warum hast du mich nie an ihr Grab geführt?"

„Weil ich es nicht weiß. Es liegt irgendwo in der Ferne."

Wieder schwieg Christoph eine lange Weile, die gerade so lange dauerte, bis ihn seine kindliche Fantasie wieder kräftig anstieß.

„Vielleicht bin ich gar ein Prinz?" fragte er und schickte ein kleines Lachen hinterher.

„Das wohl nicht, aber du brauchst dich deiner Eltern nicht zu schämen."

Nun hatte Christoph nichts mehr zu fragen. Er schlief aber auch lange nicht ein. Das plötzliche Wissen, daß die Pfannenflickers nicht seine Eltern seien, beschäftigte ihn doch sehr, aber es bedrückte ihn nicht, und als er versuchte sich ein Bild davon zu machen, wie seine richtigen Eltern wohl ausgesehen hätten, schlief er darüber ein.

Es wurde ein herrlicher Sommer. Eines Abends kam der Reineckerbauer ins Armenhäusl und erzählte mit viel Seufzern und Kratzen hinter dem Ohr, daß er dringend für seine Alm jemanden brauche, weil seine Sennerin plötzlich heiraten und wegziehen wolle. Und da habe er eben an Andreas gedacht. Der Dienst sei nicht zu schwer, nur acht Stück Vieh und ein paar Kleinstücke. Er wolle ihm zweihundert Mark für den Sommer bezahlen.

Andreas überlegte eine ganze Weile, obwohl es nicht viel zu überlegen gab in dem Fall. Wann konnte er mit Pfannenflicken gleich zweihundert Mark verdienen? Die Sache hatte nur einen Haken. Was sollte er mit Christoph tun?

Endlich schien sein Entschluß gefaßt zu sein.

„Gut, ich nehme an, allerdings unter einer Bedingung. Christoph muß mitkommen."

Der Reinecker wiegte bedenklich den Kopf hin und her und seufzte wieder ein paarmal recht tief.

„Der Kerl ist gerade im Herwachsen. Was meinst du, was der frißt!"

„Stimmt", nickte er. „Appetit hat er einen guten. Dafür ist der meine um so schlechter. Es gleicht sich also wieder aus. Also — es liegt bei dir. Entweder mit dem Buben oder gar nicht."

„In Gottes Namen, nimmst ihn halt mit. Aber ich will in kein Schlamassel kommen mit der Schulbehörde. Dein Christopherl geht doch noch in die Schule."

„Ja, das letzte Jahr. Jetzt haben wir Mitte Juni. Mitte Juli gehn sowieso die Ferien an. Wegen der lumpigen vier Wochen wird nicht gleich beim Faß der Boden aus sein."

„Das weiß ich nicht. Mir ist die Hauptsache, daß ich jemanden habe für meine Alm. Aber ich meine, vielleicht solltest doch vorher zum Lehrer gehn und ihn um Erlaubnis fragen."

„Ja, freilich. Wer lang fragt, geht viel irr. Der Bub ist mein, also kann ich machen mit ihm, was ich will."

Christophs Augen leuchteten vor Freude, als er hörte, daß er mit hinauf dürfe. Mit großem Eifer schleppte er alles herbei, was mitgenommen werden sollte. Auch die alte Ziehharmonika, auf der der Alte ihn spielen gelehrt hatte. Am meisten freute ihn natürlich, daß er nicht mehr zur Schule zu gehen brauchte. Die Freude darüber hüpfte durch sein Blut wie ein springender Quell, und er konnte lange keinen Schlaf finden in dieser Nacht, denn diese unverhoffte Wandlung in seinem Leben war doch ein starkes Erlebnis für ihn. Wohl war er mit dem Vater schon oft über Land gezogen, aber auf einen Berg waren sie noch nie gegangen. Und gleich bis zum Herbst mußten sie oben bleiben. Es mußte eine herrliche Zeit werden.

Ganz früh schon, kaum daß der Tag graute, zogen sie los. Das Armenhäusl brauchten sie nicht abzusperren, es gab dort nichts zu stehlen. Das, was sie hatten, schleppten sie so ziemlich mit. Nur der Schuppen mit dem Pfannenflickerwerkzeug wurde abgesperrt.

Es sah wahrhaftig nicht aus, als ob zwei Sennen zur Alm zögen. Wie fahrendes Volk, wie Zigeuner zogen sie dahin, Hand in Hand und schwer bepackt. Der Mann hatte einen schweren Rucksack zu tragen, aus dessen oberem Ende eine Flöte ragte wie ein schwarzer, warnend erhobener Finger. Nur die Tasten glänzten silbern in der Sonne. Christoph hatte sich die Ziehharmonika um den Hals gehängt und trug in der Hand noch ein schweres Bündel. Sie redeten nicht viel miteinander und schritten rüstig aus, denn sie hatten immerhin einen Fußmarsch von sechs Stunden vor sich. Bald nahm der dunkle, schwermütige Hochwald sie auf, in dem gerade die Vögel ihr Morgenkonzert anhuben. Ihr Weg führte eine Zeitlang neben dem Klobenbach entlang, bis sie dann bei einer Kreuzung links abbiegen mußten, um einer blauen Markierung zu folgen.

Erst nach zwei Stunden schalteten sie die erste Rast ein. Sie saßen auf einer Lichtung, und Andreas sagte:

„Nun schau dir das Dörfl noch mal an. Jetzt siehst du es für viele Wochen zum letztenmal."

Christoph schaute und lächelte.

„Es wird mir die Zeit nach ihm nicht lang werden." Er schaute auf die Tannenwipfel, über die goldenes Morgenlicht flutete. Dann neigte er den Kopf horchend zur Seite und lauschte einer Amsel. Aufgeregt faßte er nach des Vaters Arm.

„Hörst du — das ist dieser Fis-Ton, der mir auf der Harmonika nie gelingen will. Was habe ich mich schon abgeplagt damit, und die Amsel schmettert ihn heraus, als ob er nichts wäre."

Andreas nahm seinen Hut ab und wischte sich den Schweiß von der Stirne.

„Ich hab meiner Lebtag nur nach dem Gehör gespielt. Ich kenn keine Noten. Man braucht ja seine Ohren bloß aufzumachen. Die Melodien liegen ja in der Luft, der Wind allein hat schon so viele Tonarten, vom dunklen Baß bis zum hellen C, daß man sie kaum in einer Melodie unterbringen kann."

„Ui", lachte Christoph plötzlich auf. „Jetzt fällt mir gerade ein — wer wird denn am Sonntag den Blasbalg an der Orgel treten?"

„Machst du dir darüber Sorgen?"

„Nein, aber ich stelle es mir so lustig vor, wenn der Lehrer in die Tasten drückt und kein Ton rauskommt."

„In manchen Kirchen haben sie das auf elektrisch umgestellt, da braucht niemand mehr zu treten."

Über ihnen zog ein Geier seine schöngeschwungenen Kreise. Christoph verfolgte ihn mit seinen Augen, bis er hinter einer niederen Krüppelföhre niederstieß.

„Haben wir da oben auch elektrisches Licht?" fragte er dann.

„Wo denkst du hin! Brauchen wir auch nicht. Wenn es Tag wird, stehn wir auf, und wenn es dunkelt, gehn wir schlafen." Andreas rappelte sich hoch und umfaßte den langen Stecken fest. „Packen wir's wieder, Bübl."

Der Weg wurde immer steiler. Mühsam keuchten sie den Rochusberg hinan. Die Sonne strahlte jetzt heiß auf sie herunter.

Auf dem Rochusberg, eine weithingezogene Bergkuppe, wuchs nur noch spärliches Gras. Hier hütete Benedikt die Schafe der Gemeinde Brugg. Jenseits der Kuppe, von wo man einen Blick auf das Dorf Rosenau hatte, stand im Schutze einiger Wetterföhren die Hütte des Schäfers. Sie war aus grobbehauenen Baumstämmen gefügt, hatte nur einen Raum mit einem offenen Herd und war sehr niedrig.

Vor dieser Hütte rasteten sie wieder. Benedikt kam von der anderen Hangseite herunter. Sein Augenlicht war schon so schlecht, daß er die beiden erst erkannte, als er schon ganz nahe kam. Dann aber ging ein frohes Lächeln über sein zerknittertes Gesicht.

„Ja, wer kommt denn heut zu mir? Was führt denn euch herauf?"

Andreas erzählte ihm, wohin sie auf dem Wege waren, schwindelte ein bißchen und nannte statt zweihundert lieber dreihundert Mark, die er für diesen sommerlichen Almdienst bekommen sollte. Benedikt schnaufte tief, und es war seinem Gesicht anzusehen, wie ihn der Neid gepackt hatte. Im Winter wohnte er ja auch im Armenhaus in Brugg, er war ein eigensinniger, launischer Alter, der bereits seinen Siebziger auf dem Buckel hatte. Obwohl er über einiges Geld bei der Raiffeisenkasse verfügte, wärmte er sich im Winter lieber in der Stube des Pfannenflickers seine Füße auf, nur um bei sich das Brennzeug zu sparen. Er war der geborene Geizhals. Jetzt aber sah man ihm an, daß ihn der Besuch der beiden doch freute. Er bewirtete sie mit scharfem Schafkäse und klarem Quellwasser. Brot hatten sie selber dabei und gaben sogar auch ihm ein Stück ab.

Andreas erzählte ihm die wenigen Neuigkeiten des Dorfes, während Christoph still abseits saß und nach Rosenau hinunterschaute. Rosenau war größer als Brugg, hatte statt des Zwiebelturms zwei schlanke, spitze Kirchtürme. Die Höfe lagen nicht so eng beieinander, sondern säumten beiderseits die schöne, breite Hauptstraße und den großen, viereckigen Dorfplatz mit den sauberen Kaufläden und dem Rathaus ein.

Merkwürdig, Christoph hatte nie mehr an das Mädchen mit den blonden Zöpfen und den hellen Augen gedacht. Jetzt fiel sie ihm wieder ein. Ach ja, richtig, Margret hatte sie geheißen, Margret Innerkofler. Ihr Vater war der Bürgermeister von Rosenau und hatte sie damals geschopft, weil sie mit ihm geplaudert hatte. Christoph hatte sie nie mehr gesehen und würde sie vielleicht in seinem ganzen Leben nicht mehr sehen.

Andreas mahnte zum Aufbruch. Sie hatten erst die Hälfte des Weges bezwungen und mußten nun erst über das Gebirge selber steigen, denn die Reineckeralm lag auf der anderen Seite. Zum Abschied sagten sich die beiden Alten noch ein paar Bosheiten. Benedikt fragte, ob sie das Häusl unten auch gut versperrt hätten, und Andreas fragte ihn, was ihm denn schon gestohlen werden könne.

„Immerhin noch mehr als dir“, antwortete der Schafhirte bissig und erinnerte daran, daß er in seiner Kammer immerhin ein paar Kupferstiche hängen habe, die unter Brüdern ein Vermögen wert sein könnten.

„Ja, genau auf dreißig Mark sind sie geschätzt, ich weiß es schon“, sagte Andreas. „Was sind schon dreißig Mark, wenn ich am Ende des Sommers zweihundert haben werde.“

Der Schafhirte warf witternd den Kopf zurück.

„Ich hab gemeint, dreihundert kriegst du?“

„Natürlich, dreihundert, du Schafskopf. Aber hundert werde ich Christoph geben. Er braucht eine neue Ziehharmonika. Wenn du nicht gar so geizig wärst, würdest du was dazu stiften, denn du hast den ganzen Winter umsonst ein Konzert.“

Benedikt lachte schrill auf, es hörte sich an wie das Geglucker eines Biberhahns.

„Konzert nennt er so eine Dudelei. Du müßtest mir was geben für die Qual, daß ich es anhören muß.“

Sie trennten sich lachend voneinander. Benedikt ging zu seinen Schafen, und die beiden stiegen den grauen Felswänden zu, indessen die Sonne schon auf die Mittagsstunde hinzog.

Die Schulleitung von Brugg war nicht gleicher Meinung mit dem Pfannenflicker Andreas und ließ ihm bereits nach einer Woche durch den Jäger Pfleiderer ein Schreiben überreichen, wonach er sich strafbar mache, wenn er den Christoph der Schule fernhalte.

Andreas lachte dazu nur, zerriß das Schreiben in kleine Stücke und trug dem Jäger auf:

„Sagst, die sollen mich kreuzweis . . .“

Der Jäger kam erst zum Wochenende wieder ins Dorf hinunter. Er richtete den Auftrag des Pfannenflikkers auch nicht aus und dachte, daß man ihn wegen dieser Bagatelle in Ruhe lassen werde. Und da täuschte er sich. Der Lehrer ließ nicht locker, und eine Woche darauf brachte der Reinecker, als er mit dem Almfuhrwerk kam, einen zweiten Brief mit. Und dies war schon eher ein Drohbrief, in dem zu lesen stand, wenn der Schüler

Christoph Stanz nicht umgehend wieder dem Unterricht zugeführt werde, dann würde Anzeige erstattet. Diesen Brief zerriß Andreas nicht sogleich. Er überlegte lange hin und her, dann entschloß er sich zu antworten und schrieb auf die leere Rückseite des Briefes ein paar Sätze.

Ob der Herr Lehrer ihm vielleicht sagen könne, wer den Buben dann verpflege? Und ob der Herr Lehrer vielleicht meine, in diesen vierzehn Tagen, die noch bis zum Beginn der Ferien hin seien, aus dem Schüler Christoph noch einen Schriftgelehrten machen zu können. Das, was ihm jetzt, nach fast sieben Schuljahren noch abgehe, könne er auch bei ihm, seinem Pflegevater, leicht erlernen. Im übrigen wisse er schon, daß diese Drohung bloß eine Boshaftigkeit wäre, die man sich den Armen gegenüber erlaube. Und außerdem sei es purer Bürokratismus, aber der Herr Lehrer solle nur nicht glauben, daß man ihn, den Pfannenflicker Andreas Hobelsberger, mit einem Bürokratismus einschüchtern könne.

Der Reinecker zog zwar bedenklich die Augenbrauen hoch, nahm das Schreiben aber doch mit und gab es mit einiger Schadenfreude seiner schulpflichtigen Barbara mit, denn er stand mit dem Lehrer auch nicht auf dem besten Fuße.

Vielleicht sah die Schulleitung nun ein, daß es wirklich wegen der kurzen Zeit nicht mehr der Mühe wert war, eine große Anzeige zu erstatten, oder fürchtete den Spott der Dorfbewohner. Jedenfalls erhielt Andreas keinen weiteren Drohbrief mehr.

Christoph wußte von all dem nichts. Er lebte die Tage auf der Alm so unbekümmert und frei wie sonst noch keine in seinem Leben. Früh schon begannen sie ihr Tagwerk. Sie gingen miteinander in den Stall, und da Andreas ein guter Lehrmeister war, half Christoph ihm bald beim Melken. Hernach setzten sie sich zur Morgensuppe, und dann begann ihre wunderbare Zeit, in der die Stunden in friedsamer Trägheit dahinflossen, bis es Abend wurde und die Arbeit im Stall wieder begann.

Was waren das doch für gemütliche Abende. Die Augustnächte waren so warm, die Sterne blühten wie Blumen am Himmel, die Nacht wurde nie ganz finster, und der Pfannenflicker sagte, das komme daher, weil sie dem Sternenlicht viel näher wären als unten im Tal.

„Du sagtest früher einmal", fiel es Christoph ein, „daß die Sterne nichts anderes wären, als die Seelen abgestorbener Menschen."

Andreas hatte seine Flöte in den Händen und sah nun ebenfalls zu den Sternen hinauf.

„Sagte ich das? Das könnte auch durchaus möglich sein. Wir wissen ja so gar nichts, was nach dem Tode sein wird."

„Wenn es so ist", rätselte Christoph weiter, „dann müßte der ganz Helle da drüben über der Jakobswand meine Mutter sein."

„Wie kommst du darauf?"

„Ich weiß es nicht, aber ich denke mir, daß überhaupt nur Mütter als Sterne leuchten können."

„Und die Väter bleiben im Dunkel, meinst du?" Andreas sagte es mit lächelnder Nachsicht, dann setzte er das Flötenstück an die Lippen. Eine Melodie sprang auf, wie eines Vogels Abendlied. Nun griffen Christophs Finger in die Tasten der Harmonika. Die Töne verschmolzen ineinander, ohne daß einer vom andern wußte, was er spielen wollte. Zum Schluß wurde dann doch ein seligwiegender Walzer daraus. Und dann riß es sie fort, von Melodie zu Melodie, die durch die Nacht schwebten, wie ein Traum so leise, und manchmal war sogar der Wind lauter als ihr Spiel. In dieser Zeit wurde es Andreas erst bewußt, wie weit ihm Christoph in seinem musikalischen Können schon voraus war. Früher hatte er gar nicht so sehr darauf geachtet. Aber jetzt ließ er oft die Flöte sinken und lauschte verzückt den Tönen, die unter Christophs Händen hervorquollen, wie von einem Zauber bewegt.

Ach ja, es war eine herrliche Zeit. Sie waren sich noch nie so nahe gewesen wie in diesen Nächten hoch oben am Berg, über den manchmal die Wolken so niedrig hinzogen, daß man sie hätte fassen können. Manchmal lebten sie auch über den Wolken. Unter ihnen konnte es sogar regnen, sie aber standen im herrlichen Sonnenlicht und wurden ganz dunkelbraun davon. Christoph konnte sich gar nicht vorstellen, daß das Leben jemals wieder anders sein würde. Die Zukunft lag in rosigem Glühen vor ihm, wie der Himmel vor der aufgehenden Sonne.

Andreas wurde freilich zuweilen von einer leisen

Ängstlichkeit bedrückt, denn auch dieser herrliche Bergsommer täuschte ihn nicht darüber hinweg, daß der Lebenswinter ihm schon Haar und Herz gestreift hatte. Und er wollte doch so gerne noch lange leben, weil dieser Knabe noch mitten in seinen Träumen steckte und die rauhe Wirklichkeit des Lebens ihn ohne Führung vielleicht zermalmen könnte.

Und so lebten sie fast zeitlos, die Tage liefen ihnen einfach davon, und als eines Nachts plötzlich Schnee gefallen war, sahen sie einander ganz verwundert an, als seien sie aus einem Traum erwacht.

Der Reinecker kam mit dem Almkarren und zwei Mauleseln. Sie luden alles auf und sperrten die Hütte ab. Hinter dem Eselgespann trabte fett und sauber gestriegelt die Herde almabwärts, allen voran die Leitkuh mit der unaufhörlich bimmelnden Glocke.

Den Abschluß bildeten Andreas und Christoph. Er hatte die Ziehharmonika um den Hals hängen. In der Rechten hielt er einen dicken Knotenstock, die linke hatte er in des Vaters Hand geschoben.

Sie redeten kaum miteinander und sahen auch nicht einmal zurück zur Stätte ihres Wirkens. Es war ihnen beiden schwer ums Herz.

Die Schule war längst wieder angegangen, aber Christoph brauchte jetzt nicht mehr zu gehen. Er hatte seine sieben Klassen hinter sich, und eine achte gab es in Brugg noch nicht. Dafür eine Sonntagsschule. Lehrer Striebling konnte seine Niederlage gegen den Pfannenflicker nicht verwinden und setzte es durch, daß Christoph die vier geschwänzten Sommerwochen nachsitzen mußte. Jeden Sonntag drei Stunden.

Christophs Sonntage sahen also nun so aus: Um sechs Uhr in die Frühmesse. Von acht bis halb zehn Uhr Dienst an der Orgel, wo er immer noch den Blasebalg trat. Von zehn bis zwölf Uhr die gesetzliche Sonntagsschule. Von ein bis halb zwei Uhr Christenlehre in der Kirche und von halb zwei bis halb fünf Uhr Strafnachsitzen der versäumten Stunden. In diesen drei Stunden lernte er zwar nicht viel. Das Ganze war überhaupt recht unverständlich. Christoph lernte aus reinem Widerspruch nichts, schrieb Aufsätze und Rechnungen absichtlich falsch, so daß sich wiederum der Lehrer ärgerte, weil er die Arbeiten notgedrungen korrigieren mußte. So war sein Triumph über den Pfannenflicker nicht völlig, brach überhaupt immer mehr zusammen, und als Christoph eines Sonntags um halb zwei Uhr nicht mehr im Schulhaus erschien, schluckte es der Lehrer stillschweigend und machte keine Meldung, wie er es immer prophezeit hatte. Dies wiederum erweckte beim Pfannenflicker den Eindruck, daß das Ganze überhaupt nur eine Schikane gewesen war und die vorgesetzte Schulbehörde davon überhaupt nichts wußte. Dafür aber wird er ihm etwas antun müssen. Er wußte nur nicht was. Vielleicht warf er ihm zu gegebener Zeit eine handvoll Raupen in den Gemüsegarten oder ließ das Wasser in dem kleinen Goldfischweiher ab, den der Lehrer sich hinter dem Schulhaus angelegt hatte.

Christoph saß also keine weiteren Stunden mehr nach. Er schaufelte Schnee um das Haus, zog mit dem Schlitten in den Wald, um Holz zu holen, und arbeitete es daheim auf. Einmal brachte er auch einen Hasen unter dem Reisig heim. Der Hase war halb erfroren. Christoph brachte ihn mit, damit man ihn wieder aufwärmen könne. Andreas aber fand das überflüssig und schlug dem Hasen mit einem Holzscheit ins Genick, worauf es dann einen guten Braten gab.

Abends saßen sie beisammen und spielten mit dem Schäfer Benedikt stundenlang Tarock. Eines Tages nun — draußen wob schon die Dämmerung um das Haus — stapfte sich draußen jemand die Stiefel ab, und der Pfannenflicker schaute erschrocken auf Christoph, weil er meinte, daß ihn vielleicht jemand mit dem Hasen gesehen hätte. Aber es war niemand aus dem Forstamt, sondern nur ein kleines, zaundürres Mandel, das sich großspurig Musikmeister von Jettlbach nannte. Er flehte den Pfannenflicker fast händeringend an, daß er ihm wenigstens in der Faschingszeit aushelfen möchte, weil ihm zwei Mann von seiner Kapelle abgewandert seien.

Der Pfannenflicker hatte früher öfter einmal auf Tanzmusiken aufgespielt, aber er besann sich mit seiner Zusage doch recht lange, so daß das kleine Männlein schon fürchtete, den weiten Weg umsonst getan zu haben.

„Hast doch sonst jetzt nichts zu tun“, drängte der

Musikmeister Sebastian Glockenrein. „Wirst mich doch nicht im Stich lassen, Pfannenflicker. Die paar Mark wirst doch brauchen können, und außerdem gibt es immer viel Freibier."

Andreas nahm zuerst eine Prise auf den Handrücken und schnupfte geräuschvoll. Dann strich er seinen Bart.

„Das ist alles recht und gut", meinte er. „Aber ich allein kann dir mit meiner Flöte auch nicht zwei Mann ersetzen. Da müßte ich schon den Christoph mitnehmen mit seiner Ziehharmonika."

Sebastian Glockenrein fand das wunderbar. „Kann er denn spielen?"

Statt aller Antwort holte Christoph die Harmonika aus dem Ofenwinkel, ließ einmal alle Register aufrauschen, um dann in eine flotte Mazurka überzugehen. Das schmale Gesicht des Herrn Glockenrein begann vor Begeisterung zu glühen. Er war zwar Musikmeister — weiß der Himmel, welchem Zufall er das zu verdanken hatte, denn er spielte die Geige alles andere als glockenrein, wie er es seinem Namen schuldig gewesen wäre, aber immerhin, das Geschäft kam zustande.

„Jetzt hat sich's austarockt", sagte Andreas. „Aber daß dir die Zeit nicht zu lang wird, du kannst ja auch in den Wald nausgehn und Brennholz beischaffen. Magst dich ja aufwärmen auch in unserer Stube."

Das war eine Zumutung. Der Schäfer war tief beleidigt, blieb bis Mittag im Bett liegen und kam erst herunter, wenn er den Kamin rauchen sah.

Die Kapelle war mit fünf Mann so leidlich vollzählig. Sebastian Glockenrein spielte die Geige. Es war noch ein Baßgeiger da, ein Klarionettenspieler, Andreas spielte die Flöte und Christoph die Harmonika. Vier alte Knaben mit wenig Schwung. Christoph zwang ihnen oft genug den Rhythmus auf, besonders wenn sie einmal zuviel Bier hatten. Manchmal war es auch so, daß er ganz allein spielte, wilde, mitreißende Melodien, die den Burschen das Blut wild machte und den Mädchen das Feuer in die Wangen trieb. Christoph war in den letzten Jahren sehr gewachsen, und man sah ihm seine vierzehn Jahre nicht an. Wenn er so mit aufgekrempelten Hemdsärmeln auf dem Podium stand und das schwarze Haar ihm wirr in die Stirn hing, starrten die Mädchen ihn ganz verzückt an und verschenkten heiße Blicke an ihn. Christoph aber verstand davon noch nichts. Er spielte mit Hingabe und Leidenschaft, war manchmal wie von einem Rausch erfaßt und war bis in seinen letzten Nerv hinein nichts wie Musik.

Alles ging gut. Der Fasching war auf seinem Höhepunkt angelangt. Christoph kaufte sich einen Trachtenanzug von seinem ersten, selbstverdienten Geld und trieb wie auf einer Woge des Glückes dahin. Nur in einem hielt er sich streng zurück. Er trank kaum Alkohol und mochte der große Humpen mit dem Freibier noch so fleißig seine Runde machen, er netzte kaum seine Lippen daran. Um so eifriger sprach Andreas dem edlen Gerstensaft zu mit dem Ergebnis, daß er um Mitternacht oft schon nicht mehr auf den Beinen stehen konnte.

Seit Christoph es ein paarmal ausgekostet hatte, wie mühsam es war, den schweren Mann auf den verschneiten und vereisten Straßen oft stundenweit nach Hause zu schleppen, nahm er den Schlitten mit. Der Pfannenflicker setzte sich darauf, ließ sich die Ziehharmonika um den Hals hängen. Christoph legte sich die Gurte um die Brust und zog den Schlitten mit seiner Last unverdrossen durch die frostklirrenden Nächte. Er tat es gerne und ganz ohne Groll, weil er meinte, dies wäre gerade die rechte Gelegenheit, wenigstens einen Teil dessen abzudienen, was dieser Mann ihm schon an Liebe und Güte getan hatte. Und Andreas? Er fühlte sich auf dem Schlitten pudelwohl. Wenn er nicht schlief, sang er und bat zuweilen sein munteres „Pferdchen", daß es halte.

„Halt ein bißl, Bübl und laß mich eine Prise nehmen."

Christoph blieb dann stehen und wartete, bis der Vater seine beiden Nasenlöcher gefuttert hatte. Dann spreizte er sich von neuem in die Gurte und zog weiter. Manchmal schrie ein Stein unter den Kufen auf, dann gab es einen leichten Ruck in der Schulter. Sonst aber war die Nacht um diese Stunde verschwiegen. Nur manchmal hörte man einen dumpfen Laut, wenn ein Schneebatzen von einem Baum klatschte.

Christoph träumte auf diesen nächtlichen Zügen davon, daß man bis zum nächsten Winter vielleicht ein Pony kaufen könne, das dann den Schlitten ziehen würde. Mit Angst sah er dem Ende des Faschings entgegen, weil es dann keine Tanzmusiken mehr gab und nichts mehr zu verdienen war. Jetzt aber lebten sie beinahe großartig. Andreas kämmte seinen Bart aus und setzte seine Pelzkappe auf und zog die dicke Winterjoppe an mit dem Lammkragen. So kreuzte er dann ganz imponierend im Metzgerladen auf und ließ sich Fleisch vorlegen.

„Nein, von diesem Halsgrat“, konnte er sagen. „Und vielleicht noch ein halbes Pfund von dem Wammerl.“

Er war auch ein ausgezeichneter Koch. Christoph half ihm dabei und schälte die Kartoffeln. Dann kam Benedikt mit schnuppernder Nase die ausgetretene Stiege herunter und saß so nahe mit offenem Munde am Tisch dabei, bis Andreas sagte:

„Hol dir einen Teller, und iß mit.“ Darauf hatte Benedikt nur gewartet. Hingebungsvoll verzehrte er mit viel Geschlürf, was Andreas ihm auf den Teller gegeben hatte, und erst als er schon satt war, wagte er zu beanstanden:

„Ein bißl zu fett ist das Fleisch, mein ich, und auch ein wenig zu scharf.“

„Einem geschenkten Gaul schaut man nicht ins Maul“, antwortete Christoph so laut und so scharf, daß der Geizkragen nichts mehr darauf sagte.

Es erwies sich dann bald, daß Christophs Angst, es könnte mit dem Musikmachen nach dem Fasching wieder vorbei sein, ganz unbegründet gewesen war. Nur die Fastenzeit war still, aber einen Sonntag vor Ostern erschien Sebastian Glockenrein wieder und zeigte seinen Terminkalender vor. Was war da nicht alles los in diesem Jahr an Hochzeiten, Trachtenfesten, Fahnenweihen und Jahrmärkten. Überall hatte Glockenrein abgeschlossen. Er brachte Christoph eine Trompete mit, damit er das auch erlerne, weil man ja zum Beispiel vor einem Hochzeitszug nicht mit einer Ziehharmonika vorausmarschieren konnte.

Indessen sich aber die beiden im Armenhaus in ihrem neuen Glanze sonnten, plötzlich zwei begehrte Musikanten geworden zu sein, verdunkelte sich dieser Glanz bereits, ohne daß sie es merkten. Sie merkten es erst, als der Blitz wie aus einem heiteren Himmel einschlug.

Der Lehrer Striebling besann sich nämlich, daß er mit dem Pfannenflicker noch eine Rechnung zu begleichen hatte. Er ließ ihn auffordern, zu ihm zu kommen, und weil er darauf vergeblich warten mußte, schrieb er ihm einen eingeschriebenen Brief, in dem er eine Menge Paragraphen anführte, wonach es das Gesetz verbiete, Minderjährige in Tanzlokale mitzunehmen, geschweige sie dort auch noch zur Lustbarkeit musizieren zu lassen. Wenn er, der Herr Andreas Hobelsberger noch einmal gegen dieses Verbot handeln sollte, würde er, der Lehrer, dafür sorgen, daß die Strafe ihn treffe, die das Gesetz für einen solchen Fall vorsehe.

Es war das erstemal, daß Christoph den Vater niedergeschlagen sah.

„Was tun wir jetzt?" fragte er.

Der Pfannenflicker hob hilflos die Schultern und ließ sie wieder sinken. Dann griff er nach seinem Seelentröster, der silberbeschlagenen Tabaksdose, und legte sich säuberlich eine Prise auf den Handrücken.

„Ich habe schon lange darauf gewartet", sagte er dann und schob das braune Mehl in die Nasenlöcher. „Aber jedes Gesetz bietet eine Möglichkeit, es zu umgehen."

Immerhin ließ er die Frage offen, was nun getan werden sollte. Er dachte es sich so, daß Christoph ein paarmal daheimbleiben sollte. Vielleicht gab sich dann der Lehrer wieder zufrieden, wenn er sah, daß man seiner Aufforderung wenigstens halbwegs nachkam. Aber dann kam die Hochzeit des jungen Aldeiner mit der Moosgruber Erika. Sebastian Glockenrein brauchte Musiker und konnte auf die beiden Pfannenflicker unmöglich verzichten. Besonders auf dem Tanzboden war Christophs Harmonika nicht zu entbehren. Beim Hochzeitszug zur Kirche und zurück sollte er nicht mitmachen, damit der Lehrer ihn nicht sehe.

Inzwischen hatte Andreas die Drohung auch schon wieder vergessen, und als Christoph sich an diesem Morgen den Trachtenanzug anzog und sein Haar säuberlich bürstete, zerflatterten Andreas Bedenken in alle Winde. Er legte seinen Arm einen Augenblick auf Christophs Schulter, dann stapften sie in den sonnigen Frühlingsmorgen hinaus.

Auf dieser Hochzeit war die ganze Bauernschaft der Umgebung vertreten. Die Aldeiners hatten eine große

Verwandtschaft, und sie kam an diesem Morgen aus dem ganzen, weiten Tal herbeigeströmt, in ihren malerischen, kostbaren Trachten. Die Tische im Kronenwirtsaal waren weiß gedeckt und mit Blumen geziert.

Alles in allem waren an die hundertzwanzig Gäste anwesend, die wahrhaftig anderes zu tun hatten, als darauf zu achten, daß dort auf dem Podium unter den zehn Musikern einer dabei war, der dem Gesetz nach noch Kind zu sein hatte. Die Tische bogen sich fast unter der Last der Speisen, die aufgetragen wurden. Ja, es war eine „rare" Hochzeit, und sie verschmähten bereits nach den Weißwürsten das Bier und tranken Wein. Ein paar ganz Gewitzte behielten zwar ihre Bierkrügl mit den schönen Zinndeckeln, aber sie ließen sich nicht Bier, sondern Sekt einschenken. Der Nachbar, der vielleicht um ein halbes Dutzend weniger Kühe in seinem Stall stehen hatte, brauchte das gerade nicht zu sehen, darum wurde eine Sektflasche schon gar nicht sichtbar.

Das Brautpaar war jung und schön. Überhaupt waren es durchwegs prächtige Menschen von hohem Wuchs und gutem Aussehen. Das Klobental war bekannt dafür, daß dort ein guter Menschenschlag heranwuchs. Aber eine der Schönsten war doch die Sägmüllerin Isabella Adam. Manchmal starrte Christoph sie wie unter einem Zwang an, ohne daß sie es zu merken schien. Seit er nicht mehr zur Schule ging, sah Christoph sie nur noch ganz selten. Aber sie war für ihn noch immer der Inbegriff fraulicher Schönheit, und er hatte den knieweichen Sägmüllerbuben oft um seine Mutter beneidet.

Wein und Sekt erhitzten die Gemüter früher, als es sonst der Fall gewesen wäre. Die Stimmung stieg schon in den Nachmittagsstunden auf ihren Höhepunkt. Den Musikanten freilich gab man Bier, mehr Bier sogar, als gut gewesen wäre für die Beherrschung ihrer Instrumente. Nie versiegte das Bier, das in grauen Steinkrügen unter ihren Stühlen stand, saftig angefüllte Krüge mit vollen Schaumblüten. Kein Wunder, daß sie im Ton immer öfter danebengriffen. Nur Christoph trank nichts. Seine Finger griffen sicher in die Tasten, und die Töne kamen perlenrein aus dem Instrument.

Es war gerade Pause. Die Musiker waren hinuntergegangen. Nur Christoph saß ganz allein und wie verlassen am Fenster und schaute den Bienen zu, die um den Kastanienbaum schwirrten. Ließ er den Blick über die Baumkrone schweifen, dann sah er kleine, weiße Wolken über die Berge ziehen. Und er sah den Rochusberg, über den seit vierzehn Tagen Benedikt wieder die Schafe hintrieb.

Auf einmal stand Frau Isabella Adam neben ihm. Vielleicht hatte auch sie schon eine Kleinigkeit zuviel getrunken. Auf alle Fälle sah sie Christoph mit ihren schönen, schwarzbewimperten Augen fast neugierig an, so lange und so schweigend, bis ihm eine brennende Röte über die Stirn fuhr. Da mußte sie fröhlich lachen.

„Schau doch einmal, wie er noch rot werden kann!" Du bist doch Christoph aus dem Armenhaus? Ja, ja, ich weiß schon. Ich habe dich einmal ins Gesicht geschlagen. Hinterher hat es mir leid getan. Du bist doch so alt wie mein Blasius?"

Christoph nickte und machte sich darauf gefaßt, daß sie ihn jetzt fragen werde, wieso er mit diesem Alter schon auf den Tanzboden komme. Aber daran dachte die Sägmüllerin gar nicht. Sie sah jetzt auch zum Fenster hinaus. Christoph betrachtete sie schüchtern von der Seite. Ihre Wangen waren leicht gerötet. Unter ihren Atemzügen zitterten leicht die Fransen ihres seidenen Vorstecktuches. Die Seide schimmerte rosenrot wie ein Abendhimmel, bevor er ausbrennt. Das dunkle Haar hatte sie hochgesteckt zu einer Krone, in der sechs silberne Nadeln glänzten. Sechs waren es, ja. Christoph war gerade fertig geworden mit dem Zählen, als sie ihm wieder das Gesicht zuwandte. Jetzt war es, als seien ihre Augen von einer leisen Trauer umschattet. Ein Seufzer kam über ihre Lippen.

„Ach, warum kann mein Bub nicht so sein wie du. So gesund und so ..." Sie wollte noch sagen „so schön", verschluckte das aber und fuhr sich mit zwei Fingern ihrer rechten Hand über die Stirn.

Blasius Adam war nicht gesund. Anscheinend arbeiteten seine Drüsen nicht richtig. Er war für sein Alter unförmig dick und daher sehr träge. Gar nicht wie ein Mensch im Lenz seines Lebens.

„Wo hast du das Spielen gelernt?" fragte sie. „Ich meine, so vollkommen gelernt?"

„Von selber", antwortete er und wurde wieder rot.

„Du brauchst nicht rot zu werden. Und es soll auch kein Lob sein, das dich überheblich macht. Ich habe dich genau beobachtet, und weißt du, was ich dabei gedacht habe? Du müßtest einmal ganz für mich allein spielen."

Christoph beugte sich sofort nieder, um seine Harmonika aufzunehmen.

„Nein, nicht hier, Christl. Es war ja auch nur ein Wunsch, töricht vielleicht, wie es ja auch vermessen und sündhaft ist, wenn ich mir wünsche, daß mein Sohn so sein möge wie du. Ja, ja, sogar mit deinen Fehlern und Neigungen. Das wäre mir vielleicht noch lieber als Blasius' Hang zur Trägheit."

Christoph wußte mit dem Gerede nichts anzufangen. Es kam ihm vielmehr wie ein Wunder vor, daß diese schöne und reiche Frau sich herabließ, mit ihm, dem verrufenen Pfannenflickerbuben, so herzlich zu plaudern, als wolle sie mit dieser Herzlichkeit vergessen machen, daß sie ihn einmal geschlagen hatte. Im Grunde genommen war Frau Isabella nicht mit der Absicht hergekommen, sich mit ihm in ein Gespräch einzulassen, sondern nur, um ihn zu fragen, ob er vielleicht ein Stück Torte möchte, die sie selber nicht mehr essen konnte. Es gab zwar ein paar Leute, die ließen sich einpacken, was sie nicht mehr zwingen konnten. Aber die Sägmüllerin fand dies unter ihrer Würde, und außerdem wollte sie dem Buben gerne eine Freude machen. Es war ganz sonderbar, auf einmal, wie sie ihn so unter den alten Musikern sitzen sah, hatte er ihr leid getan. Sie wollte ihm gerne ein wenig Güte erweisen.

„Du magst doch sicher ein Stück Torte, Christoph?"

„Ja", sagte er und bekam den frohen Glanz eines Kindes in die Augen, dem man von ferne mit einer Tafel Schokolade winkt. Es war das erste Stück Torte, das er in seinem Leben bekam.

Während er es gierig verschlang, lehnte die Sägmüllerin sich neben ihn an den Fensterstock und ließ aus keinem Wimperzucken erkennen, daß sie über ihn nachdachte. Ihre Gedanken schlugen dabei eine weite Brücke in die Vergangenheit, als das ganze Klobental erfüllt war von der Skandalgeschichte der Benedikta Staketer, die am Tage, als ihre Hochzeit mit dem Innerkofler stattfinden sollte, mit einem Ingenieur ausgerissen war.

Sie selber, damals gerade siebzehnjährig, hatte auch zu jenen gehört, die die Staketer Benedikta in Acht und Bann getan hatten wegen ihres frevlerischen Handelns, das nach den strengen Gesetzen bäuerlichen Denkens einem Verbrechen gleichkam.

Später freilich, als sie den Sägmüller Adam geheiratet hatte, milderte sie ihr Urteil wesentlich und dachte manchmal wehmütig, daß auch sie den herrischen Mut zu einer Weigerung in letzter Minute hätte haben müssen, weil das Glück des Lebens doch nur in einer wirklichen Liebe ruhen kann.

Niemand wußte, wie sehr die schöne Sägmüllerin unter dem Joch ihrer Ehe litt, an der Seite eines Mannes, der immer nur rechnete und mehr mit Baumstämmen und Brettern verheiratet schien, als mit einer gesunden sechsunddreißigjährigen Frau.

Sechsunddreißig Jahre wäre jetzt auch die Benedikta Staketer, die Mutter des Harmonikaspielers Christoph, der soeben mit dem Tortenstück fertig geworden war und nun schüchtern mit der Hand über ihren Ärmel strich, weil er nicht wußte, mit welchen Worten er ihr danken sollte.

Die Pause war zu Ende. Die Musiker kamen zurück und setzten die Instrumente wieder an. Christoph hatte plötzlich das Gefühl, als gehöre er nicht mehr zu ihnen. Es war ihm zumute, als habe ihm ein gütiger Engel über das Haar gestrichen. Immer wieder suchte sein Blick die schöne Frau, wenn sie vorübertanzte, und ihm war, als spiele er nur noch für sie ganz allein.

Fühlte dies die Sägmüllerin? Manchmal streifte ihr Blick ihn voller Wärme, und sie lächelte ihm zu. Das war dann wie ein Sonnenstrahl inmitten des Wirbels, der mit den Stunden immer lauter wurde und alle Innigkeit verlor, die am Anfang des hochzeitlichen Festes noch vorgeherrscht hatte.

Am Abend kamen dann die „Draufgänger“, die Gäste also, die nicht zur Hochzeit geladen waren. Männer, die ihre Frauen abholten, junge Mädchen und Burschen, die sich ausgelaugt von der schweren Arbeit des Tages auch noch ein wenig in das Vergnügen des Tanzens stürzen wollten.

Es kam auch der Sägmüller, ein klobiger, breitschultriger Mensch mit vollem Haar, das ins Rötliche spielte. Und während Christoph behutsam zu einem Walzer die weißen Perlmutterknöpfe drückte, mußte er denken, wie wenig dieser Mann eigentlich zu dieser überschlanken Frau paßte. Wie derb er sie in seinen Armen hielt, wie er laut mit seinen Füßen stampfte, als der Walzer von einer Polka abgelöst wurde, wie er zu schwitzen anfing und sein überhitztes Gesicht an den Hals der Frau preßte, indessen sie die Stirn weit zurückbog und eine Falte zwischen den Brauen hatte, als schäme sie sich der derb hingespielten Zärtlichkeiten, die doch nur für die anderen gedacht waren, damit sie meinen mochten, wie glücklich die Sägmüllerleute doch sein mußten.

Und es kam auch der Bürgermeister Innerkofler von der Rosenau. Selbstbewußt schritt er durch den Saal auf das Brautpaar zu und gratulierte. Christoph hatte ihn seit jenem Frühlingstag, da er ihn einen Zigeuner geheißen hatte, nicht mehr gesehen. Er hatte sich nicht geändert, seine Bewegungen waren noch gleich herrisch und knapp bemessen. Nur das Haar an seinen Schläfen war ein wenig angegraut.

Jetzt hob er den Kopf und schaute sich im Saal um, bis sein Blick auf Christoph stieß. Über sein Gesicht zuckte es kurz hin. Dann blickte er zur Decke hinauf, als rechne er etwas nach. Vielleicht rechnete er nach, wie alt Christoph jetzt sein mochte und ob er mit diesem Alter bereits auf dem Podium unter alten Musikern sitzen dürfe.

Nun schien er mit seiner Rechnung fertig zu sein und neigte den Kopf zu seinem Nebenmann, dem Expositus Gruber, der die Trauung vollzogen hatte. Daraufhin nahm auch der Geistliche Christoph aufmerksam in sein Blickfeld, nickte ein paarmal und strich mit seinen schlanken Händen über die weiße Tischdecke.

Christoph hatte das ungute Gefühl, daß die beiden jetzt über ihn sprachen.

Acht Tage nach dieser Hochzeit bekam der Pfannenflicker einen behördlichen Verweis, der vom Bürgermeister Innerkofler unterschrieben war. Darin hieß es unter anderem, daß dem Christoph Stanz das Verweilen auf dem Tanzboden zu körperlichen und sittlichen Schäden gereiche, und es wäre besser, den Minderjährigen nun endlich einer Lehre zuzuführen, damit vielleicht doch noch ein nützliches Glied der Gesellschaft aus ihm werde.

Der Pfannenflicker lachte nur und beschloß, den Verweis nicht zu beachten.

„Das ist nicht auf seinem Mist gewachsen“, sagte er. „Das hat ihm der Lehrer Striebling aufgesetzt. Merkwürdig, jetzt, weil du aus dem Gröbsten heraus bist und dir ein paar Mark mit Musikmachen verdienst, jetzt regen sie sich auf. Weißt, was die uns können?“

Christian wußte es, aber er sprach des Vaters Gedanken nicht aus.

„In einem mögen sie vielleicht recht haben. Wenn du etwas lernen willst? Musikmachen allein ist kein Beruf, wenigstens bei uns auf dem Land nicht.“

„Hast du vergessen, Vater, wie entschieden der Schreiner Raab es abgelehnt hat, mich in die Lehre zu nehmen, als du ihn um Weihnachten herum gefragt hast?“

Der Pfannenflicker nickte und zog seinen Seelentröster hervor.

„Sie schau'n uns einfach nicht für vollwertig an.“

„Laß mich bei dir bleiben, Vater. Es geht uns doch jetzt nicht mehr so schlecht.“

„Ja, aber die werden keine Ruh' geben, wirst es seh'n, Christoph.“

Und sie gaben keine Ruhe. Auf den Verweis folgte die Anzeige. Der Gendarm erschien und nahm alles auf. Vielleicht wäre es noch mal mit einer Verwarnung abgegangen, der Gendarm sagte, daß es ja nur ein Vergehen sei. Aber da kam Herr Glockenrein wieder. Es war die Jahrmarktsmusik in Zell zu spielen. Er brauchte die beiden dringend.

Nach diesem Jahrmarkt wurde dem Pfannenflicker eine Geldstrafe von sechzig Mark zugeschickt. Nun wurde es wirklich ernst, denn Andreas dachte nicht daran zu bezahlen. Er machte es dadurch auch erst recht noch schlimm, daß er dem Gendarm sagte, der Richter könne auch das tun, was der Ritter mit der eisernen Hand auf seiner Burg Berlichingen dem Kaiser habe sagen lassen.

„Sagen S' das noch mal“, sagte der Gendarm, weil er

Mitleid hatte mit dem alten Knaben und ihn zur Besinnung bringen wollte. Andreas kam nicht zur Besinnung, er sah das Ganze für ein Unrecht an, für eine Schikane, und war bis an den Rand seines Herzens mit Groll gefüllt. In grollender Offenheit sagte er dem Gendarm, was der eigentlich hatte verhindern wollen.

Das war auch für den gutmütigen Gendarmeriekommissär zu viel. Er erstattete eine Anzeige wegen Beamtenbeleidigung, und diesmal wurden aus den sechzig Mark zweihundert.

Andreas wurde jetzt still und nachdenklich. Er kroch zu Kreuz, suchte das Postengebäude auf und fragte den Gendarm treuherzig, woher er die zweihundert Mark nehmen solle.

„Ja, mein lieber Hobelsberger, das hätten Sie sich zuerst überlegen sollen. Da wird sich kaum was machen lassen. Sie haben es ja gehört bei der Verhandlung. Entweder zweihundert Mark oder vier Wochen sitzen."

„Dann sitz' ich lieber", antwortete der Pfannenflikker. „Aber bitt' gar schön, Herr Kommissär, könnt' man die Straf' nicht aufschieben bis zum Herbst. Ich soll nämlich wieder die Alm vom Reinecker übernehmen."

„Das ließe sich vielleicht machen. Ich werde eine Eingabe schreiben. Aber die Ziehharmonika bleibt beschlagnahmt. Darüber kann ich nicht hinaus. Es ist eine vorbeugende Maßnahme, damit Ihr Christoph nicht in Versuchung kommt, wieder auf einer Tanzmusik zu spielen."

Das war vielleicht die härteste Strafe, und sie traf Christoph ganz ungerecht. Im Weggehen sagte Andreas noch:

„Das haben wir alles dem Lehrer und dem Bürgermeister Innerkofler zu verdanken. Ja, ja, ich weiß schon. Sie dürfen das nicht zugeben, aber es ist die Wahrheit."

Ja, Christoph litt sehr darunter, daß er jetzt nicht mehr auf der Harmonika spielen konnte. Aber er hatte die Trompete noch und spielte an diesen Sommerabenden ein Solo ums andere, daß das Echo tönend über die Hügel flog, bis hinüber zum Rochusberg, wo Benedikt die Schafe hütete.

Das Leben auf der Alm war wieder so frei und ungebunden, wie im Vorjahr auch. Andreas vergaß, daß er noch vier Wochen Arrest vor sich hatte. Es fiel ihm erst wieder ein, als es auf den Herbst zuging. Zwar hatte er nicht Angst vor dem „Sitzen". Er kannte das Amtsgerichtsgefängnis von Zell schon von früher, als er einmal sechs Tage wegen Bettelns absitzen mußte. Es war sogar recht gemütlich dort, weil ja keine schweren Verbrecher einsaßen. Und er selber war ja auch keiner. Was hatte er schon getan? Eine Strafe ignoriert und dann einen Richter beleidigt. Das war nichts Ehrenrühriges. Bloß war er damals noch leichter gegangen. Damals war Christoph noch ganz klein, und seine Frau hatte noch gelebt. Jetzt aber mußte er Christoph allein zurücklassen. Und dazu waren vier Wochen eine lange Zeit.

Allein, es half nichts. Der Sommer ging unerbittlich zu Ende. Sie mußten das Vieh heruntertreiben, verlebten dann noch ein paar tiefsinnige Tage im Armenhäusl, und an einem schönen Spätherbstmorgen, als der Rauhreif Bäume und Sträucher verschwenderisch schmückte, marschierten die beiden auf der Landstraße nach Zell dahin. Christoph war ganz elend ums Herz, nicht weil er jetzt allein sein sollte, sondern weil der Vater ins Gefängnis mußte, nur seinetwegen.

„Es ist doch schwerer, Vater, als ich gemeint habe", seufzte er einmal.

„Ach woher denn. Wirst seh'n, bis du dich umschaust, ist eine Woche um. Dann sind es nur mehr drei. Die Zeit wird dir nicht lang werden. Es sind noch an die dreißig Pfannen und Suppenhäfen in der Werkstatt. Traust du dich darüber?"

„Ja, Vater."

„Es hängt überall ein Zettel dabei, wem sie gehören. Verlöte sie gut und feile die Lötstelle sauber mit Glaspapier ab. Du weißt doch, wie ich's immer mache."

„Ja, Vater. Aber das ist es nicht. Der Gedanke, daß du meinetwegen hinter vergitterten Fenstern sitzt —"

„Wer sagt dir denn das? Dort gibt es Arbeit in Hülle und Fülle. Holzhacken und so."

„Ja, aber wirst du dort nicht hungern müssen?"

„Ach, woher denn. Wenn mir was abgeht, dann vielleicht mein Schnupftabak."

„Hast du die Dose dabei?"

„Ja, aber die werden sie mir abnehmen."

Mit solchem Gespräch näherten sie sich dem Städtchen

Zell an der Kloben. Der Bach war hier schon ganz schön breit. Es führte eine steinerne Brücke darüber. Dann ging es durch den Torbogen, und nicht weit davon lag linker Hand das Amtsgericht mit dem Gefängnis.

Das Städtchen war gerade richtig zum Tagleben erwacht. Ein Milchfuhrwerk holperte über das grobe Kopfsteinpflaster. Dann hielt es wieder, ein Mann bimmelte mit einer Glocke, schenkte Milch aus und zog vor einem vorübergehenden Herrn tief die Mütze. Das war der Amtsrichter Sprenger, den der Pfannenflicker Andreas Hobelsberger beleidigt hatte, weswegen er nun drei Wochen sitzen mußte. Die vierte Woche war ja wegen Christoph, den er auf die Tanzböden mitgenommen hatte.

Die beiden saßen gerade im Gasthof zum „Kreuz" und aßen Weißwürste, als der Herr Amtsrichter vorüberging. „Henkersmahlzeit" nannte es Andreas in einem Anflug von Galgenhumor. Dann schnupfte er. Er schnupfte auch noch mal recht ausgiebig, bevor er am Gefängnis die Glocke zog und der Herr Verwalter Schweiger mit viel Schlüsselgerassel die schwere Türe aufschloß und ihn wie einen alten Bekannten begrüßte. Diese Bekanntschaft rührte aber nicht von der Achttagehaft, die Andreas hier einmal abgesessen, sondern war beruflich bedingt. Andreas hatte hier jedes Jahr einmal vorgefragt, ob es keine Tiegel zu flicken gäbe. Dessen eingedenk empfing er Andreas auf diese freundliche Weise und lachte sogar hinter vorgehaltener Hand, als Andreas ihm im Aufnahmezimmer treuherzig mitteilte, weshalb er diesmal hiersein mußte.

„Denken kann man sich so was, aber sagen darf man es nicht", belehrte er ihn gönnerhaft. „Aber es wird nicht so schlimm werden. Es gibt schon leichte Arbeit für dich."

Andreas räumte seine Taschen aus, legte das Messer auf den Tisch, den Geldbeutel und seine Taschenuhr. Die Tabakdose hielt er noch in der Hand. Während Herr Schweiger die Gegenstände notierte und das bißchen Geld zählte, schnupfte Andreas noch mal mächtig. Dann hielt er auch Herrn Schweiger die Dose hin.

Die Tür war verschlossen, das vergitterte Fenster verstaubt. Herr Schweiger durfte es wagen. Er nahm nur eine ganz kleine Prise und mußte niesen. Dann sah er Andreas aus tränenden Augen an, und Andreas sah ihn an, ergeben und treuherzig wie ein Hund. Dann zwinkerte er mit dem linken Auge. Der Herr Verwalter verstand ihn und nickte, denn er war nicht nur Beamter, sondern auch Mensch und hatte Verständnis für die Leidenschaft der Pfannenflickerseele.

Andreas ließ also die Dose wieder in seinen Hosensack gleiten und sagte:

„Vergelt's Gott, Herr Verwalter."

„Aber Maul halten", sagte Herr Schweiger. „Und nicht zuschauen lassen."

Dann führte er ihn in den Hof, wo bereits etwa acht Mann mit Holzsägen beschäftigt waren. Andreas arbeitete nur einen Tag beim Holz, dann durfte er in der milden Spätherbstsonne an der Mauer sitzen und Suppentiegel und Pfannen flicken. Und wenn er dann die Sachen in der Küche ablieferte, steckte ihm die Frau Verwalter ein Stückchen Rauchfleisch zu und schenkte ihm ein Gläschen Bier ein. Er flickte nicht nur das Geschirr der Gefängnisküche, nein, es wurde immer auch noch von außen herein was abgeliefert. Herr Schweiger sorgte schon dafür, daß immer Arbeit da war, und Andreas führte auf diese Weise ein recht friedsames Leben. Er litt nur namenlos an Heimweh nach Christoph und lernte erst in dieser Zeit kennen, wie sehr ihm der Bub ans Herz gewachsen war.

Christoph zählte die Tage, bis der Vater wiederkam. Sonntags ging er den Weg nach Zell und durfte mit dem Vater eine Stunde im Besuchsraum plaudern. Aber was konnten sie da schon sprechen. Es waren ja auch noch andere da. Aber er war ja schon glücklich, wenn er des Vaters Hand halten und ihm heimlich ein Päckchen mit Schnupftabak zustecken konnte.

Mittlerweile war der Herbst mit all seinen Farben verglüht. Ein bleigrauer Himmel hing über dem Land, auf den Bergen lag schon Schnee, und am Allerheiligentag stand Christoph ganz allein am Grabe der Pfannenflikkersgattin Marianne Hobelsberger, die ihm Mutter gewesen war.

Während im Leichenhaus das kleine Glöcklein bimmelte und der Expositus mit den Ministranten durch die Gräberreihen schritt, überall das geweihte Wasser hinsprengend, mußte Christoph zum erstenmal ganz intensiv an seine wirklichen Eltern denken. Wo mochten sie ruhen? Wahrscheinlich stand keine Menschenseele an ihrem Grab, das verwildert sein mochte, wenn es nicht überhaupt schon eingegangen war. Diese Gedanken legten sich schwer auf seine Seele, und ohne daß er es wollte, rannen ihm auf einmal Tränen über das Gesicht. Vorsichtig sah er sich um, ob es niemand sehe, und stand dann lange, als der Friedhof sich schon geleert hatte, immer noch vor dem schmucklosen Hügel mit dem Holzkreuz. Eine Kerze brannte, der Wind drückte die Flamme immer wieder ganz tief nieder, ohne sie auslöschen zu können. Erst als sie dann wirklich ganz niedergebrannt war und von selber erlöschte, ging Christoph heim.

Der Hirte Benedikt saß neben dem Ofen, der eine Wärme ins Zimmer strahlte, die kaum auszuhalten war. Natürlich, ihn kostete ja das Holz nichts. Christoph brachte es schon aus dem Wald. Zu zweit konnten sie auch nicht gut Karten spielen. Als es zu dämmern anfing, ging Benedikt in seine Kammer hinauf und legte sich schlafen. Vorher aber trug er Christoph noch mit der Schärfe eines Vorgesetzten auf:

„Heiz morgen früh gleich richtig an, ich mag nicht immer bis Mittag kalte Füße haben."

Ein paarmal hörte man ihn droben noch hin und her schleichen, dann knarrte die Bettstatt, und es wurde still. Christoph schaltete das Licht ein und schloß die Fensterläden. Dann verzehrte er seine Milchsuppe mit trockenem Brot. Hernach zog er den alten Kalender wieder hervor und las die Geschichten wieder, die er doch schon auswendig kannte. Es war ganz still um ihn, nur das Feuer im Ofen knisterte leise, und die Kuckucksuhr tickte. Ein undeutbares Lächeln um den Mund schaute der schöne Königsjüngling Ludwig II. aus seinem Rahmen auf ihn nieder, als möchte er sagen: „Siehst du, genau so einsam wie du war auch ich immer. Aber es liegt ja nicht an uns, daß man uns nicht verstehen will . . ."

Der Novembersturm jaulte um die Hausecken und rüttelte an den Fensterläden. Aber auf einmal war es, als höre man einen Schritt draußen. Gleich darauf wurde an den Fensterladen gepocht. Christoph fuhr zusammen.

Wer könnte das sein? Gutes mochte es wohl nicht bedeuten. Er ging und öffnete.

Das matte Flurlicht beleuchtete eine verhüllte Gestalt, die einen großen Packen trug. Erst als sie in den Flur trat und das dunkle Wolltuch auf die Schultern niederstreifte, tat Christophs Herz ein paar laute, pochende Schläge.

Es war die Sägmüllerin. Der kalte Wind hatte ihre Wangen gerötet, ein paar lockere Härchen hingen ihr in die Stirn.

„Willst du mich vielleicht in diesem kalten Flur stehen lassen?“ fragte sie.

Christoph stieß die Stubentür auf und schloß sie hinter sich wieder. Er wußte nicht, was dies bedeuten solle. Es war Nacht, und diese Frau schlich sich ins Armenhaus, und er wußte auch da noch keinen Rat, als Frau Isabella die Hülle von dem Packen nahm und eine chromfunkelnde Ziehharmonika zum Vorschein kam. Er getraute sich kaum zu atmen und starrte das Instrument unentwegt an. Bis Frau Isabella ihre Hand auf seine Schulter legte und ihm in die Augen sah.

„Es stimmt doch, daß man dir deine Harmonika weggenommen hat?“

„Später soll ich sie aber wieder bekommen, haben sie gesagt.“

„Später brauchst du sie nicht mehr. Ich schenke dir diese.“

„Warum?“ fragte er verständnislos, weil es nicht in sein Gehirn wollte, daß jemand ihm ein so wertvolles Geschenk machte. Durch die Ereignisse der letzten Zeit war er mißtrauisch geworden, und er sah die Frau aus schrägen Augenwinkeln an.

„Du sollst nicht fragen“, sagte sie. „Du sollst dich freuen. Oder kannst du dich nicht freuen?“

Und da durfte sie erleben, wie es ist, wenn ein Mensch sich aus tiefstem Herzen freut. Sie hatte es sich nur nicht so erschütternd vorgestellt. Christoph schossen die Tränen in die Augen, und ehe sie ihn daran hindern konnte, kniete er vor ihr nieder und preßte seine heiße Wange auf ihre Hand.

„Steh auf“, sagte sie betroffen. „Und wisch dir die Tränen ab!“

Gehorsam tat er es. Seine Hände streichelten scheu das Instrument. Dann sah er die Frau wieder an. Jetzt leuchteten seine Augen in einem solch schönen Glanz, daß es Frau Isabella heiß und kalt überrieselte.

„Freut es dich?“

„Ich kann es nicht sagen, wie.“ Er war ganz aufgeregt, schürte das Feuer nach, obwohl es noch hell brannte, zog die Kuckucksuhr auf, obwohl die Gewichte nur halb niederhingen und preßte zwischen diesen Verlegenheitsarbeiten immer wieder die Hand der Sägmüllerin.

Frau Isabella erlebte zum erstenmal die Freude eines jungen Menschen, und es wurde ihr bitterweh ums Herz, wenn sie Vergleiche zog, wie selbstverständlich ihr eigener Sohn alles hinnahm, was man ihm schenkte. Er hatte ein neues Fahrrad bekommen und bekrittelte dieses Geschenk, bis ihr die Freude am Schenken zerstört wurde.

„Nicht einmal eine Dreigangschaltung hat es“, nörgelte Blasius. „Und überhaupt ein Fahrrad. Warum nicht gleich ein Moped? Bin ich nicht der Sohn vom Sägmüller?“

Wenn Frau Isabella ihn in mütterlichem Trieb an sich ziehen wollte, entzog er sich ihr. Genau wie sein Vater. Sie wollte Wärme um sich verschenken und erntete Kälte. Jetzt aber durfte sie etwas erleben, das sie glücklich machte bis in die Tiefe des Herzens hinein. Sie hätte am liebsten den Kopf des Knaben in ihre Hände genommen und hatte Angst, daß man ihr auch hier ausbiegen könnte. Und da fragte Christoph bereits zum zweitenmal:

„Aber warum tun Sie das?“

„Vielleicht um zu sehen, wie ein Mensch sich freuen kann. Oder weil ich es einfach wollte. Es kommt mir vor, als hätte man dir unrecht getan, indem man dir deine Harmonika weggenommen hat. Du wirst das noch nicht verstehen, Christoph, aber deine Freude fällt in mein eigenes Herz zurück.“

„Wenn ich nur wüßte, wie ich es Ihnen danken soll.“

„Das will ich dir genau sagen.“ Sie setzte sich auf die Bank, zog ihn neben sich und faßte seine Hand. „Du dankst mir am besten damit, wenn du zu jedermann schweigst, woher du die Harmonika hast. Es darf niemand wissen, daß ich nachts ins Armenhaus gegangen bin.“

Christoph senkte den Kopf und sagte nach einer Weile: „Aber ich kann den Vater nicht anlügen, wenn er aus dem Ge — wenn er heimkommt."

„Ihn habe ich auch nicht gemeint. Nur sonst sollst du zu niemandem etwas sagen. Du könntest mich in Ungelegenheiten bringen. Mein Wollen würde sicherlich falsch ausgelegt. Und — es muß dich doch ein wenig stolz machen, wenn du mit mir ein Geheimnis hast."

„Ich sage zu niemandem etwas."

„Gib mir deine Hand darauf."

Er reichte ihr seine Hand, und sie legte ihre andere Hand auf seine Schulter. Es war alles sehr feierlich für Christoph, so als habe er einen Ritterschlag empfangen. Er hatte nun ein Geheimnis mit einer schönen Frau. Er hatte ihr sein Wort gegeben und gelobte sich in dieser Stunde, sich lieber steinigen zu lassen, als jemals dieses Wort zu brechen, denn Frau Isabella war der erste Mensch außer den Pfannenflickerleuten, der ihm Güte schenkte und ein Vertrauen in ihm entzündete, das ihn über seine Jahre hinaushob. Ja, er kam sich auf einmal ganz erwachsen vor und wußte nicht, daß eigentlich er der Gebende ist. Diese Frau war hierhergekommen, angefüllt mit einer schrecklichen Einsamkeit und wurde nun in dieser Armeleutestube von einer Wärme angerührt, die sie daheim in ihren kalten Prachträumen nie empfand. Seltsam mag das alles sein, sehr seltsam. Aber Frau Isabella war es auf einmal, als sei sie nun der Kälte in der Sägemühle ganz ferne gerückt und dürfe in dieser Wärme daheimbleiben, die zwar nach Armut roch und doch reich machte, weil ihr die Wärme nicht nur aus dem Kachelofen, sondern aus einem reinen Knabenherzen entgegenströmte.

„Willst du nicht wenigstens einmal probieren, wie sie spielt?" fragte sie, mit einer dunklen, leisen Stimme, die sich anhörte, als sei sie mit einem Trauerflor umhangen.

Sofort griff Christoph nach dem Instrument. Es war, als habe er nur darauf gewartet, dazu aufgefordert zu werden.

„Was soll ich spielen?"

„Irgend etwas, was dir gerade einfällt.

Er erschrak fast vor der Reinheit der Töne, die den Raum erfüllten, obwohl er nur mit den Fingerspitzen die Tasten berührt hatte. Ein kurzes Suchen auf der Tonleiter, dann fanden sich die Töne zu einem Lied, das er mit einer leisen, etwas rauchigen Stimme sang:

„Der Schlaf sinkt nieder wie der Schnee,
bald bin ich zugeschneit.
Bald bist du nah, bald bist du weit,
daß ich dich kaum mehr seh,
durch alle Wolken und den Schnee,
in deinem rosenroten Kleid,
das ist mein Herzeleid . . .“

„Wie kommst du gerade auf dieses Lied?“ fragte sie, seltsam berührt vom Sinn der Worte und von seiner traurigen Stimme.

Er zuckte nur die Schultern, legte das Instrument weg und sah sie an.

„Ich möchte jauchzen vor Freude, aber es ist alles so feierlich in mir.“

Verwundert schüttelte die Sägmüllerin den Kopf. „Du bist ein merkwürdiger Bub, Christoph.“ Sie langte nach ihrem Schal und ging zur Tür.

„Werden Sie wiederkommen?“ fragte er schüchtern.

„Nein, es ist nicht so einfach, wie du dir das denkst. War mein Kommen denn schön?“

„Sehr schön und sehr gut. Ich bin doch so allein.“

„Du bist nicht mehr lange allein. Diese Woche noch, dann seid ihr wieder zu zweit.“

Der Wind hatte jetzt aufgehört, aber die Nacht war dunkel, ohne einen Stern. Aber das Gesicht der Frau war hell und froh. Es kam erst wieder der schmerzliche Zug um ihre Mundwinkel, als sie über den Hof des Sägewerkes auf das große, villenartige Haus zuging, das abseits von den Ökonomiegebäuden auf einem kleinen Hügel stand. Das Haus lag ganz dunkel. Wer sollte auch schon auf sie warten. Der Mann, das wußte sie, war am Stammtisch, und Blasius lag längst zu Bett. Er schlief mehr als gewöhnlich ein Mensch in seinem Alter, und es lohnte sich nicht, nach Mütterart an sein Bett zu treten, um ihm vielleicht die Decke glattzustreichen oder einen Gutnachtkuß auf die Stirne zu geben. Das hatte sie längst aufgegeben, denn Blasius wollte nicht belästigt werden in seinem Schlaf, drehte sich höchstens knurrend zur Seite und wischte die Stelle ab, wo die Lippen der Mutter ihn berührt hatten.

Als sie die Tür aufsperrte, schlug es auf dem Kirchturm zehn Uhr. Sie hatte gedacht, daß es schon später sei, und bereute nun, nicht noch länger geblieben zu sein. Das Wissen, daß ihr Kommen schön gewesen sei, beglückte sie auf eine wundersame Weise. Und während sie sich langsam entkleidete, summten ihre Lippen Christophs kleines Lied nach:

„Der Schlaf sinkt nieder wie der Schnee,
bald bin ich zugeschneit ...“.

Andreas kam gut aussehend und gut genährt nach seinen vier Wochen zurück. Christoph hatte ihn abgeholt, und so erfuhr Andreas schon um einige Stunden früher von dem großartigen Geschenk der Sägmüllerin und ihrem Besuch im Armenhaus. Seine erste Frage war sofort:

„Hat der Benedikt sie gesehn? Nein? Dann ist es gut. Benedikt ist nämlich ein altes Waschweib und macht aus einer Mücke gleich einen Elefanten.“

Tiefere Gedanken machte sich Andreas über Sinn und Zweck des Schenkens nicht. Wahrscheinlich nur die Marotte einer reichen Frau, deren Schenken aber im verborgenen bleiben sollte, damit um Gottes willen niemand auf den Verdacht käme, sie sei aus ihrer sauberen Welt hineingestiegen in das anrüchige Milieu eines Pfannenflickerlebens. „An ihrem rausgefressenen Fleischsack kann sie ja auch keine Freude haben“, sagte er, und damit meinte er ihren Sohn Blasius. Und wie es mit ihrem Mann bestellt sei, das wisse man ja auch so halbwegs.

„Aber mein gegebenes Wort muß ich doch halten, Vater?“ fragte Christoph.

„Ja, das mußt du unbedingt, Bub. Es gibt nichts Gemeineres, als wenn einer sein Wort bricht.“

Christoph wollte nur noch mal Gewißheit haben, aber er würde ja auch von sich aus schweigen. Er konnte sich nicht vorstellen, daß er etwas tun könne, was diese Frau schmerzte. Er sah auch gar keinen Grund, warum er jemandem etwas erzählen sollte.

„Du dürftest es schon deswegen auch nicht sagen, weil es bloß Neid erwecken würde, und der Neid zeitigt die giftigsten Blüten. Davon hast du noch keine Ahnung, was der Neid oft schon für Unheil angerichtet hat“, sagte ihm Andreas in diesem Zusammenhang noch. Dann war dieses Kapitel für ihn erledigt.

Das einzig Betrübliche an der ganzen Sache war nur, daß Christoph sich mit dem herrlichen Instrument vorerst nicht auf den Tanzböden zeigen durfte. Er gab sich keinen falschen Hoffnungen mehr hin, sie würden den Vater ein zweitesmal anzeigen. Und wenn Andreas seinen Aufenthalt im Gefängnis — vielleicht nur, um es ihm leicht zu machen — als einen Erholungsurlaub bezeichnete, so litt Christoph doch ein wenig darunter, daß man den Vater seinetwegen eingesperrt hatte.

Ach, wie glücklich waren sie jetzt wieder, beisammensein zu können. Sie freuten sich miteinander schon wieder auf den Frühling, dann würden sie wieder auf die Alm ziehen. Der Reinecker war mit der Arbeit der beiden so zufrieden gewesen, daß er ein paar Tage vor Weihnachten vorgefahren kam und sie reichlich mit Lebensmitteln beschenkte und gleich wieder wegen des nächsten Sommers verhandelte.

Andreas unterschrieb so eine Art Vertrag und sah sich gesichert. Der Vertrag war wie ein Ausgleich, denn merkwürdigerweise brachte niemand mehr Geschirr zum Flikken, seit er aus dem Gefängnis zurückgekehrt war. Ja, sie schnitten ihn auffallend. Andreas nahm es aber weiter nicht krumm, warf sein Kinn mit dem grauen Bart hochmütig in die Höhe und lächelte.

Da geschah es zuweilen, daß sich dieses Lächeln verzerrte wie unter einem stechenden Schmerz. Andreas stand dann ganz still und horchte in sich hinein, diesem Schmerz nach, der immer öfter und öfter kam. Dieser Schmerz war auch schuld, daß er in der Faschingszeit Herrn Glockenrein immer wieder einmal absagen mußte, seit er einmal mitten unterm Spiel vor Schmerz vom Stuhl gefallen war.

Vor Christoph verheimlichte er seine Schmerzen, solange es ging. Aber dann konnte er eines Morgens nicht mehr aufstehen. Er verfiel sichtlich, was er zu sich nahm, mußte er erbrechen, und manchmal riß er vor wahnsinnigen Schmerzen an seinem Bart, daß das Blut hervorquoll.

„Auweh, auweh“, sagte er einmal. „Ich mein immer, Christopherl, daß es schön langsam Feierabend mit mir wird.“

Christoph erschrak bis in die Seele hinein und fing sofort laut zu schluchzen an. „Nein, nein, nein! Nur das nicht, Vater.“

Dessen Hand zitterte über die blaugewürfelte Decke hin und umklammerte dann Christophs Schulter.

„Na ja, vielleicht hat der Herrgott ein Einsehen und läßt mich noch bei dir, bis du mit alle zwei Füß' fest genug im Leben stehst. Bloß ein paar Jahr, wenn es halt noch sein könnte. Und wenn es nicht sein kann, mußt nicht weinen, Bub, es war doch eine schöne Zeit, die wir zusammen waren.“

Weil er den inneren Jammer des Buben sah, kam es dem Pfannenflicker noch schwerer an, und wenn er so von Schmerzen gequält in den Nächten wach dalag, machte er Gelübde um Gelübde, wenn er wenigstens noch ein paar Jahre leben dürfte. Drei heilige Messen wollte er lesen lassen und barfuß bis nach Maria-Taferl wallfahren gehn. Er feilschte richtiggehend mit dem Sensenmann, den er immerzu ums Haus schleichen sah und schlug ihm vor, er solle doch zur alten Mooserin gehn, die sei schon über neunzig und warte schon lange auf ihn.

Der Sensenmann schüttelte unwillig den Kopf. Er nahm es übel, wenn ihm jemand in sein Geschäft dreinredete. Er ging vom Armenhäusl nicht mehr gerne weg, hockte am Klobenbach drunten unter den ersten Frühlingsknoten und wetzte seine Sense.

Es war Zufall, daß der Doktor von der Rosenau in Brugg zu tun hatte und von der Sägmüllerin angehalten wurde, als er mit seinem Auto die Schleife beim Sägewerk langsam nahm.

„Was gibt's, Frau Adam? Ist jemand krank bei Ihnen?“

Frau Isabella sah sich zuerst um. Dann trat sie näher an den Wagenschlag heran.

„Bei uns nicht, aber wenn Sie vielleicht einmal ins Armenhaus schauen wollten. Dort liegt der Hobelsberger schon seit Wochen krank.“

„Ach, der alte Gauner. Kann denn dem auch etwas an?“

„Es scheint ernst zu sein, Herr Doktor.“

„Selbstverständlich schau ich sofort nach.“

Der Doktor untersuchte den Kranken genau, obwohl seine Diagnose im ersten Augenblick gleich auf Leberkrebs hindeutete. Sein Gesicht wurde ernst und nachdenklich.

„Warum haben Sie denn schon nicht früher nach mir geschickt? Ja, ja, ich weiß schon. Da ist man bei keiner Kasse und hat Angst, daß einen der Doktor Weilbacher zu stark schröpfen könnte. Dabei hab ich für einen armen Teufel immer noch ein Herz gehabt. Also, paß auf, Hobelsberger, du mußt in die Klinik. Genau kann ich das nämlich nicht feststellen. Aber die sagen es dir gleich."

Der Pfannenflicker sah ihn aus schrägen Augenwinkeln an.

„Red nicht um den Brei herum, Doktor. Muß ich sterben?"

„Ach, woher denn. Wer wird denn gleich an so was denken. Wenn du dich ein bißl hältst, kannst hundert Jahre alt werden. Die Zeiten, in denen du dich hast vollaufen lassen, bis es oben wieder rauskommen ist, die sind freilich vorbei. Ich verschreib dir jetzt was gegen die Schmerzen, und dann telefoniere ich, ob sie ein Bett freihaben in der Klinik."

Andreas nickte ergeben. Die versprochenen hundert Jahre machten ihm Mut. Und wenn er sich wirklich halten mußte, mein Gott, dann trank er halt in Zukunft bloß mehr zwei Maß und nicht mehr acht.

„Aber schnupfen? Wie schaut es denn da aus? Kann ich mir noch eine Pris erlauben?"

„Schnupf soviel du willst. Das schadet dir nichts." Er hatte eigentlich sagen wollen: das schadet dir nichts mehr. Aber das „mehr" verschluckte er noch rechtzeitig. Kranke sind hellhörig und hören gleich aus allem was heraus.

Christoph lief am selben Abend noch bis nach Zell in die Apotheke um die schmerzlindernden Tropfen. Zuerst versuchte er es, ob ihm nicht jemand ein Fahrrad leihen würde. Aber er fand überall nur taube Ohren.

„Ja, freilich", sagte der Sägmüller Blasius. „Von dir laß ich mir mein Radl kaputtmachen. Lauf nur, du hast ja noch junge Füß."

Blasius Füße waren nur ein paar Monate älter, und sein neues Fahrrad stand ungenützt in der Garage neben dem Mercedes seines Vaters, weil es keine Dreigangschaltung hatte. Aber dem etwas leihen? Hatte Christoph ihn nicht einmal in den Bach gestoßen?

So nahm Christoph den weiten Weg unter die Füße und kam in der Dunkelheit wie zerschlagen zurück.

In dieser Nacht schlief der Pfannenflicker tief und hatte keine Schmerzen. Doch am Morgen waren sie um so heftiger wieder da. Am Vormittag aber kam das Krankenauto aus der Stadt und holte ihn ab. Als sie ihn hinaustrugen, umfaßte sein müder Blick noch einmal die kleine Stube, und seine Hand umklammerte Christophs Handgelenk so fest, daß es schmerzte.

„Hast mir meine Tabaksdosen eingepackt, Bub?"

„Ja, Vater."

„Und tu beten, daß ich bald wieder zu dir komm."

Die Bahre wurde in das Innere des Wagens geschoben. Den Motor hatten sie gar nicht abgestellt, das Auto fuhr langsam auf die Straße hinaus. Christoph sah noch lange das rote Kreuz im weißen Feld, dann verschwand der Wagen hinter den Häusern des Dorfes.

In der Klinik machte man den Pfannenflicker auf und nähte ihn gleich wieder zu, ohne etwas geschnitten zu haben. Da half auch keine Operation mehr was. Sie behielten ihn drei Tage, gaben ihm ein paar schmerzstillende Spritzen und brachten ihn wieder zurück nach Brugg ins Armenhaus. Die Spritzen waren lang anhaltend, und Andreas lächelte pfiffig, als die Männer ihn wieder ins Haus trugen.

„Jetzt bin ich schneller wieder da, wie ich gemeint hab. Siehst, Christoph, der Sparifankerl will mich noch nicht haben. Gib mir nur gleich die Dosen her, ich hab auf der ganzen Fahrt noch nicht schnupfen können. Hach — ist das gut."

Dann ging es sehr rasch mit ihm. Die schmerzfreien Pausen wurden immer kürzer, der Atem immer mühsamer, und in der Karwoche stellte sich die erste längere Bewußtlosigkeit ein.

Christoph war mit dem Sterbenden ganz allein. Nur einmal war der Expositus eine Stunde lang bei ihm und wartete, daß Andreas noch mal aus seiner Bewußtlosigkeit erwache. Zuerst schaute er etwas unsicher um sich, dann erkannte er den Geistlichen.

„Auweh, jetzt weiß ich, wieviel Uhr es ist: Na ja, in

Gottesnamen, wenn es sein muß — ich bin gerichtet."

„Ja, Hobelsberger, das weiß ich. Und Sünden wirst du ja kaum schwere haben?"

Andreas schüttelte den Kopf, dann riß er sich wieder vor Schmerzen am Bart. Christoph gab ihm von neuem Tropfen. Dann schickte der Expositus ihn hinaus.

„Geh ein bißl naus, Christoph." Und als sich die Türe hinter ihm geschlossen hatte, rückte der Geistliche seinen Stuhl ganz nahe heran: „Also, Hobelsberger, wie schaut es denn aus mit deiner Seel? Ganz gewiß ist sie nicht schwarzgefleckt, hast ja immer rechtschaffen gelebt. In die Kirch bist ja auch hin und wieder gegangen, soviel ich weiß. Und umgebracht hast niemand — gestohlen? Wie schaut es denn da aus?"

„Hin und wieder hab ich halt ein paar Kartoffeln krampfelt. Zum Essen halt."

„Das ist weiter nicht so schlimm. Das wiegen deine guten Taten auf. Ja, ja, ich hab mir erzählen lassen, daß du im Kloster zu Maria Einsiedel jahrelang die Pfannen und Tiegeln ganz umsonst geflickt hast, bloß für ein Vergelt's Gott. Kannst also ganz ruhig sein, wirst nicht lang anstehn müssen vor der Himmelstür."

So machte also Andreas Hobelsberger mit dem Expositus seine Rechnung mit dem Himmel fertig. Dann verlor er wieder das Bewußtsein und dämmerte in die Karwoche hinein. Manchmal lag er ganz unbeweglich und Christoph zitterte dann am ganzen Körper, weil er dachte, nun habe der Vater zu atmen aufgehört. Aber dann ging doch wieder ein kurzes, krampfhaftes Zucken durch den ausgemergelten Körper, oder es flatterten die Augenlider ein wenig.

Am Karfreitag, um die zehnte Vormittagsstunde, schlug er die Augen noch mal voll auf.

„Bist da, Bübl", sagte er schwach. „Du — jetzt mein ich — muß ich dich doch allein lassen. Da — geh her, Christoph, greif einmal unter den Kopfpolster, da liegt ein Briefumschlag drinnen. Der ist für dich, und was drin ist, gehört dir. Da zahlst den Pfarrer und — den Totengräber und was — halt so anfällt. Was übrigbleibt, teilst dir sorgsam ein — es langt schon eine Zeitlang. Es müssen ein bißl über dreitausend Mark sein." Er versuchte zu lächeln, aber es mißlang ihm, der Schmerz verzerrte sein Gesicht. Als er sich wieder gefangen hatte, zitterten seine Hände unruhig über die Bettdecke. „Geh her zu mir, Christoph — ganz nah geh her — und laß dir noch sagen — was mir so am Herzen liegt. Ich hab dich gern gehabt, Bub — das weißt und — du mich auch — das weiß ich. Und wenn du mir noch eine Lieb tun willst — die letzte in meinem Leben — dann bitt' ich dich, Bub, bleib so, wie du bist. Bleib ehrlich, und spreiz dich fest ein mit den Füßen, wenn dich das Leben einmal beuteln will. Mit einer ehrlichen Hand kommst durchs ganze Land, und du brauchst vor niemand die Stirn senken. Versprichst mir das, Christoph?"

„Ja, Vater. Aber —" Er konnte nicht weitersprechen, so würgten ihn die Tränen im Hals.

„Das, was da ist, gehört selbstverständlich dir — die zwei Betten — der Kasten — Tisch und Stühle — weißt ja so alles ... Geh — gib mir die Tabaksdos'n noch mal her, Christopherl —"

Seine Hände konnten sie aber nicht mehr halten. Sie zitterten so sehr, daß sie das braune Mehl über das Deckbett hin verstreuten. Aufschluchzend ließ er sich zurücksinken. In grenzenloser Trauer waren seine Augen groß zur Decke hin aufgeschlagen.

„Nimmer einmal das kann ich ..."

Da nahm Christoph die Dose und tat mit Daumen und Zeigefinger dem Pfannenflicker Andreas den letzten Liebesdienst. Er tat es ganz vorsichtig, daß nicht ein Bröselchen verschüttet wurde. Tief zog Andreas die letzte Prise hinauf.

„Vergelt's dir Gott, Bub", hauchte er, und ein friedsames Lächeln ging um seinen Mund. Dieses Lächeln blieb und wurde wächsern, als er gleich darauf mit einem Ruck den Kopf zur Seite drehte und still liegen blieb.

Der Pfannenflicker Andreas Hobelsberger war tot. Aber es läutete kein Sterbeglöcklein für ihn, denn es war Karfreitag und die Glocken waren fortgeflogen — nach Rom.

Die Gemeinderatssitzung in Rosenau war in vollem Gange. Es waren ein paar Baugesuche erledigt worden, und nun entschlossen sich die Gemeinderäte einstimmig für eine neue Wasserreserve. Lediglich über die Anschaffung eines neuen Zuchtbullens für das Dorf Brugg, das ja zur Gemeinde Rosenau gehörte, obwohl es sechs Kilometer entfernt lag, konnte man sich nicht recht einig werden. Man wollte zu diesem Punkt noch den Herrn Bezirkstierarzt hören.

Der Innerkofler lehnte sich in seinem Stuhl zurück, spreizte die Hände vor sich auf den Tisch und ließ seinen Blick über die Häupter seiner Gemeinderäte schweifen. Er hatte sie alle so ziemlich fest in der Hand, ganz selten fiel einmal ein Antrag unter den Tisch, weil es sich mit dem Innerkofler niemand verderben wollte. Es ging alles manierlich nach seinem Willen. Wäre ja noch schöner. Nur der Draxinger von Brugg hatte zuweilen etwas Aufsässiges. Er war erster Säger im Sägewerk Adam zu Brugg, gehörte politisch einer anderen Richtung an — als einziger im Gemeinderat — und wollte nicht immer so, wie es der Innerkofler wollte. Große Töne konnte er sowieso nicht spucken, denn sein Brotgeber, der Sägmüller Adam war ebenfalls im Gemeinderat, und größtenteils erhielt er ja auch von dem seine Direktiven, die eine gegensätzliche Meinung bekunden sollten, meistens aber dann recht lendenlahm verpufften.

„Ja, dann hätten wir es also für heute", sagte jetzt der Innerkofler. „Hat noch jemand etwas? Nicht? Dann können wir die Sitzung schließen. Das heißt, mir fällt da grad noch was ein. Der Punkt steht zwar nicht auf der Tagesordnung, er ist ja auch nicht so wichtig. Aber befassen müssen wir uns doch einmal mit dem Pfannenflickerbengel. Was soll denn aus ihm jetzt werden?"

„Er wird das bleiben, was er ist, ein arbeitsscheues Individuum", antwortete der Sägmüller Adam und zog aus einer Virginia den Strohhalm heraus.

„Ja, ja", pflichtete ihm der Innerkofler bei. „Was Gescheites wird ja aus dem nie. Andernteils aber kann man ihn auch nicht so rumstreunen lassen. Er bewohnt immer noch die Zimmer im Armenhaus, und das muß gar nicht sein. Ich kann mir denken, daß es für die Wohnung einen besseren Verwendungszweck gibt. Aber wie gesagt, ich möchte mich da nicht zu stark dreinmischen und überlasse es gerne euch Bruggern, wie ihr das regelt. Du bist ja zweiter Bürgermeister, Pellinger. Laß dir was Gescheites einfallen, mir soll es dann schon recht sein."

„Er braucht ja bloß bei einem Bauern einstehen. Groß und kräftig genug ist er ja“, meinte der Hoflechner.

„Wer nimmt denn den schon?“ hielt ihm der Luiger entgegen.

„Ich möcht ihn nicht nehmen“, gestand der Adlmaier.

Triumphierend sah sich der Innerkofler im Kreise um. Dann sagte er: „Jetzt sind wir da, wo ich schon vor Jahren mit dem Kerl hingewollt hab, nämlich ins Waisenhaus. Jetzt nehmen sie ihn nicht mehr auf. Aber hättet ihr mir damals gefolgt, hätten wir jetzt nicht das Problem.“

„Könnten denn wir im Sägewerk ihn nicht brauchen?“ wagte der Draxinger zu fragen und sah dabei seinen Herrn an. Der maß ihn von oben her mit einem vernichtenden Blick.

„Der ging mir grad noch ab.“

„Ich sehe schon, meine Herren, die Debatte ginge ins Endlose wegen einer Sache, die uns wirklich kein Kopfzerbrechen machen sollte.“ Der Innerkofler schloß den blauen Aktendeckel mit den erledigten Punkten. „Vielleicht hat er doch so etwas wie einen Charakter und haut von selber ab. Ich schlage vor, daß wir jetzt noch gemeinsam zum ‚Adlerwirt‘ gehn und uns eine gute Brotzeit einverleiben. Verdient haben wir sie uns.“

Später dann, auf der Heimfahrt — der Draxinger durfte im Wagen seines Brotherrn mitfahren — kam Adam nochmal auf das Thema zurück.

„Wie kommst denn du drauf, daß wir ihn im Sägewerk brauchen könnten? Ich will mit dem Kerl nichts zu tun haben.“

„Es war ja nur ein Vorschlag. Ist es denn besser, wenn er auf der Straße rumlungert? Und wenn man es recht betrachtet, er ist ja noch im jugendlichen Alter, und wem hat er denn schon was getan?“

„Getan soll er auch wem was haben. Das wäre ja noch schöner. Aber wenn du dich schon so warm für ihn ins Zeug legst, nimm ihn halt du auf bei dir.“

„Ich hab ja selber bloß drei Löcher, und sechs Köpfe sind wir. Aber der Innerkofler hat recht, vielleicht haut er von selber ab.“

„Das möcht ich hoffen. Ich hab schon jemand für die Wohnung im Gemeindehäusl. Der Holzinger sucht schon lang eine Wohnung.“

Währenddessen schlief Christoph den Schlaf des Gerechten und hatte keine Ahnung, wie schonungslos wieder einmal in sein junges Leben eingegriffen wurde. Andreas war nun schon drei Wochen tot, und niemand hatte sich bis jetzt um ihn gekümmert. Ganz allein hauste er in dem Häusl, denn Benedikt war wieder auf dem Rochusberg.

Eines Morgens nun, als er die Haustür öffnete, fand er ein Paket vor der Tür liegen. Es enthielt Wurst, Butter, ein großes Stück Rauchfleisch und Brot. Dabei lag ein Zettel mit den Worten:

„Teile es dir auf drei Tage ein."

Christoph kannte die Schrift nicht, aber er dachte sofort an die Sägmüllerin. Und merkwürdig, er fühlte sich auf einmal nicht mehr so allein und verlassen. Jemand dachte an ihn, jemand wollte für ihn sorgen. Das tat gut. Aber je länger er darüber nachdachte, desto mehr kam es ihm zum Bewußtsein, daß es mit seinem Alter und mit seinen Kräften nicht gerade ehrenvoll war, so in den Tag hineinzuleben und darauf zu warten, bis die Barmherzigkeit ihm etwas vor die Türe legte. Überdies war er ja gar nicht so arm. Er besaß, nachdem er alles bezahlt hatte, was bei der Beerdigung zu bezahlen war, immerhin noch zweieinhalbtausend Mark. Aber er hatte darüber hinaus noch keinen Pfennig ausgegeben, gedachte dies auch nicht zu tun. Er wollte ja arbeiten, er bot sich dem Toblerbauern sogar freiwillig an. Nur fürs Essen wollte er arbeiten. Aber man zeigte ihm die kalte Schulter, man ließ ihn einmal einen halben Tag lang Mist breiten, gab ihm dann am Abend nur ein trockenes Stück Brot und sagte ihm, daß man ihn eigentlich nicht brauche.

Da faßte Christoph den Entschluß, wieder einmal über Land zu ziehen, so wie er es mit dem Vater früher gemacht hatte. Sorgfältig packte er das Werkzeug in eine Kiste, umschnürte die Ziehharmonika mit einer Wolldecke, tat noch einen alten Koffer mit etwas Wäsche auf den Karren und hing sich den Gurt um.

Zunächst zog er einmal ziemlich weit von Brugg weg, bis er vor dem ersten Bauernhof seine helle Stimme hob:

„Ich bin der Pfannenflickerbub aus Brugg
gebt eure Pfannen raus, wenn sie kaputt . . ."

Seht, es ging wunderbar. Es gab Arbeit genug, er verdiente sein Essen und einiges Geld, ließ am Abend seine

Ziehharmonika aufrauschen und war überall gerne gesehen. Sein Leben begann sich wieder aufzuhellen, es gab wieder einen jungen Pfannenflicker im Lande, und Christoph dachte bereits daran, sich auch noch aufs Scherenschleifen zu verlegen und dem Ganzen einen modernen Anstrich zu geben. Er wollte sich motorisieren, ein kleines Motorrad vielleicht mit einem Anhänger und einen Schleifstein, ebenfalls von einem kleinen Motor getrieben. O ja, er war voller Aufschwung in dieser Zeit, er wollte es den Bruggern schon beweisen, daß er ohne sie recht gut leben konnte, bis die Zeit überbrückt war und ihn niemand mehr strafen konnte, wenn er für gutes Geld auf dem Tanzboden spielte.

Drei Wochen zog er so umher, dann trieb ihn das Heimweh wieder zurück nach Brugg. Sein erster Gang war gleich zum Friedhof, noch bevor er seinen Karren heimbrachte. Er stellte ihn draußen vor der Friedhofmauer ab und stand lange vor dem Grabe des unvergeßlichen Andreas Hobelsberger. Er hatte, bevor er fortzog, noch Tulpenzwiebeln eingesetzt. Nun blühten sie auf dem Hügel in herrlichen Farben vom tiefen Rot über schreiendes Gelb bis zum versöhnenden Lila.

Hinter dem Sägewerk, wo sein Weg dann vorbeiführte, zogen zwei Schwäne in schimmerndem Weiß, schweigsam und hoheitsvoll wie zwei adelige Stiftsfräulein, über das Wasser des Weihers hin, in dem Herr Adam auch Forellen eingesetzt hatte. Christoph hatte sich geschworen, ihm nie mehr eine Forelle zu stehlen, seit Frau Isabella ihm damals auf jener Hochzeit soviel Menschlichkeit und Güte zeigte.

Sosehr er auch zu der weißen Villa hinüberblinzelte, er konnte Frau Isabella nirgends sehen. Ach, wann gab es wohl wieder einmal so eine Stunde in seinem Leben, wo ein Mensch ihm die Hand auf die Schulter legte und daß jemand ihn wieder einmal bitten würde, er möge doch spielen. Hundert Lieder lebten in seiner Seele, und sie alle möchte er nur für sie allein singen. Ob sie wohl wieder einmal ins Armenhaus kam?

Nein, Frau Isabella würde wohl nie mehr ins Armenhaus kommen. Aber das wußte Christoph noch nicht. Er stapfte jetzt am Klobenbach entlang, um mit seinem Karren nicht durch das ganze Dorf zu müssen. Der Flieder blühte noch beim Armenhaus, das sah er schon von weitem. Dann stockte plötzlich sein Fuß, und er hatte einen Schreck, der ihm tief ins Herz ging.

Aus dem Kamin zog kerzengerade bläulicher Rauch in die Luft, ein paar Hühner liefen vor dem Haus herum, und die Fenster zu ebener Erde standen weit offen. Und er hatte bei seinem Fortgehen doch alles sorgfältig verschlossen. Dann erst sah er auch das andere. Das Haus war gestrichen worden und leuchtete ihm in einem boshaften Ockergelb entgegen. Die Fensterläden waren grün bemalt. Es gab keinen Zweifel mehr, das Haus war bewohnt.

Zögernd näherte Christoph sich dem Haus. Ein weißer Spitz wurde aus einem schnell geöffneten Spalt der Haustüre gelassen, der ihm mit heiserem Gekläff entgegensprang, um sich dann unter Christophs Blick zu kuschen. Christoph hätte sich jetzt niederbeugen und ihn streicheln können, aber seine Augen waren nur starr auf das Haus gerichtet. Dann stand er davor.

Er stellte seinen Karren so laut auf das Pflaster nieder, daß der Werkzeugkasten aufreizend schepperte. Es konnte nicht ungehört bleiben, wenn jemand in der Stube war. Und wirklich, im selben Moment beugte sich eine Frauensperson mit schlampig zerzausten Haaren aus dem Fenster. Christoph kannte sie. Es war die Holzingerin, die doch im „Graben" drunten gewohnt hatte.

„Was willst denn du noch hier?" fragte sie mit einer Stimme, in der schon der Verweis lag, daß er nur wieder schaun solle, daß er weiterkomme. Christoph verstand aber den Verweis nicht oder wollte ihn nicht verstehen. Er spürte, daß ein rasender Zorn in ihm aufstieg und daß er ihn nicht bändigen konnte.

Diese Nacht schlief er im Schuppen und dachte darüber nach, wo er sein Recht finden könne. Im Schuppen fand er zwar einen Strohsack, aber kein Bettzeug. Die Holzingers hatten vier Kinder und benötigte die Betten wohl. Die Frau schrie wie eine Verrückte, als er verlangte, daß sie sein Eigentum herausgebe, und der Mann krempelte die Ärmel auf, krempelte sie aber gleich wieder herunter, als er sah, daß Christoph die Axt an sich nahm.

Ja, nun wollte er also sein Recht suchen. Aber das Recht

schien verbogen zu sein, oder der Mann, an den er sich wandte, konnte es nicht auslegen, obwohl er doch etwas wie ein Abzweiger einer Amtsperson war, nämlich Zweiter Bürgermeister.

Der Pellinger mähte gerade in seinem Anger Gras für seine Kühe, als Christoph zu dieser unbotmäßig frühen Stunde zu ihm kam und mit dem Anzeichen drohender Erregung sein Recht forderte. Ihm sei nicht gekündigt worden, sagte er, und dann dies mit den Betten. Es waren zwei Betten da mit Matratzen und allem Federzeug. Auch ein Schrank, jawohl. Man habe ihm aber nichts herausgegeben, bis auf den Strohsack.

Der Pellinger hörte sich das alles an und wetzte seine Sense dabei. Dann sagte er ganz gemütlich:

„Da kann ich auch nichts machen. Aber es muß dir doch einleuchten, daß du das Haus nicht allein bewohnen kannst. Den Holzingers ist schon lang eine Wohnung zugestanden. Laut Gemeindebeschluß hat man sie dort eingewiesen. Hätte man dich vielleicht zuerst um Erlaubnis fragen sollen? Wer weiß, wo du dich umeinandergetrieben hast die ganze Zeit."

Christoph schluckte. Dann hob er den Kopf und sah in die rotglühende Sonne, die gerade hinter den Bergen heraufzog.

„Du mußt doch einsehen, Pellinger —"

„Gar nichts muß ich einsehen", unterbrach ihn der Bauer und ließ seine Sense ein paarmal durchs Gras pfeifen. „Mich geht die ganze Sache überhaupt nichts an."

„Und gerade von dir, hab ich gemeint, könnt ich Hilfe haben."

„Das war eben eine verkehrte Meinung. Hilf dir selbst, dann hilft dir Gott, heißt ein altes Sprichwort. Das kennst du doch. Und jetzt laß mich in Ruh, siehst ja, daß ich arbeite."

Traurig wandte sich Christoph ab. Er sah ein, daß er genausogut zu einem Holzstoß reden könne. Der würde ihn auch nicht verstehen. Verstand ihn denn überhaupt jemand?

Er drehte sich nochmal um.

„Bloß eines noch, Pellinger. Ich tue doch keinem Menschen was zuleid. Warum mag mich denn niemand?"

Der Bauer stellte seine Sense wieder auf und zog den Wetzstein.

„Du — da bin ich eigentlich überfragt." Er lachte zu seinen Worten, so, als mache es ihm Spaß, daß er diese Frage nicht beantworten konnte. Dann nickte er fast fröhlich. „Du hast recht, jawohl, ganz recht hast du. Kein Mensch mag dich. Aber warum das eigentlich so ist, weiß ich selber nicht. Weißt, manchmal ist es so, daß man einen Menschen einfach nicht mag, bloß weil er auf der Welt ist. Für manchen wäre es besser, wenn er nie geboren würde."

Nach dieser etwas seltsamen Philosophie wetzte er seine Sense und begann wieder zu mähen.

Den Kopf tief auf die Brust gesenkt, ging Christoph langsam davon. Ja, denkt er, für mich wäre es wohl besser, wenn ich nie geboren worden wäre. Aber warum mag mich niemand? Warum bloß? Woran mag das liegen? Aber dann lächelte er plötzlich glücklich vor sich hin. Doch, es gab einen Menschen, der ihm gut war. Die Sägmüllerin. Sie war zu ihm gekommen ins Armenhaus. Sie hat ihm das herrliche Instrument geschenkt, sie hat ihm Essen vor die Türe gelegt. In ihrem Herzen mußte er einen Platz einnehmen, und er gäbe viel darum, wenn er sie jetzt sprechen könnte. Wenn sie bloß wieder einmal ihre Hand über seinen Scheitel gleiten ließe, wäre es gut.

Ohne daß er es eigentlich wollte, stand er am Weiher gegenüber der Villa des Sägmüllers. „Haus Isabell" wurde die Villa großspurig genannt. Aber das war zu einer Zeit über die Haustür geschrieben worden, als der Sägmüller noch meinte, daß man ein Haus um der Liebe willen nach dem Namen der Frau nennen müsse, die dort einziehen sollte. Mittlerweile hatte sich das alles sehr grundlegend geändert.

Es war früh am Morgen, das Sägewerk stand noch still. Frau Isabella schlief wahrscheinlich noch. Nur die Schwäne waren schon wach. Das Wasser schimmerte rötlich vom Morgenlicht der Sonne, nur hinter der Kiellinie der Schwäne schimmerte es dunkel.

Jetzt wurde drüben in der Villa ein Fenster geöffnet. Herr Adam streckte den Kopf heraus und wirkte unsagbar komisch, denn er hatte sich gerade das Gesicht eingeseift. Er reckte die Faust hoch, in der er noch den Rasierpinsel hielt.

„He, du Tagdieb, was treibst du denn da drüben?"

Die Frage war aufreizend, aber noch ohne Drohung. Christoph hatte auf einmal keine Angst mehr, seit er erfahren hatte, daß man ihn bloß wegen seines Daseins haßte. Dann wollte er ihnen wenigstens einen Grund liefern, ihn zu hassen. Und so rief er mit hallender Stimme über den Weiher hin:

„Ich erlaube mir zu schnaufen, daß ich nicht ersticke."

Herr Adam setzte gerade das Rasiermesser an die feiste Backe und ließ es erschrocken sinken.

Was hatte dieser Rotzkerl gesagt? Auf seiner Stirn schwollen die Adern an. Dann räusperte er sich.

„Wenn du in zwei Minuten nicht verschwunden bist, hetze ich dir den Hund hinüber."

Diesmal sah Christophs Antwort nur in der stummen Gebärde aus, mit der er mit dem Zeigefinger gegen seine Stirn tippte, was dem Sägewerksbesitzer Tobias Adam mit schöner Offenheit zeigen sollte, daß es bei ihm im Oberstübchen nicht ganz stimme.

Die Hände in die Hosentaschen schiebend, schlenderte Christoph davon. Er lächelte vor sich hin. So ein Blödsinn, als ob er schon jemals einen Hund gefürchtet hätte.

Im Sägewerk begann jetzt das Tagwerk. Eine Sirene ertönte mißmutig und aufreizend in den schönen Morgen hinein. Dann setzten sich die Sägegatter langsam in Bewegung, und vom großen Lagerschuppen wurde ein Rollwagen, hoch mit Brettern beladen, herausgeschoben. Zwei Mann begannen sie auf einen Lastwagen zu laden, und ein Bauernfuhrwerk ließ sich an der Rampe vorne mit Sägmehl auffüllen.

Der Pellinger war jetzt daran, das gemähte Gras auf einen Wagen zu laden. Niemand half ihm dabei, Christoph wollte ihm zeigen, daß er ihm nichts nachtrug, nahm den Rechen vom Boden auf und begann das Gras zusammenzurechen. Da surrte der Bauer wie ein Blitz auf ihn zu und riß ihm den Rechen aus der Hand.

„Ich brauch deine Hilfe nicht. Scher dich zum Teufel."

Christophs Augenbrauen schoben sich böse zusammen. Sein Gesicht war dunkelrot geworden.

„Was seid ihr bloß für Menschen. Wenn dich deine

Hartherzigkeit nur nicht reut eines Tages. Aber dann weiß ich auch, was ich zu tun habe. Dann pfeife ich auf euch, auf euch alle, ihr hochmütiges Gesindel. Ich habe noch niemandem etwas gestohlen. Aber ihr habt mir meine Betten gestohlen. Nein, nicht du, aber die Holzingers. Aber du, ihr alle deckt sie. Ich an deiner Stelle würde mich in den Erdboden hinein schämen, Pellinger. So — jetzt ist mir leichter. Und in Zukunft, merk es dir gut, Pellinger — in Zukunft Beleidigung nur mehr gegen Beleidigung, Haß gegen Haß. Meinen guten Willen zerschlagt ihr mit eurem boshaften Hochmut. Drum nehmt meinen Haß. Ihn könnt ihr nicht zerschlagen, der sitzt tief drinnen in mir und wird nur immer tiefer."

Der Pellinger stand mit aschfahlem Gesicht da. Das hörte sich ja an wie ein Gerichtsurteil. Und merkwürdig, der Pellinger spürte keinen Groll in sich, daß er für alle hier angeklagt wurde. Etwas wie Scham zog durch sein Herz, in dessen hinterstem Winkel vielleicht die Erkenntnis nistete, daß dieser Bub ihm eigentlich noch nie etwas zuleide getan hatte. Helfen hatte er ihm wollen, und er hatte diese Hilfe ausgeschlagen. Scher dich zum Teufel, hatte er gesagt. Und nun scherte Christoph sich zum Teufel, nachdem er ihm seine Anklage noch hingeschleudert hatte. Hatte er mit seiner Anklage nicht recht? Jede Kreatur krümmt sich, wenn sie getreten wird. Und hatte man diesen Pfannenflickerbuben nicht jahrelang getreten? Ohne Grund eigentlich?

Haß gegen Haß. Den Pellinger fror, wenn er an die glitzernden Augen des Burschen dachte. Wie verwandelt er auf einmal gewesen war, bar aller Demut, voll harter Entschlossenheit zu Widerrede und Anklage gegen alle. Kein Kind mehr, sondern ein aus der Stunde der Demütigung emporgewachsener Mann der Rache und der Menschenverachtung.

Dem Pellinger war bei all dem nicht mehr ganz wohl. Er warf mißmutig sein Gras auf den Wagen und putzte mit dem Rechen alles am Boden zusammen, tat mit noch mehr Mißmut jetzt das, was der andere ihm in freiem Anbieten hätte abnehmen mögen, für eine Schüssel Milch vielleicht und ein Stück Brot.

Nein, Christoph hatte keine Schüssel mit Milch an diesem Morgen und kein Stück Brot. Er saß im Schuppen und biß an einem harten Stück Rauchfleisch herum, das er von seiner Wanderung mitgebracht hatte. Der Morgen war so schön, wie schon tausend Morgen in seinem Leben gewesen sein mochten, mit Vogelsang, Bachplätschern und einem fröhlichen Wind, der die Fliederdolden leise hin und herwiegte, die blauen und die weißen.

In ihm war es schon wieder ruhig. Es war ihm noch nicht ganz aufgegangen, daß es die Menschen darauf abgesehen hatten, sein junges Leben in eine Verzweiflung zu treiben. „Haß gegen Haß" hatte er nur so blindlings herausgeschrien, weil er in der Erregung die Worte nicht mehr genau abwägen konnte. Natürlich haßte er nicht alle Menschen, denn auch auf dem größten Distelacker konnten ein paar Mohnblumen aufblühen, ganz hellrot mit samtweichen Blättern. Ein paar verläßliche Lichter unter all der menschlichen Unzulänglichkeit. Frau Isabella war so ein Licht. Und das kleine Mädchen, dem er das Märchen von Andermann und Silberglanz nicht zu Ende hatte erzählen können. Sie mußte jetzt auch schon bald erwachsen sein. Wo war die Zeit überhaupt hingekommen? Die Jahre hatten es wahrhaftig eilig, hinter die Berge zu kommen.

Die Haustür wurde geöffnet und die Holzingerin schüttete ein Schapf mit schmutzigem Wasser vor der Tür aus. Christoph dachte daran, daß er und Vater nie das Abwaschwasser vor die Haustüre, sondern immer in den Bach geschüttet hatten. Aber das hatte nicht seine Sorge zu sein. Für ihn war wichtig, was nun zu tun sei. In einem Monat wurde er sechzehn Jahre. Aber man würde ihn auch dann noch nicht auf den Tanzböden spielen lassen. Und dann — er konnte doch nicht ewig im Schuppen schlafen. Es mußte sich etwas ändern. Aber wie. Auf einmal schoß ihm der Gedanke zu, daß er auf den Rochusberg gehen könnte, zu Benedikt. Benedikt war zwar ein Geizkragen, aber hinter dem Panzer von Geiz schlug doch ein menschlich warmes Herz. Das hatte Benedikt manchmal, wenn auch unbewußt, gezeigt. Und vielleicht brachte es Benedikts Geiz zuwege, was man ihm verweigerte. Ja, ja, Benedikt würde es schon fertigbringen, daß die Holzingers die Betten herausgeben mußten. Christoph wollte ihm großzügig eins davon überlassen.

Mittlerweile war er mit seinem „Frühstück" fertig geworden und wusch sich drunten am Bach. Hernach brachte er das Schloß im Schuppen in Ordnung, daß er ihn zusperren könne, denn er hatte sogleich gesehen, daß sie ihm auch Brennholz gestohlen hatten.

Um diese Zeit betrat Herr Adam den schönen großen Raum, den sie im Haus Isabella den Frühstücksraum nannten. Seine Wangen glänzten von der frischen Rasur und dufteten nach Lavendel. Der Tisch war reichlich gedeckt mit Butter, Wurst, Honig und weichgekochten Eiern. In einem Körbchen lagen goldgetönte, frische Semmeln und daneben ein Laib mit dunklem, würzig duftendem Bauernbrot.

Frau Isabella saß steil und aufrecht in ihrem Stuhl und sah die steile Unmutsfalte auf seiner Stirne gar nicht. Sie war ja fast immer vorhanden, und wie hätte sie errechnen sollen, daß sie heute einen besonderen Grund hatte. Sie hob die schwere, geblumte Kaffeekanne und goß ihm ein.

„Der Herr Sohn natürlich schläft noch?"

Frau Isabella blickte verwundert auf. Daß Tobias Adam die gottbegnadete Faulheit seines Sohnes zum Anlaß nahm, das Gewitter anrollen zu lassen, das nach Lage der Dinge unweigerlich kommen würde, war ihr neu. Um ihren Mund spielte ein Lächeln der Verachtung.

„Vergiß nicht, daß du es warst, der ihm gesagt hat, er solle schlafen, solange es ihm paßt."

Wütend köpfte Tobias Adam das Ei und griff nach dem Salzbüchsel.

„Andere stehn vor Tag und Tau schon drüben an meinem Weiher und stehlen mir die Forellen. Und mein Herr Sohn schläft. Aber das muß anders werden."

Frau Isabella wußte, daß es nicht anders wurde, weil der Vater längst der Sklave seines Sohnes war.

„Hat er dir Forellen gestohlen?" fragte sie ganz sachlich.

„Wer?"

„Der andere, von dem du vorhin gesprochen hast."

„Er hätte sie gestohlen, wenn ich nicht das Fenster aufgerissen hätte."

„Woher weißt du das so genau?"

„Warum wäre er sonst dort gestanden?"

„Ist es strafbar, dort zu stehen?"

Wütend warf Adam das gestrichene Brötchen auf das Tischtuch.

„Was soll denn die blöde Fragerei?“ Er schlürfte an seinem Kaffee. „Zacklzement! Ist der wieder heiß. Wie oft hab ich dir schon gesagt, daß ich keinen heißen Kaffee will.“ Er sah das spöttische Lächeln um ihren Mund und wußte, was sie dachte, denn erst gestern hatte er gesagt, daß er keinen lauwarmen Kaffee wolle. Er hatte das Gefühl, daß sie ihn nicht ernst nahm, und nicht erst seit heute.

„Reg dich doch nicht auf“, sagte sie ruhig. „Das schlägt dir bloß wieder auf den Magen.“

„Und dann die frechen Antworten, die einem der Kerl gibt.“

„Er hat doch gar nichts gesagt. Soweit ich es beobachten konnte, hatte er nur mit dem Finger an die Stirn gedeutet.“

„Ach so, du hast beobachtet. Und findest das vielleicht sogar noch in Ordnung und gibst ihm auch noch recht?“

„Teils, teils. Es braucht dich gar nicht wundern, wenn man manchmal versucht wird, an deinem Verstand zu zweifeln. Oder glaubst du vielleicht, es gereicht dir zur Ehre, wenn du, der reiche Sägmüller, auf so einem armen Teufel rumreitest? Ein Machtwort von dir, und er hätte in den zwei armseligen Zimmern weiterleben können.“

„Vielleicht hast du recht. Aber ich habe nicht gewollt. Du freilich, du hast dich in letzter Zeit überhaupt recht warm für ihn ins Zeug gelegt. Am liebsten hättest du ihn in dein Haus aufgenommen.“

Frau Isabella horchte nach oben. Man hörte Schritte tapsen.

„Unser Herr Sohn scheint wach zu sein.“ Sie schaute auf ihre Uhr am Handgelenk. „Wundert mich eigentlich, es ist erst halb acht Uhr. Um aber auf deine Frage zurückzukommen. Ja, ich hätte ihn ganz gerne bei uns aufgenommen. Arbeit gäbe es ja genug bei uns, und er ist praktisch veranlagt. Unser Blasius hätte sich dann an ihm ein Beispiel nehmen können.“

„Also, das ist doch schon der Höhepunkt. Den Kerl und unseren Blasius in einem Atemzug zu nennen. Wann hat denn der Kerl schon einmal gezeigt, daß er was taugt?

Wo soll er es denn herhaben? Man weiß ja, wo er herstammt. Sein Vater war ein Filou und seine Mutter eine Ausreißerin."

Über Frau Isabellas Stirne zog eine leichte Röte. Sie hatte eine scharfe Antwort auf der Zunge, unterdrückte sie aber und sah ihren Mann aus schmalen Augen an. Vorgebückt saß er da, die Arme breit auf den Tisch gelegt, schwer schnaufend wie ein Bär in der Sommerhitze. Jetzt langte er mit den Fingern nach einem rosaroten Schinkenblättchen und schob es in den Mund. Frau Isabella hätte nun wie schon so oft fragen müssen, wozu er denn ein Besteck dort liegen habe. Aber sie verschluckte auch dies und sagte ganz ruhig:

„Warum verdrehst du denn die Tatsachen immer bewußt, Tobias? Du weißt genau wie ich, daß sein Vater Ingenieur war und seine Mutter die schöne Benedikta Staketer, die dem Innerkofler den bösen Streich gespielt hat. Kann der Bub was dafür? Vielleicht hast du damals auch geschmunzelt wie viele andere. Aber dann habt ihr euch von dem blindwütigen Haß des Innerkoflers aufsaugen lassen, obwohl gerade du es nicht nötig gehabt hättest, denn mit deinem Reichtum warst du von ihm vollständig unabhängig."

„So kann man es auch ansehn", antwortete er, weil ihm nichts Besseres einfiel. Frau Isabella aber sprach weiter:

„Hätte man den Christoph damals zu einer anderen Familie gebracht, stünde es vielleicht auch anders um ihn. Obwohl, es war ja auch gegen den Pfannenflicker nichts zu sagen."

„O ja, er war schon ein alter Gauner", meinte der Sägmüller leichthin. „Der hat mir Forellen genug gestohlen."

„Das haben andere auch getan, bloß nicht so offen wie der Andreas Hobelsberger. Aber wenn schon der Alte ein Gauner war, wie du sagst, muß deswegen der Bub auch einer sein? Ich hab ihn einmal Musik spielen hören, und ein Mensch, der so spielt, kann kein schlechter Mensch sein. Du darfst ja auch nicht vergessen, daß ihm die Mutter gefehlt hat."

Tobias Adam war nun satt und lehnte sich schnaufend zurück. Dann hielt er den Kopf schief und horchte zum Fenster hinaus, weil er meinte, daß ein Gatter nicht ganz gleichmäßig laufe. Ja, es war etwas wenig Wasser vorhanden, es dürfte wieder einmal regnen. Er knöpfte seine Weste zu und holte tief Atem.

„Ich versteh nicht, warum du den Kerl immer so in Schutz nimmst. Mir kommt es grad manchmal vor, als hättest du mehr für ihn übrig als für deinen eigenen Buben."

„Das sagst du mir?" fragte sie traurig. „Aber es hat wohl keinen Sinn, wenn wir darüber streiten. Du hast den Blasius schon so in dein Fahrwasser hineingezogen, daß meine ganzen Versuche, einen aufgeweckten Buben aus ihm zu machen, scheitern mußten."

In diesem Augenblick kam Blasius zur Tür herein, unförmig dick und mit schwerem, fallenden Gang. Mit verdrossenem Gesicht setzte er sich an den gedeckten Frühstückstisch. Mit schmalen Augen verfolgte Frau Isabella sein Benehmen. Der Sägmüller aber strahlte eitel Sonnenschein. Eigenhändig schenkte er ihm Kaffee ein und schob ihm die Wurstplatte zu.

„Hast gut geschlafen, Blasius?"

„Es geht grad", antwortete Blasius mürrisch.

„Ich würde halt zunächst einmal guten Morgen sagen", meinte Frau Isabella. Blasius verzog sofort das Gesicht und raunzte in weinerlichem Ton:

„Kaum ist man wach, fangt sie schon wieder zu nörgeln an."

„Ja, ist schon wahr", pflichtete sein Vater ihm bei. „Laß ihn doch, wenn er Hunger hat. Iß nur, Blasius, und laß es dir schmecken. Und hernach fahrst mit mir zum Holz handeln, wenn du magst. Wenn du nicht magst, kannst auch was anders tun."

Da stand Frau Isabella auf und ging hinaus. Das Weinen stand ihr nahe. Es hatte alles keinen Sinn. Sie hatte keine Macht über ihren Sohn. Jeder Vorsatz, ihn doch noch hinzubiegen auf einen ordentlichen Weg, scheiterte an der Affenliebe des Sägmüllers, der peinlich darauf bedacht war, daß seinen Sprößling kein rauhes Winderl anwehte und daß ihm niemand ein böses Wort gab.

Es dämmerte über dem Tal der Kloben. Über den Bergen war das wilde Abendrot verbrannt, und im Dorf leuchteten bereits die ersten Lichter hinter den Stubenfenstern, als Christoph den Schuppen abschloß und über die Hügelwiesen bergwärts ging. Um den Hals hatte er die Ziehharmonika hängen, im Rucksack etwas Wäsche.

Er hätte eigentlich eher gehen sollen, dann käme er nicht in die Nacht hinein. Aber machte es denn was aus? Er brauchte die Zeit nicht zu messen, die Zeit war ihm davongelaufen, so wie die Menschen. Und es war gut, in der Nacht zu wandern. Dann war es kühl, und Benedikt würde ihn zuerst doch anraunzen, ob er nun beim Tag oder in der Nacht kam.

Die Nacht kam jetzt ganz schnell. Die ersten Sterne flimmerten auf, und das Plätschern der Quellen wurde lauter, weil alle anderen Laute schwiegen. Matt schimmerten am Waldrand die weißen Mauern der Kapelle „Maria vorm Wald". Christian wollte zuerst daran vorbeigehen, aber dann dachte er, daß eine Fürsprache in seiner jetzigen Lage ganz gut wäre. Er erinnerte sich daran, daß er auch als Knabe, wenn er etwas ausgefressen hatte, immer den Weg in diese Kirche gefunden und dann die unsinnigsten Gelübde gemacht hatte, etwa, daß er dreißig Pfennige in den Opferstock werfen wolle, wenn es gut ausginge. Es ging meistens gut aus. Aber Christoph hatte nie dreißig Pfennige auf einmal, hielt aber sein Versprechen, indem er es fünferlweise abstotterte. Gott maß ja die Zeit nicht, und sein Rechenschieber hatte ganz andere Summen auszugleichen als die dreißig Opferpfennige eines armen Pfannenflickerbuben. Heute war das anders. In seiner Brusttasche trug er in einem Lederbeutel das große Erbgut. Zweitausenddreihundert Mark waren es noch, und es wäre doch recht armselig gewesen, wenn er nur dreißig Pfennige versprochen hätte.

Nein, zehn Mark wollte er opfern. Es lag ihm soviel daran, daß sein Leben in eine gesicherte Gasse mündete. Er mußte auf den Betschemel steigen, um beim matten Lichtschein der ewigen Lampe, die in einer Grotte aus Muschelsteinen über der Muttergottes brannte, den Zehnmarkschein herauszufinden.

Hernach kniete er lange vor der Grotte mit der Scheu eines Kindes, das nur selten vor dem Altar gekniet hat, weil es ja immer den Blasebalg der Orgel treten mußte.

Er wußte nicht, wie lange er da drinnen gekniet hatte. Als er heraustrat, war die Nacht vollends da. Der Orgelton des Windes war in den alten Bäumen, ein Käuzchen schrie, und die Sterne spannten sich wie ein Gitterwerk über das Himmelszelt. In der Tiefe unten brannten die Lichter des Dorfes, und Christoph wäre nun am liebsten wieder umgekehrt in seinen Schuppen. Schließlich ging er aber doch weiter bergwärts.

Immer steiler, immer steiniger wurde der Weg. Der Riemen der Ziehharmonika drückte ihn am Hals, die Füße stolperten immer öfter über Wurzeln und Felsbrokken. Das Licht der Sterne kam nicht durch die Wipfel, er ging wie in einer dunklen Tonne, gewärtig, im nächsten Augenblick mit der Stirne auf etwas Hartes aufzustoßen.

Dann wurde es auf einmal heller. Eine Lichtung lag vor ihm, und inmitten der Lichtung ragten die Umrisse eines Heustadels auf. Es war der Heustadel des Wiesmayers. Das Tor stand halb offen und bewegte sich mit leisem Ächzen im Nachtwind. Aber es wäre auch so ein leichtes gewesen, in den Heustadel zu kommen. Man hängt ein paar Dachschindeln aus und läßt sich hinuntergleiten ins Heu. Christian aber trat durch das Tor ein, krabbelte auf den Heustock und schlief sofort ein.

Mit funkelnden Sternen lag die Nacht über dem Dorfe Brugg. Außer der Lampe an der Halle I im Sägewerk brannte nirgends mehr ein Licht. Dieses Licht aber brannte die ganze Nacht, seit im Spätherbst einmal zwei Kubikmeter Bretter gestohlen worden waren.

Vom Kirchturm hatte es gerade Mitternacht geschlagen, als in der Tenne des Pellingers mit klirrendem Schleppern ein paar Schindeln auseinandersprangen und ein glühender Funkenregen in die Nacht hineinschoß.

Die Zellerin, die in Geburtswehen lag, bemerkte das Feuer zuerst. Ihr Haus lag dem Hof des Pellingers gegenüber, und der Feuerschein fiel in ihre Fenster herein und machte die kleine Kammer taghell.

„Es brennt", schrie sie ihrem Mann zu, der den ganzen Tag im Sägewerk schwer schuften mußte. Er lag in tiefem Schlaf und merkte von den ganzen Vorgängen nichts, weder vom Feuer noch daß sein Weib schon über eine halbe Stunde neben ihm stöhnte. Jetzt aber rappelte er sich auf und erfaßte die Situation sofort.

Vom Kirchturm läutete die Feuerglocke, die Spritzen der Umgebung rasselten herbei, und das ganze Dorf war auf den Beinen. Das Vieh konnte in den Anger getrieben werden, die landwirtschaftlichen Maschinen wurden in Sicherheit gebracht, die große Tenne aber brannte bis auf die Stallmauern nieder. Daß das Wohnhaus von den Flammen nicht erfaßt wurde, war nur der unermüdlichen Tätigkeit der Feuerwehren zu verdanken. Nach zwei Stunden war das Feuer in sich zusammengebrochen, nur da und dort glostete es nochmal schnell auf, aber das war nicht mehr von Bedeutung. Dafür war die Brandwache da, und auch die beiden Gendarmen waren an der Brandstelle geblieben.

Der Morgen dämmerte, die Glocke läutete zur Frühmesse, als der Verwalter der Genossenschaftsmolkerei in heller Aufregung zur Brandstelle kam und nach den Gendarmen suchte. In der gleichen Nacht war in der Molkerei eingebrochen und aus dem Schreibtisch im Kontor etwas über dreitausend Mark gestohlen worden.

Das war ein Fall für den Oberwachtmeister Schneider, der schon lange auf einen Streifen an seinem Ärmel wartete. Der Kommissär Huber, dem Pensionsalter schon beträchtlich nahe, hatte nichts dagegen, daß sein Untergebener sich gleich mit Feuereifer in die neue Sache stürzte.

„Sind Spuren gesichert?“ fragte er sogleich, und der Molkereipächter, hemdärmelig noch und in Lederpantoffeln, meinte, daß er darauf in seiner Aufregung nicht geschaut habe und ob das nicht Sache der Polizei wäre.

„Natürlich“, sagte Schneider und schnallte zuerst sein Koppel um ein Loch weiter, denn auch er hatte von dem Bier getrunken und von dem Rauchfleisch gegessen, das der Pellinger für die Feuerwehrleute gestiftet hatte. „Dann gehn wir und sichern die Spuren.“

Es fanden sich aber keine Spuren, und Oberwachtmeister Schneider erklärte dem niedergeschlagenen Molkereipächter, daß die Einbrecher mit Handschuhen gearbeitet haben müßten. Seinen Verdacht, daß vielleicht der Brand mit dem Einbruch in Zusammenhang stehen könne, sprach er noch nicht aus. Er zog sein Notizbüchlein und machte den Bleistift mit der Zunge naß. „Merkwürdig ist nur, daß man auch an keinem Türschloß die Spuren einer Gewaltanwendung sehen kann. Es war doch alles verschlossen?“

Der Pächter kratzte sich hinter den Ohren.

„Zuerst war schon alles verschlossen. Aber wie dann ich und meine Frau zur Brandstelle gelaufen sind, haben wir die hintere Türe nicht abgesperrt. Wer denkt denn auch gleich daran, daß sich jemand ins Haus schleichen könnte, wenn's im Dorf brennt.“

„Ja, wer denkt daran. Das Geld war also im Schreibtisch?“

„Ja, zum Glück war es nicht mehr. Um den Ersten herum wäre es fünfmal soviel gewesen, weil ich da das Milchgeld an die Bauern ausbezahlen muß.“

Herr Schneider schrieb, und seine Lippen wurden langsam bläulich, weil er den Tintenstift immer wieder netzte.

„Zweifellos muß der Täter mit den örtlichen Verhältnissen vertraut gewesen sein. Wie könnte er sonst wissen, wo das Büro und daß im Schreibtisch Geld ist. Mir könnte das allerdings nicht passieren, weil ich meinen Gehalt gleich immer zur Sparkasse trage. Verdacht haben Sie keinen?“

„Ich kann mir nix denken.“

„Na ja, dann wollen wir die Sache einmal genau aufnehmen.“

Und er nahm sie auf.

Mittlerweile wurde es neun Uhr. An der Brandstelle stand ein Schüpplein Männer beisammen, sechs an der Zahl, der Bürgermeister Innerkofler, zwei Herren von der Brandfahndung, der Gendarmeriekommissär Huber, der Sägewerksbesitzer Adam und der Brandleider Pellinger.

„Also Kurzschluß ist kaum anzunehmen“, sagte einer der Herren von der Brandfahndung. „Selbstentzündung von Heu ebenfalls nicht, weil noch keins eingebracht und das alte aufgebraucht ist. Herr Pellinger, eine andere Frage. Haben Sie Feinde im Ort oder sonstwo?“

„Ich wüßte eigentlich nicht.“

„Haben Sie Ihre Policen zur Hand? Die möchte ich gerne einmal einsehen.“

Der Pellinger holte seine Brandversicherungsurkunden herbei, und es war auch hier nicht anzunehmen, daß er selber gezündelt hätte, denn die Versicherungssumme war wirklich nicht hoch, und auch sonst waren seine finanziellen Verhältnisse durchaus in Ordnung.

Also blieb nur noch Brandstiftung übrig. Aber wer könnte das gewesen sein?

Der Pellinger fragte, ob er die Herren nicht zu einem kleinen Imbiß einladen dürfe. Sie gingen gemeinsam in die große, geräumige Bauernstube, in der sich ein dunkelgrüner, kleinblättriger Efeu vom Herrgottswinkel aus über die halbe Stubendecke hinzog.

Es roch auch hier ein wenig nach Rauch und den verkohlten Balken, die man draußen kreuz und quer übereinandergeworfen hatte. Der Pellinger schloß daher die Fenster. Dann rief er in den Flur hinaus:

„Frau, bring uns eine Brotzeit, und schau nach, ob noch Bier im Banzen ist. Sonst soll der Girgl zum ‚Sternwirt' nüberfahren und einen Vierzigerbanzen holen."

Die Herren nahmen an dem großen Bauerntisch Platz. Dr. Haberstein von der Brandfahndung bewunderte das makellose Weiß der Tischplatte und wollte wissen, was für Holz es sei.

„Ahorn", sagte der Pellinger und nahm aus dem Schrank ein halbes Dutzend Holzteller. Dann kam die Pellingerin, brachte Rauchfleisch und einen Laib Brot. Sie machte mit der Messerspitze drei Kreuze auf den Rücken des Brotlaibes, dann reichte sie beides ihrem Mann hin.

„Da, Vater, schneid du ihn an." Sie wischte sich mit dem Schürzenzipfel über die Augen und fing schon wieder zu jammern an: „Heilige Mutter Gottes, muß uns das auch noch passieren."

„Die Herren meinen, daß es Brandstiftung wäre", erklärte ihr der Mann.

„Zweifellos", sagte Inspektor Dornbichler, der zweite von der Brandfahndung.

„So, jetzt langt nur fest zu", forderte der Pellinger. „So eine Fahnderei macht Hunger."

Jawohl, Hunger hatten die Herren, das konnte man wohl sagen. Nur der Innerkofler und der Adam langten nicht so fest zu.

Ein Kanarienvogel hüpfte trillernd in seinem Käfig

auf und ab. Wenn man zum Fenster hinaussah, konnte man das Vieh auf dem Anger weiden sehen. Sonne lag über dem Dorf, nur über dem Pellingerhof zogen noch immer die grauen Schwaden des Rauches.

Da kam Oberwachtmeister Schneider auf das Haus zu. Sein Gesicht war hart und entschlossen. Die Stubentür hinter sich schließend, sah er seinen Vorgesetzten an.

„Leider keine Spuren, Herr Kommissär."

Der Innerkofler hob den Kopf, sah eine Weile angestrengt vor sich hin und meinte dann:

„Komisch ist das schon. In einer Nacht gleich zwei Fälle."

„Und sonst rührt sich gleich ein halbes Jahr lang wieder nichts", sagte Kommissär Huber.

„Ob zwischen den beiden Fällen ein Zusammenhang besteht?" fragte Inspektor Dornbichler.

„Möglich wäre das schon", antwortete Dr. Haberstein und sah mit sichtlichem Mißbehagen auf den Oberwachtmeister Schneider, der sich jetzt auf Aufforderung Pellingers auch mit an den Tisch setzte und mit der Spitze seines Taschenmessers gleich ein Stück Rauchfleisch vom Teller nahm. Dann hob er den Bierkrug an die Lippen und nahm einen tiefen Zug.

Das Gespräch wurde immer lebhafter. Nur der Innerkofler saß mit gefurchter Stirne da und sprach wenig. Dr. Haberstein erzählte einen ähnlichen Fall in einer anderen Gegend. Dort habe es auch gebrannt, und zugleich sei in die Sparkasse eingebrochen worden. Dort hatten die Täter allerdings nichts erwischt, weil eine Alarmglocke in Tätigkeit getreten sei. Es sei naheliegend, anzunehmen, daß die Täter nach einem bestimmten Plan arbeiten.

„Der Gedanke ist mir auch gleich gekommen", sagte Oberwachtmeister Schneider und setzte den Krug wieder an die Lippen. Dr. Haberstein verfolgte dies wieder mit sichtlichem Mißbehagen.

„Möglich wäre das schon", überlegte Inspektor Dornbichler. „Der oder die Täter rechnen damit, daß bei einem Brand die ganze Dorfgemeinschaft zum Brandplatz rennt, und sie dann ungestört an die Ausführung ihres zweiten Planes gehen könnten."

Herr Schneider verzog spöttisch seinen Mund vor soviel kriminalistischen Kenntnissen. Das hatte er doch im ersten Moment gleich kombiniert. Er wollte das auch sagen, aber es wurde ihm auf einmal so komisch. Sein Gesicht bekam einen Stich ins Grüne. Der Molkereipächter hatte ihm nämlich Milch vorgesetzt, abgestandene Stöcklmilch mit viel Rahm darauf. Herr Schneider aß sie für sein Leben gern. Aber er hatte vorher Bier getrunken und jetzt wieder. Die Sachen vertrugen sich nicht recht miteinander. Herr Schneider stand jedoch mit Würde auf und kam auch noch standesgemäß aus der Stube.

Drinnen aber sagte Dr. Haberstein:

„Zu meiner Zeit war das doch noch ganz anders. Kommt der Mann herein und sagt: Leider keine Spuren. Zu meiner Zeit hieß es: Melde gehorsamst und so weiter. Keine Disziplin mehr, keine Hochachtung vor dem Vorgesetzten!"

„Wir haben ja eine Demokratie", lächelte Inspektor Dornbichler. „Und dann, mit den neuen Rangabzeichen kennt man sich auch nicht mehr so genau aus. Früher gab es halt Sterne auf den Schulterstücken."

„Dafür gibt es heute Ärmelstreifen", klärte Dr. Haberstein seinen Mitarbeiter auf und verstummte dann, weil der Schneider wieder eintrat, sichtlich erleichtert.

Der Innerkofler, der bisher ziemlich schweigsam dagesessen hatte, sah auf einmal den Pellinger an.

„War eigentlich der junge Pfannenflicker an der Brandstätte?"

Der Pellinger wurde wahrscheinlich in dieser Sekunde von dem gleichen Gedanken durchzuckt.

„Nein, ich hab ihn nicht gesehn."

„Um wen dreht es sich da?" fragte Dr. Haberstein, aufmerksam geworden.

„Um ein minderwertiges Subjekt", antwortete der Innerkofler. „Aber ich möchte natürlich nichts aussprechen. Es kam mir nur gerade so in den Sinn."

Der Pellinger saß mit gerunzelter Stirne da. Dann sah er den Innerkofler an.

„Jetzt fällt mir grad was ein. Gestern in der Früh war es — da ist er bei mir im Anger gewesen, als ich Gras gemäht hab. Weil man ihm die Wohnung genommen hat, hat er mich angepöbelt. Wart einmal, was hat er da gleich gesagt. Wenn es dich nur nicht reut, eines Tages. Und Haß gegen Haß."

„Das ist ja sehr interessant", sagte Dr. Haberstein. „Kann man den Burschen nicht einmal vernehmen, Herr Kommissär?"

„Wir werden ihn am besten gleich hierherbringen", antwortete der Kommissär und stand auf. Oberwachtmeister Schneider folgte ihm. Die anderen blieben erwartungsvoll zurück.

Das wäre ja wunderbar, wenn man ihm das nachweisen könnte, sinnierte der Innerkofler. Das wäre der beste Beweis, daß er den Burschen schon immer richtig eingeschätzt hatte.

Die Gendarmen kamen zurück und meldeten, daß der Vogel ausgeflogen sei. Gestern am Abend habe ihn die Holzingerin noch gesehen, aber heute morgen sei der Schuppen leer gewesen. Aller Wahrscheinlichkeit nach hatte er dort gar nicht mehr genächtigt.

Der Innerkofler stand auf und schaute umher wie ein Mensch, der Dank und Anerkennung heischte, weil er mit seinem Scharfsinn auf die richtige Spur gestoßen ist.

„Was ist jetzt da zu tun?" wollte der Pellinger wissen.

„Was da zu tun ist, gehört nicht in mein Ressort als Bürgermeister. Dafür ist die Polizei zuständig."

„Natürlich, selbstverständlich", antwortete der Kommissär jetzt voller Eifer. „Schneider, wir werden sofort alle umliegenden Gendarmerieposten verständigen und einen ersten Tatbericht aufsetzen. Schau einer den Christoph an. So was hätte ich ihm doch nicht zugetraut."

„Wie alt ist der Bursche?" fragte Dr. Haberstein, als die Gendarmen abgegangen waren.

Der Innerkofler besann sich erst eine Weile, obwohl er es ganz genau wußte.

„Er wird so um sechzehn herum sein."

„Und Sie trauen ihm die Tat zu, Herr Bürgermeister?"

Bürgermeister Innerkofler steckte beide Zeigefinger ein wenig zur Seite. Dann zuckte er mit den Schultern.

„Ich möchte nichts gesagt haben. Immerhin, es ist auffällig, daß der Bursche so plötzlich verschwunden ist. Na ja, in der kurzen Zeit kann er ja noch nicht so weit gekommen sein." Er griff nach seinem Hut. „Sollte noch was sein, Pellinger, dann ruf mich an."

Mit dem Sägmüller Adam verließ er die Stube und trat hinaus ins Freie. Ein Stück Wegs hatten sie gemeinsam, weil der Innerkofler seinen Wagen beim „Sternwirt" stehen hatte.

„Auf die Weise bringen wir den Kerl jetzt doch los" meinte der Sägmüller mit tiefer Genugtuung.

„Es ist noch nicht bewiesen, daß er es war", antwortete der Innerkofler vorsichtig und suchte in seiner Hosentasche nach dem Wagenschlüssel.

„Wer soll es denn sonst gewesen sein? Mir fällt jetzt grad ein, daß er gestern auch bei meinem Weiher herumgelungert ist."

„In ein paar Tagen werden wir mehr wissen", sagte der Innerkofler, sperrte seinen Wagen auf und fuhr in Richtung Rosenau.

Man wußte aber nach ein paar Tagen noch so wenig wie nach einer Woche. Christoph blieb spurlos verschwunden, obwohl er im Fahndungsbuch ausgeschrieben und somit seine Personalien jedem Landpolizeiposten bekannt waren. Die Gendarmen kontrollierten jeden Verdächtigen auf der Landstraße, aber der Gesuchte tauchte nirgends auf.

Der Sägmüller Adam rief jeden Abend auf der Gendarmeriestation an.

„Was?" konnte er sich entsetzen. „Noch nichts? Aber der Kerl kann sich doch in kein Mausloch verkrochen haben! Was? Daß er über die Grenze gegangen ist, meinen Sie? Aber das wäre ja allerhand. Da zündet so ein Kerl einem das Haus über dem Kopf an, raubt einen Schreibtisch aus, und die Polizei findet ihn nicht. Das ist wirklich allerhand." Wütend hängte er ein und wandte sich an Frau Isabella, die gerade damit beschäftigt war, an diesem Tag Wäschestücke einzuspritzen. Sie wartete darauf, daß der Mann nun wieder eine seiner üblichen Schmähreden gegen den Verschwundenen losließe. Aber er wiederholte zunächst nur noch einmal:

„Das ist allerhand. Da zahlt man als anständiger Bürger seine Steuern und Abgaben und ist der Meinung, daß man dafür den Schutz des Staates beanspruchen könne. Ja, Pfeifendeckel. So ein Zigeuner kann einem das Haus anzünden und den Schreibtisch aufbrechen, und die Polizei findet ihn einfach nicht."

„Uns hat er ja nichts gestohlen", warf Frau Isabella ein.

„Nein, uns nicht. Bei deiner Vorliebe für ihn würdest du ihm eher was schenken."

„Solange ich nicht den Beweis habe, daß er es war, schon. Und dieser Beweis ist bis heute nicht erbracht."

„Ist sein spurloses Verschwinden nicht Beweis genug?"

Die Sägmüllerin schwieg jetzt. Alles in ihr sträubte sich zu glauben, daß Christoph es gewesen sein könne. Allerdings, sein plötzliches Verschwinden stimmte auch sie nachdenklich. Wenn er es gewesen wäre, bräche für sie etwas Schönes zusammen. Alles, was sie bisher von ihm wußte, ließ sich nicht in Einklang bringen mit dem, was er jetzt getan haben sollte. Sie war traurig, daß täglich neue Schmach über ihn ausgegossen wurde. Alles, was in den letzten Jahren ungeklärt geblieben war, der Einbruch beim Rabichler zum Beispiel oder der Diebstahl eines Kalbes von der Weide des Tonibauern, das schob man ihm jetzt auch in die Schuhe. Es gab überhaupt keine Schandtat, die man ihm nicht aufbürdete.

An einem Morgen kam Blasius, unausgeschlafen und launisch wie immer, an den Frühstückstisch und fragte gähnend:

„Ham sie ihn jetzt schon, den Strolch?"

Frau Isabella konnte sich nicht mehr beherrschen und schrie den Sohn an: „Schweig! Dir steht es nicht zu, zu urteilen, bevor du nicht selber so wirst, daß man Respekt vor dir haben kann."

Daraufhin wurde der Sägmüller so ausfallend, wie sie es noch nie erlebt hatte. Seitdem wuchs in ihr der Wunsch, daß dem Christoph die Flucht über die Grenze gelungen sein möge und er nie mehr hier auftauchte.

Christoph wußte von all dem nichts und lebte diese Tage mit fröhlichem Herzen auf dem Rochusberg. Die Schönheit der Bergwelt nahm ihn ganz gefangen. Er zog am Morgen mit den Schafen über das weite Kar, während Benedikt noch auf dem Lager aus Seegras schlief und Gott dankte, daß er ihm den Christoph heraufgeschickt hatte. Er hätte schon lange so eine

Hilfe brauchen können, die ihn nichts kostete. Es wurde ihm immer beschwerlicher, mit den Schafen bei Wind und Wetter und glühender Sonnenhitze über das Kar zu ziehen. Christoph hatte ihn mit einem Schlag dieser Mühsal enthoben.

Am ersten Morgen, als Christoph so unverhofft auftauchte, war er freilich mißtrauisch und hatte sofort gefragt, ob er vielleicht denke, von einem alten Mann, der selber nichts habe, etwa einen Lohn zu erwarten. Nein, Christoph wollte keinen Lohn, eine Kleinigkeit zu essen vielleicht und ein Lager für die Nacht. Er sei ja schon froh, wenn er hierbleiben dürfe.

Was das Essen betraf, konnte Benedikt großzügig sein. Es waren drei Milchschafe unter der Herde, es gab Butter und Schafskäse in rauhen Mengen. Eine einseitige Kost zwar, aber Christoph war ja nicht verwöhnt.

Die Hütte am Südhang des Rochusberges bot gerade noch soviel Platz, daß Christoph sich in der zweiten Ecke ein Lager aus dürrem Laub herrichten konnte. Er schlief auch draußen im Freien neben den Schafen. Die Nächte waren ja warm.

Die Hütte war aus rohen Baumstämmen gezimmert und bot außer dem Lager noch Platz für einen Tisch, eine Bank, zwei Stühle und eine offene Feuerstelle aus Ziegelsteinen, über der ein kupferner Kessel hing. Neben dem Fenster hatte Benedikt zwei Adlerfedern übers Kreuz hingenagelt, so daß sie fast aussahen wie zwei türkische Krummsäbel ohne Griff. Angeblich hatte Benedikt den Adler mit der Spitze seines Hirtenstabes selber erledigt, als er auf ein Lamm niedergestoßen war.

Allerdings durfte man Benedikt nicht alles glauben. Aber es gab noch Adler in dieser Gegend. In den Königswänden drüben war ein Horst.

Als Christian zum erstenmal allein mit den Schafen loszog, erklärte ihm Benedikt feierlich:

„Es gibt nur zwei Dinge in einem Schäferleben, die wichtig sind. Erstens mußt du achtgeben, daß der Adler dir kein Lamm reißt, und zweitens, daß dir kein Stück aus der Herde abstürzt."

Vier oder fünf Schafe stürzten regelrecht jedes Jahr ab. Das war schon von vorneherein einberechnet. In Christoph aber erwachte sofort der Ehrgeiz, daß ihnen nichts passieren dürfe.

Wenn es Abend wurde, trieb er die Herde in die Nähe der Hütte in den Pferch. Dort war auch eine Quelle, und Salzsteine waren ausgelegt. Wenn er mit der Herde über die Kuppe herzog, saß Benedikt auf der Schwelle, zählte Stück für Stück, und erst wenn er sie vollzählig sah, entspannte sich sein Gesicht, und er nickte zufrieden vor sich hin. Ja, in diesen Tagen war Benedikt ein wahrhaft glücklicher Mensch, denn er lebte ohne Verantwortung. Christoph trug sie ja jetzt. Wenn die Schafe ums Morgengrauen zu blöken anfingen, stand Christoph auf und zog mit ihnen über das steinige Gelände. Benedikt durfte jetzt den ganzen Tag im Schatten sitzen und die Daumen drehen. Aber er vergaß am Abend nie zu erwähnen, was für ein vielgeplagter Mann er sei. Einmal sagte er, stets auf seinen Vorteil bedacht:

„Und da ich dich jetzt wie ein Vater behüte, wirst du ja nichts dagegen haben, wenn ich mir im Winter meine Füße an deinem Feuer wärme."

„Du vergißt, Benedikt, daß man mir die Wohnung genommen hat", antwortete Christoph.

„Deine, aber nicht die meine. Bei mir hast du Platz, die zwei Kammern können sie mir nicht nehmen, das ist verbrieftes Recht. Natürlich mußt du es auf dich nehmen, die Kammern immer sauber zu fegen, denn du weißt ja, ich bin ein alter Mann. Und da du nun bald sechzehn wirst, können sie nichts mehr machen, wenn du auf den Tanzböden spielst und Geld verdienst. Dann geht es uns beiden gut, denn ich weiß genau, daß du mich nicht verhungern lassen wirst. Eine Liebe ist der anderen wert. Ich sorge im Sommer für dich und du im Winter für mich."

So kam ein Sonntag heran. In der Nacht war ein heftiges Gewitter niedergegangen. Christoph hatte noch nie den Aufruhr der Elemente mit einer solchen Wucht erlebt. Bei jedem Donnerschlag erbebte die Hütte, und beim ersten Sturmanprall ächzte sie in allen Fugen. Aber sie stand, als sei sie aus Felsen.

Am Morgen war der Himmel wieder blau und wie mit einem Besen reingekehrt. Die Sonne stieg herauf und überschüttete die Berge mit ihrem Licht. Die Königswände blitzten kristallen, und aus den Wäldern stiegen leichte Nebel auf.

Christoph war mit den Schafen zur Josefsleiten hinübergezogen. Benedikt saß auf der Bank vor der Hütte und ließ sich die warme Sonne über die Glieder rieseln, als hinter der Hütte ein Schritt hörbar wurde. Gleich darauf bog der Jagdgehilfe Dori Pföderl um die Ecke und ließ sich schwer schnaufend neben dem Alten auf die Bank fallen.

„Muß doch einmal nachschauen, ob du noch lebst", sagte er.

„Ein bißl schon noch", antwortete Benedikt und lehnte den Kopf gegen die Holzbalken zurück. „Ich könnt jetzt schon wieder schlafen."

Der Jäger lachte und zog seine Pfeife aus der Tasche. „So schön möcht ich es auch einmal haben."

„Was sagst? Ich hab es schön? Hast du eine Ahnung, was für ein geplagter Mensch ich bin."

„Die Plag nähm ich gerne noch auf mich. Magst dir auch eine Pfeife stopfen?"

Benedikt hatte ein Riesentrumm von Pfeife, und der Tabaksbeutel des Jägers wurde ziemlich dünn, als die zwei Pfeifen gefüllt waren.

„Zündhölzer hast aber doch?"

„Ja, drinnen auf dem Herd liegen sie. Hol sie, du hast jüngere Füß!"

Der Jäger ging in die Hütte und holte die Streichholzschachtel. Er zündete zuerst seine, dann Benedikts Pfeife an. Dann streckte er behaglich die Beine.

„Ist das schön, wenn man ein bißl rasten kann."

„Mußt noch weit umeinander heute?"

„Nein, heute pressiert es mir gar nicht. — Was ich sagen will: Wem gehört denn die Zugharmoni da drinnen?"

„Ein schönes Instrument, gell?"

„Ja, wem gehört sie denn?"

„Dem Christoph."

Der Jäger schlug den Rauch vor seinem Gesicht weg und schaute den Alten zweifelnd an.

„Dem Pfannenflicker Christoph doch nicht?"

„Ist er nimmer. Pfannenflickerei ist aus. Jetzt ist er Schäferlehrling."

Der Jäger vergaß an seiner Pfeife zu ziehen. Er konnte seine Erregung kaum verbergen.

„Ja, sag einmal, ist denn der bei dir heroben?"

„Jawohl, seit acht Tagen schon. Und ich bin froh, daß er da ist. Allein kann ich's nimmer recht dermachen."

„Das ist ja interessant. — Wo steckt er denn jetzt?"

„Mit den Schafen auf der Josefsleiten."

Die Pfeife des Jägers war erloschen. Er zündete sie auch nicht mehr an, sondern griff nach seinem Gewehr. Benedikt blickte verdutzt auf.

„Was pressiert dir denn jetzt auf einmal so?"

„Ja — weißt, mir ist jetzt grad eingefallen — der Förster — ja, der wollte bis um neun Uhr zur Jagdhütte kommen. B'hüt dich, Benedikt! Vielleicht komm ich am Abend nochmal vorbei."

Nachmittags um zwei Uhr pirschten dann zwei Gendarmen die Josefsleiten an. Bevor er über die Kuppe schlich, lud Oberwachtmeister Schneider seine Pistole durch und entsicherte sie.

Christoph stand inmitten seiner Schafe auf den Hirtenstab gestützt und schaute zu den Königswänden hinüber, wo er vorhin den Adler hatte einfliegen sehen. Auf einmal merkte er, daß die Schafe unruhig wurden. Sein Lieblingslamm drängte sich ganz nahe an ihn und stieß ihn an. Dann hörte er im Gebüsch etwas rascheln, und im selben Moment wurde er von hinten angerufen:

„Keine Bewegung, oder es knallt."

Erschrocken wandte sich Christoph um. Als er den Gendarmen mit der Pistole sah, mußte er unwillkürlich lächeln.

„Dir wird das Lächeln bald vergehen", verkündete Schneider.

Jetzt kam auch der Kommissär aus dem Gebüsch heraus und sagte gutmütig: „Mach keine Dummheiten, Christoph. Es ist nun einmal so."

„Was ist nun einmal so?" fragte Christoph ahnungslos.

Schneider wollte näher an Christoph herankommen, aber die Schafe versperrten ihm den Weg. Es war gerade so, als wollten sie eine schützende Mauer um ihren Hirten bauen.

„Kruzitürken, schau, daß deine Viecher den Weg freigeben!"

Christoph schaute von einem zum anderen. Der Kommissär war nicht ganz so drohend und hatte auch seine Pistole noch in der Tasche.

„Was wollt ihr denn eigentlich von mir?"

„Frag doch nicht so unschuldsvoll, und ruf deine Viecher zurück. Im Namen des Gesetzes —"

Die Verhaftung konnte er nicht mehr aussprechen, denn Brutus war ausgeschert und nahm einen Anlauf, der Leithammel, ein Prachtexemplar seiner Rasse mit schöngeschwungenen Hörnern, ein Schafbock, der dem Sägmüller Adam im Vorjahr einen ersten Preis eingebracht hatte.

Er scharrte zuerst noch ein paarmal mit den Vorderklauen, dann setzte er zum Stoß an. Herr Schneider hätte tief in den Boden gerammt sein müssen, um von diesem wuchtigen Stoß nicht umgeworfen zu werden. Brutus hatte auch schon gar keinen Respekt vor der Obrigkeit. Der Gendarmeriewachtmeister Schneider flog in hohem Bogen mitten unter die Schafe. Sein Gesicht lief dunkelrot an, als er sich mühsam aufrappelte. Ganz abgesehen davon, daß ihn die Stelle unterhalb des Steißbeines empfindlich schmerzte, sah er mit einem schnellen Blick, daß dieser verdammte Pfannenflickersprößling lachte und auch sein Vorgesetzter, Kommissär Huber, ein Schmunzeln nicht ganz unterdrücken konnte. Brutus aber nahm bereits seinen zweiten Anlauf und senkte schon wieder die Hörner. Da hob Herr Schneider seine Pistole.

„Wenn du das Schindervieh nicht zurückrufst, schieße ich es zusammen wie eine Katze."

Brutus erkannte die Gefahr nicht, er konnte bloß noch nicht zum zweiten Angriff übergehen, weil die Schafe sein Opfer eingekeilt hielten. Er hob den Kopf nochmals und stand da, ganz herrlich und selbstbewußt, wie weiland sein römischer Namensvetter, nachdem er die Tarquinier besiegt hatte.

Ja, es wäre gar nicht so leicht gewesen, Christoph festzunehmen. Die Schafe standen wie eine Mauer um ihn und versperrten jedem Herankommenden den Weg wie eine unüberwindliche Barrikade. Aber da sprach ihm der Kommissär wieder gut zu:

„Komm doch, Christoph, das hat doch keinen Sinn."

Christoph wußte zwar nicht, was keinen Sinn haben sollte, aber er bahnte sich einen Weg durch die schwarze und weiße Wolle.

„Was ist denn eigentlich los? Was wollt ihr denn von mir?"

„Das wird dir das Gericht genau sagen", antwortete Oberwachtmeister Schneider und schob seine Pistole zurück. „Auf alle Fälle bist du verhaftet und hast mitzukommen."

Christoph wechselte nun doch die Farbe. „Mitkommen soll ich? Und meine Schafe? Ich darf die Tiere nicht allein lassen."

„Wo ist denn der Benedikt?" fragte Kommissär Huber.

„In der Hütte."

„Gut, dann werde ich zu ihm gehen. Sie bringen ihn wohl allein hinunter, Herr Oberwachtmeister. Ich komme dann nach. Und mach keine Dummheiten, Christoph. Davonlaufen hat keinen Zweck, und es würde dir nicht gut bekommen."

„Warum sollte ich denn davonlaufen?" fragte Christoph. „Das Ganze muß ja ein Irrtum sein und sich aufklären."

„O ja, es wird sich aufklären, mein Knabe", antwortete Schneider spöttisch und griff nach der Stelle, wo Brutus im Widerwillen gegen die grüne Uniform seine nachdrückliche Spur hinterlassen hatte. Dann zog er den „Achter" aus seiner Tasche und schielte nach Christophs Handgelenk. Hier verwies ihn aber der Kommissär doch ziemlich scharf:

„Lassen Sie das sein, Schneider. Christoph wird schon nicht davonlaufen. Nicht wahr, Christoph?"

Er wartete noch, bis die beiden im Latschenfeld verschwunden waren, dann drehte er sich um und ging zur Hütte des alten Benedikt.

Stiller noch als sonst ging Frau Isabella im Hause umher. Sie verlor ihr blühendes Aussehen, um ihren Mund gruben sich zwei messerscharfe Falten, und manchmal blickte sie wie geistesabwesend vor sich hin. Schließlich mußte solch ein verstörtes Verhalten auch ihrem Mann auffallen.

„Was hast du denn bloß?“ fragte er eines Morgens. „Bist du krank?“

Sie schüttelte den Kopf.

„Aber irgend etwas muß doch los sein mit dir.“ Er löffelte sein Frühstücksei und nahm immer wieder eine Prise Salz. „Du schaust nämlich in letzter Zeit miserabel aus. Manchmal kommt mir sogar der Gedanke, als hättest du dich seit der Verhaftung dieses Verbrechers so verändert.“

Verzweifelt rang die Sägmüllerin die Hände. „Frag mich doch nicht. Ich kenne mich ja selbst nicht mehr aus. Ob er ein Verbrecher ist, muß sich erst erweisen.“

„Na, daran braucht man doch nicht mehr zu zweifeln. Man hat das Geld bei ihm gefunden, zwar nicht mehr alles. Aber er hat sich ja eine teuere Ziehharmonika gekauft.“

Frau Isabella schaute ihren Mann aus flackernden Augen an. „Hat er das gesagt?“

„Ja, das soll er zugegeben haben. Lächerlich, wo hätte er das Geld sonst hergehabt, wenn nicht aus dem Einbruch in der Molkerei. Von seinem Vater, dem Pfannenflicker, sagt er. Als ob der je einmal in seinem Leben bloß hundert Mark besessen hätte, geschweige denn dreitausend.“

Die Frau war aufgestanden und ging im Zimmer auf und ab, die Hände an die hämmernden Schläfen gepreßt.

„So ganz von der Hand weisen sollte man das auch nicht. Man hat schon öfter davon gehört, daß Leute, die ihr ganzes Leben lang für arm gehalten wurden, bei ihrem Tode eine ganz schöne Summe hinterlassen haben.“

„Stimmt“, nickte der Mann und fuhr sich mit dem Handrücken über den Mund. „Aber beim Hobelsberger war das doch kaum anzunehmen. Na ja, bei der Verhandlung wird sich ja alles herausstellen.“

„Ja, hoffentlich kommt dann Licht in das Dunkel, denn ich kann immer noch nicht glauben, daß er es gewesen ist.“

„Wer soll es denn sonst gewesen sein?“

„Das weiß ich auch nicht. Aber nur, weil man eben gar keinen Anhaltspunkt hat, schiebt man es einfach dem armen Teufel in die Schuhe. Wie soll er sich denn wehren, wenn alles gegen ihn ist? Weißt du, Tobias, manchmal kommt es mir geradeso vor, als ob es gewissen Leuten gar nicht in den Kram paßte, wenn sich plötzlich herausstellte, daß es ein anderer war. Dieser Christoph war immer ein dunkler Punkt in Brugg, obwohl er niemandem etwas getan hat. Und nun soll er endlich etwas getan haben, obwohl kein Beweis dafür vorhanden ist. Aber was will er machen, der arme Kerl? Er hat keinen Zeugen und wird unter die Räder der Justiz geraten. Und wir, die wir doch um soviel besser sein wollen, lassen es ruhig geschehen und rühren keine Hand für so einen armen Schlucker. Was gerade dich so bewegt, Tobias, in das gleiche Horn des Bürgermeisters Innerkofler zu blasen, weiß ich nicht. Du hast doch keinen Grund dazu, du bist doch schließlich auch jemand, bist der angesehene Sägmüller, dessen Wort Gewicht hat und der sich vor einem Innerkofler nicht zu ducken brauchte. Rührt dich denn nicht die Not des Buben? Denkst du denn nicht daran, daß dein eigener Bub sich einmal so unentwirrbar in den Maschen des Gesetzes verirren könnte? Ja, ja — ich weiß — bitte, unterbrich mich jetzt nicht. — Das wäre unmöglich, sagst du. Nichts auf dieser Welt ist unmöglich. Und du würdest dann die besten Rechtsanwälte aufbieten und alles für seine Rehabilitierung tun, selbst wenn er schuldig wäre."

Tobias Adam hatte zu essen aufgehört und schaute mit sichtlicher Verwunderung auf seine Frau, die sich in eine leidenschaftliche Erregung hineingesprochen hatte.

„Von der Seite habe ich es noch gar nicht betrachtet."

„Du gibst also wenigstens das zu."

„Ja, aber was könnte ich schon Großes tun?"

„Gar nichts sollst du tun, Tobias. Du kannst ja auch gar nichts tun, weil du so wenig weißt wie alle anderen. Aber bleib wenigstens unparteiisch. Das wäre doch wirklich nicht so schwer."

Eigentlich hat sie recht, dachte der Sägmüller, als seine Frau das Zimmer verlassen hatte. Er sah sie zum Weiher hinübergehen und dort unter der Trauerweide stehen, mit gesenktem Kopf, die Hände hinter dem Rücken verschränkt. Und je länger er sie so betrachtete, desto deutlicher kam ihm zum Bewußtsein, wie sehr sie sich in den

Jahren auseinandergelebt hatten. Woran lag die Schuld? Lag sie nicht doch bei ihm? In seinem krankhaften Streben, Geld zu scheffeln, in seiner blindwütigen Gier, immer mehr an sich zu raffen? Wie lange war es schon her, daß er mit dieser Frau Hand in Hand da drüben am Weiher gesessen oder mit ihr in den dämmernden Abend hineingegangen war?

Ja, ihre leidenschaftlichen Worte waren nicht ganz auf einen unfruchtbaren Boden gefallen. Er dachte wenigstens nach, und es schien ihm, als hätte die Frau in manchem doch recht. Auch was die Erziehung des eigenen Sohnes betraf, meinte er nun, daß er doch ganz entscheidende Fehler gemacht hätte. Aber gerade deswegen waren sie so oft aneinandergeraten.

Als ihn ein scharfer Luftzug erreichte, wandte er den Kopf. Blasius war gerade eingetreten und setzte sich mürrisch an den Frühstückstisch. Zum erstenmal empfand der Sägmüller etwas wie Unwillen, und die Uhr ziehend, sagte er vielleicht gröber, als er es wollte:

„Jetzt ist es schon gleich acht Uhr. Andere in deinem Alter arbeiten schon zwei oder drei Stunden. Allmählich dürftest du anfangen, ein Mannsbild zu werden. Ich muß mich ja vor dem Gesinde schämen, wenn der Herr des Hauses am hellen Vormittag einmal auf die Felder hinauskommt. Trink deine Kaffeesuppe jetzt, und dann schau, daß du auf die Wiesen hinauskommst. Das Heu auf der Erlerwiese muß heute reingebracht werden. Tu gefälligst auch deine Händ aus den Hosentaschen, und greif mit zu."

Der Sägmüller ging rasch hinaus und schlug die Tür hinter sich zu. Blasius saß mit gerunzelter Stirne eine Weile da. Dann schüttelte er den Kopf.

„Jetzt fängt der auch noch an. Das wird ja immer noch schöner. Da hat man ja vom Leben bald gar nichts mehr. In aller Herrgottsfrüh muß er mich schon ärgern. Da soll einem der Kaffee noch schmecken."

Er schmeckte ihm aber doch, recht gut sogar, und recht ausgiebig gestaltete er sein Frühstück. Hernach ging er hinüber zu den Wirtschaftsgebäuden und rauchte hinten im Schweinestall seine Morgenzigarette, weil er sich damit mit seinen sechzehn Jahren doch noch nicht in der Öffentlichkeit sehen lassen durfte. Dann aber nahm er einen Rechen zur Hand und stapfte auf die Wiesen hinaus.

„So was", brummte er vor sich hin. „Bei der Affenhitze schickt er mich auf die Wiesen naus. Wie ihm das nur grad einfällt! Aber vielleicht hat ihn die Mutter wieder gegen mich aufgehetzt."

Er kam auf der Wiese gerade an, als die Leute sich in den Schatten der Haselnußsträucher zur Brotzeit niedergesetzt hatten.

„Da komm ich ja grad schön recht zum Brotzeitmachen", lächelte er und warf sich in den Schatten. „Brotzeit ist doch die schönste Zeit", meinte er und griff nach dem Bierkrug.

„Ja, besonders, wenn man grad aus dem Bett rausgestiegen ist", sagte der Großknecht Bertl anzüglich. Blasius blinzelte ihn tückisch an, verschwieg aber, was er sagen wollte, und dachte nur: Wart nur, wenn ich einmal Herr bin. Dann helf ich dir schon für deine frechen Bemerkungen.

Die Verhandlung gegen Christoph Stanz im Amtsgerichtsgebäude zu Zell war die letzte vor den Gerichtsferien. Es war mittlerweile der 12. Juli herangekommen, und obwohl die Heuernte noch in vollem Gang war, hatten sich doch recht viele Zeit genommen, dem Termin beizuwohnen. Ganz Brugg war vertreten. In der ersten Reihe saß der Bürgermeister Innerkofler, neben ihm der Sägmüller Adam mit seiner Frau Isabella und dahinter viele Männer und Frauen aus Brugg und seiner Umgebung.

Was neu war und besonders den Innerkofler mit Mißbehagen und Spannung erfüllte, war, daß an dem kleinen Seitentisch der junge Rechtsanwalt Dr. Frerichs Platz nahm und sich angelegentlich in seine Akten vertiefte. Dr. Frerichs war bekannt dafür, daß er sich jedem Fall mit Schwung und voller Hingabe widmete.

Der Innerkofler lächelte verzerrt und stieß den Sägmüller an. „Als ob es da schon recht viel zu verteidigen gäbe. Wie kommt der Kerl überhaupt dazu?"

Das Gericht trat ein. Amtsrichter Lacherhofer eröffnete die Verhandlung und ließ die Zeugen eintreten. Das heißt, Zeugen im eigentlichen Sinne waren es auch nicht, denn weder der Pellinger noch der Molkereiverwalter konnten beweisen, daß der Christoph Stanz das Feuer gelegt und das Geld gestohlen habe. Sie vermuteten es nur und trauten dem Angeklagten die Taten ohne weiteres zu.

„Natürlich, ohne weiteres", sagte auch Oberwachtmeister Schneider und begründete seine Meinung damit, daß doch die plötzliche Flucht des Angeklagten sehr gegen ihn spreche.

Christoph hatte in der Untersuchungshaft das Sommerbraun etwas verloren, machte aber sonst keinen niedergeschlagenen Eindruck und sah in seinem Trachtenanzug sogar recht vorteilhaft aus.

Als er hereingeführt wurde, war sein Blick auf die Ziehharmonika gefallen, die auf dem Richtertisch lag. Das Chrom blitzte in der Sonne wie Silber. Angeblich sollte er die von dem gestohlenen Geld gekauft haben.

Zunächst aber spielte das Instrument noch keine Rolle, weil man sich gleich mit allem Eifer auf die Brandstiftung stürzte.

„So, und nun erzählen Sie einmal dem Gericht, wo Sie am achtzehnten Mai waren."

Christoph hatte das alles schon genau in der Voruntersuchung angegeben und meinte, es genüge, wenn er das sage.

„Das Gericht glaubt aber diese Angaben nicht", erklärte ihm der Richter. „Bis zum Abend wollen Sie also in dem Schuppen gewesen sein? Warum nicht in der Wohnung?"

„Die hat man mir genommen."

„Ach ja. Am Abend gingen Sie dann weg. Wohin gingen Sie da?"

„Ich wollte zu Benedikt auf den Rochusberg, aber dann bin ich doch zu tief in die Nacht hineingekommen und habe dann im Heustadel des Wiesmayerbauern übernachtet."

„Das Gericht findet es merkwürdig, daß Sie so spät von zu Hause weggegangen sind. Sie hätten doch am Nachmittag auch schon weggehen können. Sie hatten doch Zeit genug?"

Christoph zuckte mit den Schultern und schwieg.

Dr. Lacherhofer führte die Verhandlung in ruhigem,

sachlichem Ton. Er enthielt sich jeder spitzigen Bemerkung, ja, manchmal sah es fast so aus, als hege er für den jungen Burschen unverhohlene Sympathie.

„Warum, Angeklagter, haben Sie sich denn nicht um Arbeit umgesehen, nachdem Ihr Pflegevater gestorben war?"

„Das wollte ich schon. Aber überall wo ich es versucht habe, hat man mich abgewiesen."

„Warum?"

„Das weiß ich nicht. Sie waren alle gegen mich eingenommen. Ich habe den besten Willen gehabt, zu arbeiten, aber man hat mir überall die kalte Schulter gezeigt."

Dr. Lacherhofer wandte sich zu dem einen Beisitzer und sagte halblaut: „Ich habe den Eindruck, als habe man dem Buben das Leben in Brugg recht schwer gemacht." Dann wendete er sich wieder an Christoph. „Haben Sie auch bei dem Brandleider Pellinger um Arbeit nachgefragt?"

„Da hab ich nicht lange gefragt, sondern hab den Rechen genommen und hab das Gras zusammengerecht."

„Das wäre immerhin ein schöner Zug. Was war dann?"

„Dann hat mir der Pellinger den Rechen aus der Hand gerissen und hat mich angeschrien, er braucht meine Hilfe nicht und ich solle mich zum Teufel scheren."

„Wann war das?"

„Das war an dem Tag, wo es dann nachts bei ihm gebrannt hat."

„Ach ja, richtig. Besinnen Sie sich jetzt ganz genau. Haben Sie an diesem Morgen eine Drohung gegen den Pellinger ausgestoßen? Ich meine, in der Erregung könnte das wohl möglich sein? Haben Sie nicht gesagt: Du wirst noch an mich denken?"

„Nein, das habe ich nicht gesagt. Ich habe gesagt: Wenn dich deine Hartherzigkeit eines Tages nur nicht reut."

„Na ja, das könnte immerhin eine versteckte Drohung gewesen sein."

„Aber ans Anzünden hab ich dabei bestimmt nicht gedacht. Ich hab von dem Ganzen überhaupt erst erfahren, als mich der Gendarm auf der Josefsleiten abgeholt hat."

Im Zuhörerraum lachte jemand recht laut, und andere fielen ein. Der Richter verbat es sich, und Christoph schaute bei dieser Gelegenheit zum erstenmal um. Der Innerkofler schaute zur Seite, der Sägmüller Adam senkte seinen Blick. Nur Frau Isabella schaute ihn offen an, ja, sie saugte ihren Blick förmlich an dem seinen fest, als wolle sie sagen: „Gelt, Christoph, du bist es nicht gewesen?"

Da war schon wieder die Stimme des Richters: „Das Gericht geht nun von der Annahme aus, daß Sie den Brand vorsätzlich gelegt haben und dann die Gelegenheit des allgemeinen Durcheinanders benützt haben, um in der Molkerei einzusteigen und aus dem dortigen Schreibtisch an die dreitausend Mark zu entwenden. In Ihrem Besitz befinden sich heute noch zweitausendfünfhundert Mark. Sie wollen das Geld angeblich von Ihrem Pflegevater hinterlassen bekommen haben?"

Wieder das Gelächter im Zuhörerraum. Christoph zog schmerzlich die Brauen zusammen und nahm sich vor, von jetzt ab nichts mehr zu beantworten. Aber dieser warmen, fast väterlichen Stimme des Richters konnte er sich nicht entziehen.

„Nun seien Sie einmal ganz ehrlich. Wieviel Geld hat Ihnen der Pfannenflicker Andreas Hobelsberger hinterlassen?"

„Höchstens drei Mark, wenn es gewiß ist", schrie der Gröbner aus der Zuhörerreihe.

„Ich bitte mir Ruhe aus", schrie ihn der Richter an. „Unterlassen Sie gefälligst Ihre Bemerkungen, wenn Sie nichts Genaues wissen. — Also, wieviel waren es in Wirklichkeit?"

„Es waren dreitausend Mark", antwortete Christoph ehrlich.

„Jetzt sind es noch zweitausendfünfhundert. Was haben Sie mit den anderen fünfhundert Mark gemacht?"

„Da hab ich die Beerdigungskosten bezahlt."

„Ja, das stimmt. Die Unterlagen darüber sind vorhanden." Dr. Lacherhofer stützte das Kinn auf die Faust und schaute eine Weile zum Fenster hinaus. Dann sah er Christoph eine Weile nachdenklich durch seine Brillengläser an.

„Und wovon haben Sie dann diese Ziehharmonika gekauft?"

Christoph wurde jetzt zum erstenmal etwas unsicher.

Seine Antwort kam stockend: „Ich habe selber noch was gehabt."

„So? Wieviel denn?"

„An die zweihundert Mark."

„Angeklagter, wollen Sie nicht doch lieber die volle Wahrheit sagen? Das fällt dann beim Strafausmaß sehr ins Gewicht. Das Gericht glaubt nicht, daß Sie zweihundert Mark hatten. Und es ist ja auch sehr merkwürdig, daß aus der Molkereikasse genau dreitausenddreihundert Mark entwendet wurden. — Wo haben Sie das Instrument gekauft? In der Voruntersuchung haben Sie angegeben, in dem Musikgeschäft in Zell."

Christoph schwieg und senkte den Kopf tief auf die Brust. Dr. Lacherhofer gab dem Gerichtsdiener einen leisen Befehl, den Musikalienhändler Dunker hereinzuholen.

Herr Dunker trat ein und wurde befragt, ob dieses Instrument aus seinem Geschäft stamme.

„Natürlich. Es ist ja auch das Etikett meines Geschäftes drauf."

„Drehen Sie sich bitte einmal um. Können Sie sich erinnern, daß der Angeklagte dieses Instrument bei Ihnen kaufte?"

Herr Dunker schaute Christoph nur kurz an. Dann schüttelte er den Kopf.

„Nein, den hab ich nie gesehen."

„Werden in Ihrem Geschäft viele solche Instrumente gekauft?"

„Doch, ja. Im letzten halben Jahr ungefähr sechs Stück. Aber der Angeklagte war nie in meinem Laden."

„Danke, das genügt. Sie können wieder gehn."

„Nein, ich hätte noch eine Frage", meldete sich der Staatsanwalt. „Was kostet so ein Instrument?"

„Das da? Vierhundertachtzig Mark."

„Es ist doch noch ganz neu?"

Herr Dunker besichtigte es noch mal und nickte.

„Ja, es ist noch fast neu."

„Danke, ich habe keine Frage mehr."

Herr Dunker nahm nun bei den Zuhörern hinten Platz. Frau Isabella zerknüllte aufgeregt ihr Taschentuch und war so unruhig auf ihrem Platz, daß der Sägmüller sie leise anstupste.

„Was hast denn auf einmal Narrisches?“

„Angeklagter“, erhob der Richter seine Stimme wieder, diesmal etwas schärfer. „Warum sagen Sie nicht die Wahrheit? Wo und von wem haben Sie das Instrument gekauft? Oder ist es etwa auch gestohlen?“

„Nein, ich habe es gekauft.“

„Ja, zum Donnerwetter, von wem denn?“

„Ich — ich hab ihn nicht gekannt“, stotterte Christoph in seiner Not.

„Aha, der große Unbekannte“, witzelte der Staatsanwalt. „Hätte mich schon gewundert, wenn der nicht gekommen wäre.“

Dr. Lacherhofer wollte in seiner Vernehmung schon fortfahren, als er plötzlich aufblickte und seine Brillengläser auf die Stirn schob.

„Wollen Sie etwas?“

Frau Isabella stand plötzlich kerzengerade hinter Christoph. Im Saal entstand Gemurmel.

„Ja, ich möchte eine Aussage machen“, sagte die Sägmüllerin mit ruhiger, klarer Stimme. „Ich bin die Sägmüllerin Adam aus Brugg und habe ihm das Instrument geschenkt.“

„Ah da legst dich nieder“, schrie jemand von hinten.

Frau Isabella ließ sich nicht mehr verwirren. Sie lächelte Christoph ermutigend zu und fuhr fort:

„Jawohl, ich habe ihm die Ziehharmonika geschenkt, weil man ihm die andere beschlagnahmt hat. Ich habe sie hier im Geschäft in Zell gekauft.“

Dr. Lacherhofer sah auf den Musikalienhändler. „Stimmt das, Herr Dunker?“

„Jawohl, das stimmt genau. Ich erinnere mich ganz gut, diese Frau war bei mir im Laden.“

Der Sägmüller saß mit hochrotem Kopf da und wurde noch um einen Ton dunkler, als er das spöttische Lächeln des Innerkoflers sah.

„Frau Adam, darf ich Sie fragen, was Sie bewogen hat, dem Angeklagten ein so wertvolles Instrument zu schenken?“

„Ich wollte ihm eine Freude machen, weil er so wenig Freude in seinem Leben gehabt hat. Das war der einzige Grund.“

„Wer es glaubt“, sagte der Innerkofler trocken.

Frau Isabella wandte den Kopf und sah den Bürgermeister mit schmalen Augen an. Dann drehte sie sich wieder dem Richtertisch zu. „Ich wollte ihm wirklich nur eine Freude machen, Herr Richter. Und dann — weil er auch wirklich spielen kann."

„Ja, das ist sehr anerkennenswert, Frau Adam. Sie trauen dem Angeklagten wahrscheinlich auch gar nicht zu, was ihm sonst noch zur Last gelegt wird?"

„Ich glaube nicht, daß er es getan hat."

„Ich wollte, das Gericht könnte sich Ihrer Meinung anschließen. Die Indizien sprechen leider eine andere Sprache. Die Indizien, sein sonstiger Leumund und sein sonderbares Verschwinden ausgerechnet in der Nacht, als es gebrannt hat. Ich fürchte, Frau Adam, daß Sie mit Ihrer Meinung so ziemlich allein dastehen."

„Halt ein bißl — ich bin auch noch da", sagte plötzlich aus dem Hintergrund eine Stimme.

Hochaufgerichtet, seinen Havelock lose um die Schultern gehängt, das kurze, weiße Haar in die Stirne gekämmt, stand Benedikt da, der Schäfer vom Rochusberg.

„Wer sind denn Sie?" fragte Dr. Lacherhofer nun schon etwas unwillig über diese abermalige Unterbrechung. „Treten Sie einmal vor."

„Nur nicht so grantig sein", meinte Benedikt gemütlich. „Ich hab auch nicht grantig sein dürfen, wie mir die Gendarmen meinen Gehilfen weggeholt haben."

Knorrig, das linke Augenlid herabhängend, die Fäuste auf den Stock gestützt, stand Benedikt dann vor dem Richtertisch. Der Richter hatte seinen Unmut schon wieder verloren und schaute wohlwollend auf den Waldschrat. Im Zuhörerraum wurde es wieder unruhig. Da drehte sich Benedikt um und sagte:

„Regt euch nur nicht auf, daß ich da bin. Ich hab mir schon jemand besorgt, der heute auf die Schafe aufpaßt. Und wenn wirklich eins abstürzen sollte, komm ich für den Schaden auf."

„Also, was wollen Sie?" fragte der Richter.

„Ich bin ein alter Mann und sag's, wie es ist."

„Das wollen wir hoffen. Und was wollen Sie sagen?"

„Daß es der Christoph nicht gewesen ist."

„Wie wollen Sie das wissen?"

„Weil der gar nicht fähig ist, so was zu tun. Stehlen

überhaupt nicht. Da kenn ich ihn zu lang und zu gut. Und überhaupt braucht einer nicht schlecht sein, bloß weil er arm ist. Ich sag's, wie es ist, mir hat er noch kein Fünferl gestohlen, obwohl er oft Gelegenheit gehabt hätte, weil ich nie was absperre."

„Ja, Ihre gute Meinung in Ehren, aber für das Gericht ist das noch kein Beweis für seine Unschuld."

„Aber ich glaub daran. Und wenn ich es nicht getan hätte, dann hätte ich den da hinten auch nicht bezahlt."

„Wem haben Sie etwas bezahlt?"

„Na, dem Herrn Rechtsanwalt halt. Dem hab ich einen Vorschuß bezahlt." Benedikt drehte sich um und sah den Rechtsanwalt Dr. Frerichs an. „Und wenn du ihn raushaun kannst, zahl ich dir den Rest von Herzen gern. Tu mich nicht enttäuschen, Manderl. Man hat mir gsagt, daß du ein geschliffenes Mundwerk hast. Jetzt zeig, was du kannst."

Der Rechtsanwalt lachte, und die Zuhörer lachten auch, bis auf den Innerkofler. Der schob das Kinn vor und knirschte mit den Zähnen. Die Verhandlung lief auf einmal nicht mehr nach seinem Sinne. Schon die väterliche Art des Richters gefiel ihm nicht. Wofür hatte er denn seinen Bericht gemacht und nachdrücklich darauf hingewiesen, daß dieses Pfannenflickerfrüchterl noch nie etwas getaugt habe und ihm alle Schandtaten zuzutrauen seien. Blieb nur noch zu hoffen, daß wenigstens der Staatsanwalt mit aller Schärfe dreinfuhr. Und der Zinkl von Aufham, der als Beisitzer fungierte, solle sich nur ja nicht unterstehen, etwa eine milde Regung zu bekommen. Dem würde er aber hernach den Kopf waschen.

Der junge Rechtsanwalt hielt wohl das geschliffenste und ausgefeilteste Plädoyer in seiner bisherigen Laufbahn als Anwalt. Er sprach, als gelte es, sein eigenes Leben zu retten. Und da er wohl wußte, daß unter den Zuhörern lauter einfache Seelen waren, drückte er absichtlich noch ein wenig auf die Tränendrüsen. Niemand konnte sich der Eindringlichkeit seiner Worte entziehen, als er Christophs Kinderjahre in die Waagschale schmiß. Sogar der Sägmüller Adam schneuzte sich ein paarmal heftig, während die meisten der weiblichen Zuhörer ihren Tränen ungehinderten Lauf ließen. Nur Frau Isabella weinte nicht, aus ihrem Gesicht war auf einmal alles Harte verschwunden, und ihre Augen leuchteten warm.

Aber sosehr sich Dr. Frerichs bemühte, die Indizienbeweise bis ins kleinste zu zerpflücken, ganz konnte auch er das verworrene Knäuel nicht lösen. Christoph hatte keine Zeugen, daß er in jener Nacht wirklich in einem Heustadel geschlafen hatte. In dieser Nacht war er einfach unterwegs. Auch schien es dem Staatsanwalt wenig glaubhaft, daß der Pfannenflicker Hobelsberger dreitausend Mark hinterlassen hätte. Es blieb einfach auf Christoph hängen, vieles sprach gegen ihn, und wenn das Gericht die vom Staatsanwalt geforderte Strafe von vier Jahren Jugendgefängnis nicht ganz billigte, zweieinhalb Jahre Erziehungsanstalt blieben doch hängen.

Es war schon vier Uhr nachmittag, als die Verhandlung geschlossen werden konnte. Über den Marktplatz von Zell ergoß sich die Menschenmenge. Ein Teil von ihnen trat gleich die Heimfahrt an, die anderen strebten auf das „Ambacher Löchl" zu, ein gutbürgerliches Gasthaus unter den Laubenbögen des oberen Marktes.

Unter ihnen waren auch der Bürgermeister Innerkofler, Adams, das Ehepaar Pellinger und noch ein paar andere.

Tobias Adam hatte bis jetzt noch mit keinem Wort Frau Isabellas Verhalten vor Gericht erwähnt. Er wollte es zwar nicht zugeben, insgeheim aber hatte sie ihm doch imponiert mit ihrem mutigen Eintreten. Der Name Adam stand doch wieder einmal makellos da, und es war zu hoffen, daß der kleine, bucklige Schreiber vom Kreisblatt dies in seinem Bericht erwähnte. Jawohl, der Sägewerksbesitzer Tobias Adam war in fröhlicher Stimmung. Was lag schon daran, wenn seine Frau in einer zwar ihm unverständlichen Laune ein so teueres Instrument verschenkt hatte. Ein Vermögen war dies immerhin noch nicht.

Seine gute Laune verwandelte sich dann allerdings schnell, als der Innerkofler, kaum daß man ihm die Weißwürste und die Halbe Weißbier hingestellt hatte, zu schimpfen begann.

„Da zahlt man seine Steuern und ist der Meinung, daß man von der Justiz einige Gerechtigkeit erwarten könnte, dann schickt man so ein zwielichtiges Individuum auf zweieinhalb Jahre in ein Erholungsheim anstatt ins Zuchthaus. Aber natürlich, wenn dann auch noch jemand aufsteht und sich so warm für den Kerl ins Zeug legt, müssen ja Lappschwänz wie der Zinkl knieweich werden. Daß man solche Leut überhaupt als Schöffen aufstellt. Ich hätte da nicht Schöffe sein dürfen."

„Nein, du nicht", sagte die Sägmüllerin mit kaltem Spott und schaute an seinem eisglitzernden Blick vorbei. Es war, wie wenn eine Zündschnur nun das Pulver erreicht hätte, so explodierte der Innerkofler. Seine Worte waren wie Peitschenhiebe.

„Du hast es ja gerade notwendig, daß du mir das Maul anhängst."

„Wie meinst du das, Innerkofler?" fragte Frau Isabella scharf.

„Fragen tut sie auch noch? Meinst du, daß ich blöd bin und nicht merke, was da dahintersteckt. Er ist wohl dein Liebhaber, was? Umsonst wirst ihm ja die Ziehharmonika nicht gekauft haben."

Das war selbst dem Sägmüller zuviel. Sein Gesicht wurde grau. Er legte Messer und Gabel weg.

„Innerkofler, das nimmst zurück."

Hohnvoll lachte der Innerkofler auf und starrte den anderen herausfordernd an.

„Ich, zurücknehmen? Da kennst mich aber schlecht."

„Dann verklage ich dich."

„Geh, klag doch, du Hanswurst!"

In diesem Augenblick klatschte Frau Isabellas schmaler Handrücken mit voller Kraft mitten ins Gesicht des Bürgermeisters von der Rosenau.

„Das ist für deine Unverschämtheit, und daß du dir nicht einbildest, du könntest jedermann ungestraft beleidigen."

Der Innerkofler fuhr sich mit der Hand übers Gesicht und sah dann seine Finger an, ob nicht Blut daran sei. Es wäre anzunehmen gewesen, denn der Schlag brannte wie Feuer. Dann erhob er sich knurrend.

„Du elende Kreatur. Das werde ich dir noch heimzahlen."

Kalt lachte ihm die Sägmüllerin ins Gesicht.

„Ich habe keine Angst vor dir, Innerkofler. Dir hat man es einmal zeigen müssen, daß deine Bäume nicht in den

Himmel wachsen. Einmal hat es dir schon eine gezeigt —"

„Halt dein Maul!"

„Von dir lasse ich mir das Reden noch lange nicht verbieten."

Nun verschlug es ihm doch die Sprache. Wortlos winkte er den Pellingers zu:

„Ich fahr jetzt heim. Wenn ihr mitfahren wollt?"

Sie mußten wohl, denn sie waren auch mit ihm hergefahren. So blieben die Sägmüllers allein noch sitzen.

Bevor die Pellingers draußen in den Wagen des Innerkoflers stiegen, sagte er:

„Ihr müßt Zeugen machen, daß sie mich als Amtsperson ins Gesicht geschlagen hat."

„Ich habe überhaupt nichts gesehen", beeilte sich die Pellingerin zu versichern.

„Und zwar muß sie ein Trumm in der Hand gehabt haben, einen Schlüssel vielleicht oder sonst was. Sonst könnte es nicht so schmerzen." Der Innerkofler strich wieder mit dem Finger über die schmerzende Stelle über der Nasenwurzel. Genau dorthin hatte ihn der Stein in Frau Isabellas Ring getroffen.

„In der Hand hat sie eigentlich nichts gehabt", sagte der Pellinger. „Und wenn man's genau nimmt, als Amtsperson hat sie dich ja nicht ins Gesicht geschlagen, sondern weil du sie auch beleidigt hast."

„Ich? Wann hätte ich sie beleidigt? Da ist mir gar nichts bekannt davon."

„Ich hab nichts gehört und nichts gesehen", versicherte die Frau wieder und packte ihren Mann, daß er endlich in den Wagen steige.

Drinnen in der Gaststube aber sagte der Sägmüller zu seiner Frau: „Jetzt hast das Kraut erst fett gemacht."

„Wieso?" fragte Frau Isabella und nippte an ihrem Wein. „Du hast es nicht getan, so blieb es eben mir vorbehalten. Hast du nicht gehört, was er dich geheißen hat?"

Der Sägmüller wollte gerade sein Weinglas ansetzen und stellte es wieder nieder.

„Ach so, meinetwegen hast du es getan? Ich hab gemeint, weil er doch dich verdächtigt hat, daß du —"

Da mußte die Frau so herzlich lachen, wie er sie schon lange nicht mehr gehört hatte.

„Aber Tobias, das ist doch so absurd, daß man darüber bloß lachen muß. Dieser Christoph ist doch noch ein Kind, und bei allem Trennenden, was so zwischen uns beide schon gekommen ist und vielleicht noch kommen könnte, eines verspreche ich dir, Tobias: Du wirst es nie erleben, daß ich dir untreu werde."

Und da tat auch der Sägmüller etwas, was er schon sehr lange nicht mehr getan hatte. Er nahm die Hand seiner Frau und streichelte sie lange. Dann hob er sein Weinglas und stieß mit ihr an.

„Ich weiß selber nicht, Bella, warum wir uns so viel streiten. Hernach ärgere ich mich selber immer über mich."

„Manchmal meinst du es auch gar nicht so, Tobias", flüsterte sie und lächelte ihn an. „Der Hauptgrund, so leid es mir tut, wenn ich es sagen muß, ist unser Blasius. Ich will haben, daß ein Mann aus ihm wird, und du verweichlichst ihn. Ich wünsche mir immer, daß er so sei wie der arme Bub, den man heute verurteilt hat."

„Na, na, na! So möchte ich ihn auch grad nicht haben. Du kämst mir in den Magen, wenn unser Bub auch einmal so vor dem Gericht stehn müßte."

„Davon kann keine Rede sein. Trotzdem, Tobias, ich bringe das Gefühl einfach nicht los, daß man da heute einen zu Unrecht verurteilt hat. Ich kann es einfach nicht glauben, daß er es war."

„Aber wer soll es denn sonst gewesen sein? Freilich, unter der Verhandlung sind mir auch manchmal Zweifel gekommen. Aber die Indizien waren alle gegen ihn."

„Nicht alle. Ein paar habe ich weggenommen. Und ich bin froh, daß ich geredet habe. Wie mannhaft er es verschwiegen hat, daß ich ihm die Ziehharmonie geschenkt habe. Er hätte sich auch dafür noch verurteilen lassen, das fühlte ich, und darum mußte ich reden. Oder hätte ich schweigen sollen?"

„Nein, natürlich nicht", antwortete er schnell.

„Ich habe geredet, selbst auf die Gefahr hin, daß du mir hernach einen Vorwurf machen könntest."

„Ah geh. Ist ja doch ein Bagatell. Aber was ist jetzt mit dem Instrument? Die können es doch nicht einfach behalten?"

„Wir werden es hernach mit heimnehmen", antwortete

Frau Isabella. „Und später wirst es du ihm wiedergeben, weil man dir doch nicht gut das nachsagen kann, womit mich dieser hochmütige Narr aus der Rosenau verdächtigt hat.“

Der Tag, für Frau Isabella mit Angst begonnen, endete nun doch in einer wunderschönen Vertrautheit zwischen ihr und ihrem Manne. Und weil die Vertrautheit wie aus einer weiten Ferne zu ihnen zurückzukommen schien, nahmen sie beide dieses Geschenk mit frohem Bewußtsein in sich auf und ketteten das Band wieder fester, von dem sie gar nicht gewußt hatten, wie locker es schon geworden war.

Sie sagten sich auf der Heimfahrt Dinge, die sie lange verschwiegen hatten, aus Scham, oder aus Trotz, oder aus Gleichgültigkeit. Jetzt bedeuteten diese Worte wieder etwas, sie klangen schön, weil sie ehrlich aus dem Herzen sprudelten und nicht mühsam hervorgesucht wurden.

Der schwere Wagen glitt fast lautlos über die Landstraße. Still und von keinem Wind bewegt standen die Kornfelder beiderseits und warteten ihrer Reife entgegen. Lerchen standen hoch über diesen blühenden Feldern, und hinter den Bergen hatte der Himmel schon ein zitterndes Gelb.

Sie hatten das Schiebedach zurückgeschlagen, und der straffe Fahrtwind spielte um Frau Isabellas schwarzes Haar. Sie summte eine Melodie vor sich hin, deren Text ihr nicht mehr ganz geläufig war. Aber der Anfang hieß doch wohl:

„Der Schlaf sinkt nieder wie der Schnee,
bald bin ich zugeschneit . . .“

Der Sägmüller gab sich ganz dem leisen Singen des Motors hin. Wenn er ein klein wenig stärker auf das Gaspedal trat, schoß der Wagen rasant davon.

„Ziehn tut er schon, daß es eine Freud ist“, sagte er in satter Zufriedenheit. „Ist schon was anders wie dem Innerkofler seine Schaukel.“

Er hatte es noch nicht richtig ausgesprochen, da sah er den Innerkofler mit seinem Wagen neben der Straße stehen. Sie montierten gerade das Reserverad.

„Gib Gas, daß es ihn ein bißl einstaubt“, munterte Frau Isabella ihren Mann auf. Der ließ sich das nicht zweimal sagen und drückte das Gaspedal nieder. Mit neunzig

Kilometer schoß ein Mercedes an dem Innerkofler vorbei und staubte ihn ein.

„Protzenbeutel, dreckiger", schimpfte der Innerkofler und trieb den Pellinger an, daß er die Schrauben schneller anziehe.

Als sie endlich fertig waren, bog der Sägmüller schon in Brugg ein, wo die Sirene des Sägewerkes gerade Feierabend pfiff.

Die Erziehungsanstalt für verwahrloste Knaben hieß Urban-Heim und wurde von einem Geistlichen geleitet, den man kurzweg Dircktor Lex nannte. Das Hauptgebäude sah wie ein Schloß aus und beherbergte neben den Schlafsälen auch die Hauskapelle, den großen Speiseraum und einen Turnsaal, in dem auch Veranstaltungen abgehalten wurden. Weitere Gebäude enthielten Privatwohnungen für die Aufseher und Werkstätten für vielerlei Handwerke. Das alles wurde von einer zwei Meter hohen Mauer umschlossen, auf deren oberen Kante spitze Glasscherben einbetoniert waren. Hinter dieser Mauer lagen dann die Ökonomiegebäude für den nahezu vierhundert Tagwerk umfassenden landwirtschaftlichen Besitz.

Das Heim lag abseits von allem Lärm und Getriebe in einer weitausgedehnten Hügellandschaft. Insgesamt waren dort an die zweihundert Jugendliche im Alter von 13 bis 19 Jahren untergebracht. Neben harmlosen Herumtreibern waren auch ausgekochte Früchterl mit verbrecherischen Neigungen darunter, die besonders den Schwestern vom Orden der Franziskanerinnen manchmal viel Kummer bereiteten, weil sie doch nie so abstumpfen konnten wie zum Beispiel die Aufseher. Die Schwestern hatten die Büros, die große Küche und die Wäscherei unter sich.

In dieses Heim wurde also eines späten Nachmittags der Christoph Stanz gebracht. Dem Gendarm, der ihn einlieferte und auf dem ganzen weiten Weg sein Fahrrad neben sich hergeschoben hatte, wurde auf der Empfangsstation von der Schwester Pförtnerin der Einlieferungsschein unterschrieben. Dann schickte sie ihn in die Küche, wo er nicht laut Vorschrift, sondern einem herkömmlichen Brauch gemäß, eine reichliche Vesper vorgesetzt bekam.

Christoph mußte dann im Aufnahmeraum warten. Der Schlüssel wurde von außen umgedreht, und die Schwester Pförtnerin ging in das obere Stockwerk hinauf, wo sich das Büro des Direktors befand.

Der Geistliche Rat, Herr Martin Lex, eine große, kräftige Gestalt so um die fünfzig herum, sah gar nicht wie ein Geistlicher aus, eher wie ein Sportlehrer. Er saß hinter seinem Schreibtisch in Akten vertieft — in Christophs Akten —, die vor ein paar Tagen angekommen waren. Er nahm die Brille ab und sah auf.

„Was gibt es, Schwester Therese?"

„Ein Neuzugang, Herr Direktor."

„Ah, vermutlich dieser Stanz. Ein ganz schwerer Brokken."

„Eigentlich, Herr Direktor, wenn ich mir erlauben darf, der Junge macht einen ganz ruhigen und guten Eindruck."

Direktor Lex lächelte nachsichtig.

„Ich weiß, Schwester Therese. Sie sehen ja in jedem eine harmlose Seele. Bis Ihnen wieder einmal einer einen Suppenhafen nachwirft, wie jener Unterbuchner. Ihr heutiger Junge mit dem guten Eindruck hat immerhin eine schwere Brandstiftung und einen Einbruchdiebstahl hinter sich. Also, bringen Sie ihn rauf."

Der Direktor stand auf und trat ans Fenster. Von hier aus konnte er weit auf die Felder und Wiesen hinaussehen. Etwa dreißig Jugendliche arbeiteten da draußen im Heu, von zwei Aufsehern bewacht. Trotzdem gelang es hin und wieder einigen, zu fliehen. Sie kamen freilich nie weit und wurden oft noch am selben oder ein paar Tage später wieder eingeliefert. Ja, man hatte es nicht leicht, aber Geistlicher Rat Lex war seiner Aufgabe vollends gewachsen, er war ein hervorragender Pädagoge und versuchte es immer zuerst mit viel Güte, bis er Strenge walten lassen mußte.

Er hörte, wie die Tür geöffnet und jemand hereingeschoben wurde. Langsam drehte er sich um, und für einen Augenblick schoben sich seine buschigen Brauen ein wenig hoch. Sollte Schwester Therese doch recht gehabt haben? Der Bursche machte wirklich keinen schlechten Eindruck.

Kaum zu glauben, daß er schon so viel auf dem Kerbholz haben sollte.

„Grüß dich Gott", sagte Direktor Lex mit seiner wohlklingenden, sonoren Stimme. „Dein Name?"

„Stanz, Hochwürden."

„Christoph Stanz, wenn ich nicht irre. Damit du gleich Bescheid weißt, hier heißt es nicht Hochwürden, sondern einfach Direktor. Setz dich doch. Ja, ja, nimm nur gleich den Stuhl da."

Er selber setzte sich auch Christoph gegenüber an den Schreibtisch und blätterte in den Akten. Nach einer Weile hob er den Kopf.

„Eine ganz schöne Litanei hast du da schon beisammen, mein Lieber. Aber wir wollen hier nicht davon sprechen, was du getan hast, sondern wir wollen ein nützliches Glied der Gesellschaft aus dir machen. Versuchen wollen wir es wenigstens. Und wenn du dabei ein wenig mithelfen willst, durch guten Willen vielleicht, wird es schon gehen. Na ja, wir werden schon auskommen miteinander. Vor allem sollst du das Gefühl haben, daß du hier nicht in einem Gefängnis bist, sondern in einem Heim, in dem neben etwas Strenge auch die Liebe Gottes wohnt."

„Ja, Herr Direktor."

„Was hast du denn für einen Beruf, Christoph?"

„Eigentlich keinen, Herr Direktor."

„Ich dachte Pfannenflicker?"

„Wer läßt heute schon noch Pfannen flicken."

„Ja, natürlich. Aber sieh einmal, Christoph, bei uns hast du Gelegenheit, einen Beruf zu erlernen. Vielleicht Schlosser, das wäre ein bißchen artverwandt mit Pfannenflicker. Du kannst aber auch Schreiner werden, Elektriker oder Schneider. Überlege dir das in aller Ruhe. Gezwungen wirst du zu nichts."

Christoph blickte jetzt zum erstenmal auf und voll in das Gesicht des Mannes, der ihm gegenüber saß. Auf einmal war etwas von ihm abgefallen, eine leise wehende Angst, die ihn seit dem Tag seiner Verhaftung nie mehr verlassen hatte. Diesem Manne gegenüber verlor Christoph alle Scheu, und er hätte mit ihm reden können, hätte ihm all seine Not anvertrauen und ihm sagen können, daß er eigentlich unschuldig hier stand. Aber da lagen ja seine Akten auf dem Tisch. O ja, Christoph sah seinen

Namen groß auf dem blauen Deckel, und es hatte wohl wenig Sinn, dem Direktor zu erklären, daß jeder Buchstabe in dieser Akte ein himmelschreiender Irrtum ist.

„Also", nahm der Direktor wieder das Wort. „Überlege es dir in Ruhe, was für einen Beruf du erlernen willst."

Christoph atmete tief auf und antwortete: „Der Wachtmeister, der mich hergebracht hat, hat mir erzählt, daß man auch in der Landwirtschaft arbeiten könnte."

„Kann man auch, jawohl. Allerdings ist das eine bevorzugte Arbeitseinteilung. Es muß sich erst einer ein bißchen bewährt haben, bevor man ihn hinausläßt auf die Felder. Ich werde zur gegebenen Zeit mit dem Baumeister sprechen. — Das wäre es also fürs erste. Nimm jetzt deine Sachen und bring sie in deinem Schrank unter. Die Schwester Eugenia wird dir alles zeigen. In einer Stunde wird dann sowieso zu Abend gegessen." Er stand auf und streckte Christoph die Hand hin, in die dieser zaghaft einschlug. „Wollen wir es also miteinander versuchen, Christoph?"

„Ja, Herr Direktor."

„Du weißt doch, daß dein Name verpflichtet. Weißt du warum?"

„Nein, Herr Direktor."

„Also bibelschwach bist du auch. Dein Namenspatron, der heilige Christophorus, hat das Jesuskind auf seinen Schultern durch einen Bach getragen."

„Ach ja, richtig. Aber war das nicht ein reißender Strom?"

Der Direktor lächelte. Der Junge gefiel ihm immer besser.

„Wahrscheinlich wird es ein Strom gewesen sein." Er geleitete Christoph zur Türe und legte dabei seine Hand auf die Schulter des Knaben. „Hier, bei uns, werden zwar keine Jesuskinder auf den Schultern getragen, aber es wird in Demut gelebt, und keiner, der dieses Haus zu seiner Zeit wieder verläßt, braucht sich zu schämen, ein bißchen Demut auf seinen Schultern getragen zu haben."

Der Direktor öffnete die Türe, drückte auf einen Klingelknopf. Eine Schwester kam die Stiege herauf und führte Christoph in den mittleren Schlafsaal, in dem an die zwanzig Betten standen.

Von Demut merkte Christoph zunächst nicht recht viel, denn die Unterwürfigkeit dem Direktor gegenüber war eine Kriecherei mit sanftem Augenaufschlag. Aber man konnte Direktor Lex nicht gut etwas vorspielen. Er kannte seine Pappenheimer und wußte um die verborgenen Zeichen von Jähzorn, Starrsinn und einem Geist von immerwährender Auflehnung gegen jegliche Ordnung.

Es kam zwar nicht oft vor, daß Direktor Lex noch unverhofft am Abend die Schlafsäle betrat. Wenn er den ersten Schlafsaal betrat — zehn waren es im ganzen —, dann verstummte innerhalb von wenigen Sekunden alles Flüstern, alles Rascheln und alles Kichern. Bei diesen Gängen war er stets Geistlicher und trug seine Soutane. Die anderen Schlafsäle lagen dann in absoluter Ruhe, weil es durch geheime Klopfzeichen schon mitgeteilt war:

„Der Lex geht um . . .“

Christoph lag auf Saal II im zweiten Stock. Zu seiner Rechten schlief ein fünfzehnjähriger, schmächtiger, unfertiger Bub, der für seine zwanzigjährige Schwester in den Warenhäusern Lippenstifte und sonstige kosmetische Kleinigkeiten gestohlen hatte. Auf der anderen Seite lag der Aufwiegler aus Prinzip, Erich Holzmüller, siebzehneinhalb Jahre alt, ein gutgewachsener Kerl mit Bewegungen wie ein Schenkkellner. Erich Holzmüller vergaß es dem Direktor nie, daß er ihm bei der Einlieferung die schwarze Mähne hatte abschneiden lassen bis zu jenem kurzen Schnitt, der hier Einheitsschnitt war, weil man diese Jugendlichen mit einem völligen Kahlschnitt nicht erniedrigen wollte. Den Kahlschnitt gab es erst nach der ersten Flucht.

Erich Holzmüller saß hier wegen Betrugs und Heiratsschwindels. Er galt in den Augen der anderen als Erwachsener und „Erwachter“. Da er körperlich der weitaus Stärkste war in diesem Saal, gehorchten ihm die anderen blindlings. Pepi, der Lippenstiftspezialist, mußte für Erich jeden Tag das Bett machen. Für Kleiderausbürsten und Schuheputzen teilte Erich je nach Laune irgendeinen aus dem Saal ein. Keiner wagte es, sich zu widersetzen. Wenn wirklich einmal einer aufzumucken wagte oder anderer Meinung war, dann zog Erich zunächst einmal wie unter einem Schmerz die Augenbrauen zusammen, um dann mit einem raschen Griff das Handgelenk des anderen zu umklammern und ihm den Arm nach hinten zu biegen, bis er mit einem schmerzvollen Aufschrei in die Knie ging und wimmernd um Verzeihung bat, bis Erich ihn wieder aufstehen ließ.

Christoph war anderer Meinung. Darum wollte Erich auch ihn vor seinen Füßen haben und um Verzeihung wimmern hören. Aber das bekam ihm nicht.

Die ersten acht Tage hatte Christoph seine Ruhe. Man beschnupperte ihn zunächst nur in der Richtung, ob man ihm über den Weg trauen dürfe oder ob er ein „Verpetzer“ sei. Erst in der zweiten Woche stellte Erich Holzmüller die entscheidende Frage an ihn:

„So, jetzt rück einmal raus mit der Farbe. Was hast du ausgefressen?

Es war wie ein Verhör. Erich saß dabei auf dem Rand seines Bettes, und die anderen standen neugierig herum.

„Ich habe gar nichts ausgefressen“, sagte Christoph.

„Das sagt jeder, wenn er hereinkommt. Ich schätze auf Diebstahl. Außerdem könnte man dir auch zutrauen, daß du einen umgebracht hättest.“

Christoph merkte, wie langsam die Ungeduld in ihm wuchs. Sein Blick hakte sich am Gesicht des anderen fest, und dabei hatte er das Gefühl, daß er stundenlang in diese Fratze hineinschlagen könnte.

„Umgebracht?“ fragte er. „Ja, vielleicht so einen Maulaufreißer, wie du einer bist!“

Erich Holzmüller verschlug es die Sprache. Das hatte bisher noch keiner gewagt. Aber er blieb merkwürdigerweise ruhig. Niemand von den anderen verstand das. Am wenigsten Christoph, der darauf gewartet hatte, einen Angriff abwehren zu müssen. Erst eine Weile später, als schon alle im Bett lagen, beugte sich Erich noch mal herüber und sagte:

„Damit du im Bilde bist: Wenn du vielleicht meinst, uns beim Direktor verpetzen zu können, dann gib dich nur nicht der Hoffnung hin, daß das ungestraft bleibt. Einmal hatten wir schon einen in unserem Schlafsaal, der hat uns verpetzt, weil wir geraucht hatten. Bubi, sag ihm, was mit dem dann war!“

Aus dem Hintergrund des Schlafsaales kam eine dünne Stimme.

„Er ist acht Tage im Krankenzimmer gelegen."

Erich ließ sich zufrieden in die Kissen zurückfallen. Er hätte nicht einschlafen können, wenn er diese Drohung nicht noch angebracht hätte. Und die freche Antwort von vorhin, die würde er diesem Neuen schon morgen auf die Rechnung setzen. Wäre ja noch schöner, wenn da plötzlich einer im Saal wäre, der ihm nicht gehorchen wollte.

Christoph konnte nicht einschlafen. Sein Herz war schwer, und es würde wohl nie leicht sein können, solange er hier sein mußte. Denn was die anderen über ihn auch denken mochten, er allein wußte, daß er nichts verbrochen hatte und unschuldig war. Im Gegensatz zu allen anderen, die sich sogar noch brüsten, dies oder jenes getan zu haben. Dieser Erich zum Beispiel. Beim Gartenausgrasen heute, als sie so unter der Sonne hingebeugt waren, hatte er von einer jungen Witwe erzählt, die in der Zeitung einen lebensfrohen Kameraden gesucht hatte. Erich hatte ihr geantwortet, daß er zwar lebensfroh, aber einsam sei, und hatte sie dann im Hofgartencafé getroffen. Gerade siebzehn war er damals. Und „Gnädige Frau" hatte er gesagt und ihr die Hand geküßt. Für zweiundzwanzig hatte er sich ausgegeben (so konnte man ihn auch schätzen), und sie hatten vom Geld der lebensfrohen Witwe lange flott gelebt.

Erich erzählte das so, als sei das noch gar nichts gewesen und als gedächte er, hernach noch ganz andere Dinge zu drehen.

„Mit den Weibern kann man ja alles machen, wenn sie verliebt sind", erklärte er. Die anderen nickten ehrfurchtsvoll und lauschten neugierig.

Auch Christoph dachte über diese Dinge nach, und merkwürdigerweise fiel ihm dabei jenes kleine Mädchen mit dem Goldhaar ein, dem er das Märchen von Andermann und Silberglanz nicht hatte zu Ende erzählen können.

Hatte sie nicht Margret geheißen? Und war sie nicht die Tochter des Bürgermeisters Innerkofler von der Rosenau, seinem ärgsten Feind?

So also war das mit der Liebe, von der Christoph noch gar nichts wußte. Er lag hellwach, nachdem das Flüstern von Bett zu Bett längst aufgehört hatte. Und als das Atmen und Schnarchen den Raum durchzog, sah Christoph sehnsüchtig zum Fenster, wo die Sterne in dem kargen Viereck leuchteten, und dachte, daß gerade diese Sterne jetzt auch über dem Rochusberg strahlten und daß die Schafe im Pferch waren und ohne schweres Atmen und Schnarchen unter dem Sternenhimmel lagen.

Schließlich übermannte auch ihn der Schlaf. Der Abend war vorübergegangen ohne das heimliche Morsezeichen: „Der Lex geht um . . .“

Am nächsten Tag mußten sie vormittags noch im Garten jäten. Der Nachmittag war dann ab zwei Uhr frei, weil Samstag war. Sie konnten in diesen freien Stunden ihre Kleider in Ordnung bringen, die Schuhe putzen und das Zimmer saubermachen.

Erich Holzmüller hatte seinen Plan bereits gefaßt. Christoph sollte heute seine Schuhe putzen.

„Aber sauber“, sagte er, indem er Christoph zwei Paar Schuhe hinwarf.

Christoph schob sie mit dem Fuß ziemlich unsanft weg und lächelte. „Du wirst dir doch nicht einbilden, daß ich dir deinen Deppen mache.“

Erich holte tief Luft und nahm seine Schenkkellnerpositur ein, als gelte es, einen schweren Bierbanzen auf den Schanktisch zu heben.

„Doch, doch“, sagte er singend vor Angriffswut. „Das bilde ich mir schon ein. Und du wirst meine Schuhe sogar ganz sauber putzen, sonst —“

„Sonst?“ fragte Christoph und machte die Augen eng. Ich muß ihm zuerst die Freude gönnen, daß er mir eine hinzündet, dachte Christoph, sonst kann ich ihn nicht fertigmachen.

Erich kam heran, ganz langsam, und Christoph mußte in diesem Augenblick an den Vater denken, der ihn gelehrt hatte:

„Wenn man dich anrührt, mußt du gleich zurückschlagen, und zwar so, daß ihnen ein zweitesmal die Lust vergeht . . .“

Christoph bog dem ersten Schlag nicht schnell genug aus. Er traf ihn ganz empfindlich am rechten Ohr. Einen zweiten aber brachte Erich nicht mehr an. Es ging rasend schnell mit ihm. Einen wuchtigen Stoß ans Schienbein, einen Hammerschlag auf die Nasenspitze, und Erich wand sich am Boden. In einer einzigen Sekunde war sein Ruhm zerschlagen. Aber er wollte ihn ebenso schnell wieder herstellen und war schon wieder auf den Beinen. Den Kopf eingeduckt, stieß er vor und rannte direkt in Christophs zweiten Faustschlag hinein. Dann kam er nicht mehr zum Aufstehen. Pausenlos drosch Christoph auf ihn ein, niemand fiel ihm in den Arm, ja, es war geradeso, als muntere man ihn auf. Er aber hörte und sah nichts vor sich als diesen gestürzten Heros und hörte erst zu schlagen auf, als Erich wimmerte:

„Hör auf jetzt."

Da erst ließ Christoph dic Arme sinken. Es war mäuschenstill im Gang. Da kicherte jemand aus dem Hintergrund:

„Küß die Hand, gnä' Frau."

Erich wußte, das ging auf ihn und rumpelte auf. Aber es war keine Kraft mehr in ihm. Er blutete aus mehreren Wunden, und das linke Auge schwoll sehr rasch an. Wortlos wandte er sich ab und wollte in den Schlafsaal taumeln, als eine Schwester um die Ecke bog.

„Was war denn hier los?"

Niemand antwortete. Jeder hatte Angst, er könne als Verpetzer gelten. Aber Erich brauchte gar nicht reden, er sah so zugerichtet aus, daß die Schwester gar nicht mehr fragen brauchte.

„Wer war das?"

Da warf Erich den Kopf zurück, wischte sich mit dem Handrücken das Blut aus dem Gesicht und deutete auf Christoph.

„Komm mit", sagte die Schwester, brachte ihn in den Verbandsraum, verpflasterte und verband ihn, so gut sie es vermochte.

Eine Stunde später wurde Christoph zum Direktor befohlen. Es gehörte zu Direktor Lex' bestechenden Eigenschaften, daß er in solchen Fällen nicht einseitig urteilte, sondern sich beide Teile zuerst anhörte. Erich hatte er bereits einvernommen. Nach dessen Version hatte Christoph ohne jeden Grund auf ihn eingedroschen. Daran zweifelte er sofort und war nun neugierig, was Christoph sagen werde. Er forderte ihn auf, Platz zu nehmen, und fragte ganz gemütlich:

„So, Christoph, nun sag du mir einmal ehrlich, wie das war. Warum wurde überhaupt geschlagen?"

Christoph erzählte den ganzen Hergang, genauso wie es war, fügte nur noch hinzu, daß er es schon ein paar Tage gefühlt habe, daß er sich mit diesem Großsprecher einmal werde auseinandersetzen müssen.

„Das ist interessant. Du hast also darauf gewartet."

„Ja, Herr Direktor, ich habe darauf gewartet."

„Der Erich behauptet nun, du hättest ohne jeden Grund und ganz plötzlich wie ein Blitz aus heiterem Himmel auf ihn eingeschlagen."

„Das stimmt nicht ganz, Herr Direktor. Den ersten Schlag hat schon er geführt. Ich habe diesen Schlag sogar gebraucht, sonst hätte ich nicht zurückschlagen können."

Nur an den zwei plötzlich angespielten Grübchen in den Wangen konnte man erkennen, daß Direktor Lex ein Lächeln unterdrückte.

„Ja, aber — muß man denn da gleich so zudreschen, daß der andere für ein paar Tage ins Krankenrevier muß."

„Tatsächlich?" fragte Christoph strahlend und nickte dann. „Ja, das hat sein müssen, Herr Direktor. Gerade bei dem hat es sein müssen."

„Warum gerade bei dem?"

Christoph hätte nun eine ganze Menge vorbringen können. Wie Erich die anderen dauernd tyrannisierte, seine Großsprecherei, seine dauernden Stänkereien gegen das Aufsichtspersonal und gegen den Direktor selber, das heimliche Zigarettenrauchen und vieles mehr. Aber er zuckte nur die Schultern und schwieg.

„Tja, dann werde ich dich wohl verlegen müssen, Christoph. Auf Saal VI vielleicht. Ihr beide bringt euch sonst noch einmal um."

„Ich glaube kaum, Herr Direktor, daß Erich noch mal Lust verspürt, mich anzugreifen."

„Ja, das nehme ich auch an. Trotzdem halte ich es für besser, wenn ihr zwei keine Berührungspunkte mehr habt. Ab Montag arbeitest du übrigens in der Landwirtschaft. Sonst noch was?"

„Nein, Herr Direktor."

So siedelte Christoph an diesem Abend noch in den Schlafsaal VI über und stellte fest, daß es sich bereits im ganzen Heim herumgesprochen hatte. Es waren andere Gesichter, die ihn jetzt umgaben. Aber es war kein Erich Holzmüller mehr darunter. Es geschah auch in der Folgezeit nie mehr, daß ihn einer anpöbelte. Christoph hatte sich endgültig Respekt verschafft. Von diesem Tag an wußten alle im Urbanheim, auch die Aufseher und die Schwesternschaft, daß man sich mit diesem Christoph Stanz nicht viel erlauben konnte. Die Schwestern kannten ihn allerdings noch zu wenig und stellten ihre Prognose dahingehend, daß es mit einem, der dermaßen zudresche, nicht gut enden könne. Die Buben indessen lebten in einer prickelnden Vorfreude auf die gewalttätigen Ereignisse, die von diesem Christoph her unweigerlich noch kommen mußten.

Es kam aber anders. Die Schwestern und Aufseher sahen ihre Prognose fehlgeschlagen, denn Christoph wurde einer der Ruhigsten und Verlässigsten, er zeigte sich niemals aufsässig, wenn er sich auch in eine verachtungsvolle Passivität kleidete und über das sogenannte Recht, das die Justiz aussprach, einen klingenden Hohn träufeln konnte, weil er dieses Recht nur anerkennen wollte, wenn die Justiz ohne Bedenken einen Schuldigen von einem Unschuldigen auch ohne Indizien unterscheiden konnte.

O ja, er ließ sich manchmal in leidenschaftliche Diskussionen mit den Aufsehern, mit Schwester Pondara, ja selbst mit dem Herrn Direktor über dieses Thema ein, und es war ihm nicht abzustreiten, daß er in manchem recht hatte. Aber es half nichts. Er war nun einmal da und mußte büßen für etwas, was er nicht getan hatte. Und weil er so ganz ohne Murren büßte, schrieben ihm zunächst die Schwestern bereitwillig zu, daß er demütig sei.

So ging die Zeit vorüber. Der Winter kam und wieder das Frühjahr. Christoph hatte im Winter im Stall gearbeitet. Der Schweizer wollte den tüchtigen Gehilfen, der sich so gut mit dem Vieh verstand, für ganz behalten. Aber Christoph wollte wieder hinaus in die frische Luft, in die Sonne.

Die Monate brachten immer gewisse Veränderungen. Viele wurden entlassen, andere dafür wieder eingeliefert.

So mancher erhielt auch an Sonntagen Besuch. Die Eltern kamen, ein Bruder oder eine Schwester.

Nur Christoph bekam keinen Besuch. Er bekam auch keine Briefe. Ihn hatte man abgeschrieben, vergessen.

Im Frühjahr wartete man auf einen Mann, der die Schafe scheren sollte. Sie hatten nur zehn Schafe im Urbanheim. Und weil der Mann es immer wieder hinausschob zu kommen, erbot sich Christoph, die Schafe zu scheren.

Bei dieser Schafschur war es, daß dem Direktor zum erstenmal Zweifel kamen, ob Christoph nicht doch zu Unrecht hier war, daß er das gar nicht getan hatte, wofür man ihn verurteilt hatte. Er hatte sich mühsam an das Wesen des Knaben herangetastet, und als er ihm so bei der Schur zusah, hatte er wieder das unbestimmte Gefühl, daß ein Mensch, der sich so benahm, keinen Brand legen und keinen Einbruch verüben könnte.

„Wo hast du das gelernt, Christoph?“ fragte er freundlich.

„Ich habe es nicht direkt gelernt, aber oft zugesehen, Herr Direktor.“

„Dann hast du ein außerordentliches Geschick, Christoph. — Ich wollte eigentlich schon lange mit dir wieder einmal reden. Ginge es, Christoph, daß du mir einmal, bloß ein einziges Mal, die reine Wahrheit sagst?“

„Warum sollte ich denn lügen?“

„Manchmal habe ich Zweifel, ob du es getan hast.“

Es lag bereits ein großer Haufen Wolle unter dem Tisch. Christoph schob ihn ein wenig beiseite, damit er wieder neuen Platz habe.

„Kommen diese Zweifel daher, weil ich in keine Falle gegangen bin?“

Der Direktor wurde ein wenig verlegen. Ja, es stimmte, man hatte Christoph einige Fallen gelegt, um ihn zu prüfen. Es lag einmal ein Geldschein mitten im Futtergang. Christoph fand ihn und lieferte ihn ab. Einmal sollte er im Zimmer des Direktors erscheinen. Das Zimmer war leer, aber auf dem Schreibtisch lag eine Geldbörse und eine Schachtel mit Zigaretten. Es waren noch mehr solche Dinge, aber ausschlaggebend für seine Zweifel war eine Zeitungsnotiz, die Direktor Lex sich vor kurzem ausgeschnitten und aufbewahrt hatte.

Da hatte es in einer Ortschaft in Oberfranken gebrannt, und gleichzeitig wurde während des Brandes in die Raiffeisenkasse eingebrochen. Genau wie in Brugg, wo man Christoph dafür verhaftete. In jenem Dorf in Oberfranken fehlte von den Tätern jede Spur, hieß es.

Natürlich erzählte der Direktor diesen Fall dem Christoph nicht, aber er glaubte ihm schon fast aufs Wort, als er ihm auch diesmal wieder versicherte:

„Ich bin es nicht gewesen."

„Übrigens", fiel ihm dann noch ein, „wenn du lesen willst, Christoph, ich gebe dir auch gerne aus meiner Privatbibliothek etwas, wenn du in der Heimbibliothek das rechte nicht findest."

Christophs Hunger nach Büchern war unersättlich geworden. Jede freie Stunde saß er über irgendeinem Buch. Höhen und Tiefen taten sich vor ihm auf, er lernte andere Welten kennen und sah die Menschen in allen Schattierungen. Sein Denken wurde immer schärfer und logischer, er sollte hier erzogen werden und erzog sich selber. Das schloß freilich nicht aus, daß er immer einsamer wurde. Und als jetzt das Frühjahr kam, packte ihn die Sehnsucht zuweilen mit einer solchen Gewalt, daß er meinte, davonlaufen zu müssen.

Ja, es war merkwürdig. Das Dorf und die Menschen in Brugg hatten ihm seine Kindheit und Jugend bis zum Überdruß verleidet. Und doch gingen seine Gedanken sooft zurück zum Klobenbach, zu den Fliederbüschen hinter dem Armenhaus, zu den Bergen und zu jenen Tagen des unbekümmerten Wanderlebens. Es würde ihn nach Verbüßung seiner Strafe gewiß nichts Schönes dort erwarten, und doch zog es ihn mit allen Fasern dorthin zurück.

So kam der Sommer heran. Im Juni begann die große Heumahd. Mit nacktem Oberkörper standen die Zöglinge des Urbanheimes auf den Wiesen, während zwei Traktoren die große Breite umkreisten.

An diesem Tage geschah es, daß die Mädchen des Ursulapensionats der nahen Kreisstadt wieder einmal über Land geführt wurden. Sie gingen zu zweit nebeneinander und kamen auf dem schmalen Wiesenweg daher wie eine Schar schnatternder Gänse. Die Lehrerin erkannte zu spät, daß der Weg falsch gewählt war, aber zum Umkehren konnte sie sich auch nicht entschließen, weil das wie Flucht ausgesehen hätte vor einem Rudel halbwüchsiger Buben, die unter Aufsicht die duftigen Schwaden des frischgemähten Grases anwarfen.

Die Lehrerin trieb zu einer schnelleren Gangart an und gab es flüsternd durch die Reihen, daß es sich hier um Sträflinge handele. Damit aber weckte sie nur das Interesse der Backfische, die Gangart wurde eher langsamer, die Blicke wanderten in unverhohlener Neugierde über die Bubenschar hin, die es auf einmal recht eilig hatten, näher auf den Weg hinzukommen. Da und dort flog schon ein Wort herüber, ein Lachen wurde hinübergeschickt, und weil die Lehrerin nicht überall zugleich sein konnte, übersah sie, daß in der hinteren Reihe ein paar Handtäschchen geöffnet und Zigaretten hinübergeworfen wurden. Auch die Aufseher waren nicht so schnell heran, so daß die Buben die Zigaretten leicht einstecken konnten.

„Zündhölzer auch", forderte der kleine Stangl mit lachendem Mund, und es flog ihm ein kleines Feuerzeug vor die Füße.

„Weitergehen", rief die Lehrerin mit schriller Stimme. Aber die Macht dieser prickelnden Begegnung war stärker als ihre Autorität. Sie übersah es auch, daß plötzlich eines der Mädchen ausscherte und mit hochrotem Kopf vor einem der Buben stehenblieb.

„Da bist du?" sagte sie.

Christoph meinte in den ausgedörrten Boden versinken zu müssen. Aber dann blieben ihre Blicke doch aneinander haften.

„Ja", sagte er dann zögernd. „Aber du sollst nicht glauben, daß ich es getan habe."

„Ich glaube es nicht", stammelte sie und wurde wieder flammend rot, als er sagte: „Wie groß du geworden bist und — so schön, wie Silberglanz . . ."

„Innerkofler . . .!" gellte plötzlich die Stimme der Lehrerin. „Was fällt dir denn ein! Wie kannst du denn bloß hier stehenbleiben."

„Ich kenne ihn", sagte Margret Innerkofler ein wenig trotzig.

„Nette Bekanntschaften hast du. Komm jetzt sofort, oder ich melde dich der Heimleiterin."

Margret lächelte Christoph nochmals zu. Sie hatte keine Angst. Schlimmstenfalls konnte man sie von der Haushaltsschule verweisen, in der sie sowieso nur ungern war.

Diese Begegnung ging Christoph lange nach. Aber so sehr er sich auf die Augen ausschauen mochte, nie mehr machten die Zöglinge der Haushaltsschule einen Ausflug nach hierher.

Eines Tages, es ging schon gegen den Herbst zu, hielt ein Taxi vor dem Portal des Urbanheimes, und eine hochgewachsene Frau in dem strengsitzenden Gewand einer Alpenländerin stieg aus und sagte zu dem Chauffeur, er möge warten.

An der Pforte erfuhr dann die Frau, daß heute keine Besuchszeit wäre, sie möge am Sonntag wiederkommen.

„Ich bin aber von auswärts", sagte die Frau. „Ich hatte in der Stadt zu tun und bei dieser Gelegenheit —"

„Es tut mir leid", antwortete die Schwester Pförtnerin. „Aber Ausnahmen werden nur in ganz dringenden Fällen gemacht und müssen vom Herrn Direktor genehmigt werden."

„Dann melden Sie mich doch bitte dem Herrn Direktor."

„Gut, ich will es versuchen. Wie war Ihr Name?"

„Adam. Isabella Adam aus Brugg."

Fünf Minuten später betrat Frau Isabella das Büro des Direktors. Er bat sie, Platz zu nehmen, und sagte freundlich:

„Sie wollen den Christoph Stanz sprechen?"

„Wenn es sich machen ließe."

„Sonst machen wir zwar nicht gerne eine Ausnahme, aber weil es sich um Christoph handelt ... Sind Sie eigens hierhergekommen?"

„Nein, mein Sohn liegt in einer Klinik in der Stadt. Ich habe ihn besucht und bei der Gelegenheit —"

„Ich verstehe. Ist Ihr Sohn krank?" erkundigte sich Direktor Lex teilnehmend.

„Ja, es war mit den Drüsen etwas nicht in Ordnung. Sie arbeiteten nur mangelhaft. Es war eine langwierige Untersuchung und Behandlung. Gottlob geht es jetzt sehr gut mit ihm."

„Das hört man gerne." Der Direktor fuhr mit der flachen Hand über die Schreibtischplatte, als wolle er dort etwas wegwischen, was nicht da war. Dann hob er den Kopf. „Sie sind der erste Mensch, der den Christoph besucht."

„Ja, das denke ich mir. Wie — ist es erlaubt, zu fragen — wie er sich aufführt hier?"

„Ich danke Ihnen dafür, daß Sie diese Frage stellen. Sie sind der erste Mensch, mit dem ich über den Stanz sprechen kann. Und ich freue mich, Ihnen sagen zu dürfen, daß ich mit ihm ganz außerordentlich zufrieden bin. Von mir aus könnte ihm heute schon der Rest der Strafe erlassen werden."

Frau Isabella senkte den Kopf und suchte in ihrer Handtasche nach dem Taschentuch. Die Sonne fiel schräg durch das Fenster herein und ließ ihr Haar aufschimmern. Sie holte tief Atem, dann sah sie den Direktor offen an.

„Darf ich offen mit Ihnen sprechen, Herr Direktor?"

„Ich bitte sogar darum."

„Ich bin heute, wie auch am Anfang schon, der festen Überzeugung, daß Christoph Stanz zu Unrecht hier ist."

Überrascht blickte der Direktor auf. „Woraus schließen Sie das?"

„Weil ich einfach nicht glauben kann, daß er die Taten begangen hat."

Direktor Lex antwortete nicht gleich. Er nahm vielmehr einen Bleistift zur Hand und kritzelte auf einen Aktendeckel. Es sah im ersten Moment so aus, als notiere er sich etwas, aber er zeichnete nur, wie immer, wenn er über etwas nachdachte. Und wie fast immer wurde es zuerst ein kleines Haus, dann kamen Bäume dazu und ein Himmel mit Wolken, unter denen ein paar Vögel flogen. Plötzlich warf er den Bleistift wieder weg und sah sein Gegenüber mit seinen hellen grauen Augen an.

„Offengestanden, Frau Adam, ich glaube es auch nicht. Es ist zwar meine Aufgabe hier, die vom Gericht ausgesprochene Strafe zu vollziehen. Das hindert mich allerdings nicht daran, mir über diesen oder jenen Fall meine eigenen Gedanken zu machen. Und sehen Sie, gerade über den Christoph Stanz habe ich mir schon sehr viele Gedanken gemacht. Ich komme immer mehr zu der Überzeugung, daß im Falle Stanz ein Justizirrtum vorliegt."

Fassungslos hatte ihm Frau Isabella zugehört. Dann

sagte sie: „Ja aber — kann man denn da nichts unternehmen?"

Den Kopf hin- und herwiegend, sah Direktor Lex lange auf seine schmalen Hände nieder.

„Man könnte höchstens eine nochmalige Aufnahme des Verfahrens beantragen. Aber nach der Langsamkeit, mit der unsere Behörden arbeiten, gehen darüber Monate hin, und bis dahin wäre seine Strafe sowieso bald abgelaufen. Was anderes wäre es —"

Er zog jetzt ein umfangreiches Aktenbündel aus einem Schreibtisch. Es war Christophs Akte, die er sich gestern erst wieder aus der Registratur geholt hatte. Er zog die Zeitungsnotiz heraus und las sie abermals.

„Seit ich dies gelesen habe, sind meine Zweifel nur noch mehr geworden. Man spricht zwar von der Duplizität aller Dinge, aber hier die gleiche Methode wie dort. Auf der einen Seite des Dorfes brennt es, am anderen Ende wird inzwischen eingebrochen. Es wäre immerhin naheliegend, daß es sich immer um die gleichen Täter handelt, die nach dieser Methode arbeiten."

„Dann säße Christoph ganz unschuldig hier?"

„Wenn sich meine Vermutung bewahrheitet, ja. Man müßte aber zunächst die wirklichen Täter haben. Aber nun will ich Sie nicht mehr länger warten lassen. Sie wollen Christoph sprechen. Kommen Sie bitte mit."

Der Direktor führte Frau Isabella in den Besuchsraum und ließ ihr durch eine Schwester ein Kännchen Kaffee mit hausgebackenem Kuchen bringen.

Christoph mußte erst vom Rübenacker geholt werden und konnte sich gar nicht denken, was das zu bedeuten habe. Er sah das Taxi vor dem Tor stehen und putzte sich zunächst einmal umständlich seine Schuhe auf dem Rasen ab. Eine Schwester deutete dann stumm auf die Tür des Besuchszimmers, und er öffnete sie.

Im ersten Augenblick hatte er einen solchen Schrecken, daß er beinahe laut aufgeschrien hätte vor Freude. Er konnte es kaum fassen. Frau Isabella war hier, saß am Tisch und schaute in seine Augen. Ein ungläubiges Lächeln ging über sein Gesicht, und er begriff es erst ganz, wer da gekommen war, als sie sich langsam erhob, auf ihn zuging und ihm beide Hände entgegenstreckte.

„Grüß dich Gott, Christoph", sagte sie leise.

Da kam die große Erschütterung über ihn. An ihren ausgestreckten Händen vorbei glitt er vor ihr nieder und umklammerte ihre Knie. Ein hartes Schluchzen rüttelte seine Schultern. So sehr überwältigte ihn das Wiedersehen, und daß es wieder einmal Frau Isabella war, die wie ein Engel in seine Finsternis kam.

Stumm ließ sie ihn eine Weile gewähren. Sein Kopf war in die Falten ihres Leinenrockes geschmiegt, und erst als das Zucken der Schultern nachließ, beugte sie sich zu ihm nieder und faßte seinen Kopf.

„Komm, Christoph, steh auf."

Als er dann vor ihr stand, gewahrte sie erst, daß er sehr gewachsen war. Er war jetzt so groß wie sie, aber in den Schultern viel breiter. Wie ein fertiger Mann stand er da, und das einzig unmännliche an ihm schienen nur die Tränen an seinen Wimpern zu sein. Aber er schämte sich dieser Tränen nicht. Frau Isabella deutete sie nur falsch und sagte voller Mitleid:

„Ist es denn gar so schlimm hier, Christoph?"

Er wischte sich mit der Faust die Tränen fort und schüttelte den Kopf. „Nein, ich habe es noch nie so gut gehabt wie hier. Er ist die Güte selber zu mir."

„Wer ist ‚er'?"

„Der Herr Direktor."

„Ja, das habe ich auch gefühlt. Komm, Christoph, setz dich zu mir. Ich habe nicht lange Zeit. Sie wird nicht reichen für alles, was ich dir zu erzählen hätte. Leider, leider bin ich nicht gekommen, um dich mitzunehmen, obwohl ich das gerne täte. Dich rausholen aus diesem Gefängnis."

Er schüttelte abwehrend den Kopf. „Es ist kein Gefängnis. Es ist sogar sehr schön hier."

„Aber noch schöner wäre es auf dem Rochusberg."

Christoph konnte sich nicht erklären, warum sie gerade auf den Rochusberg anspielte. Schön war doch alles, was Heimat war. Frau Isabella war ja auch ein Stück Heimat. Darum allein war ihr Kommen so schön.

„Nein, daß du da bist . . ." sagte er nun schon zum drittenmal und merkte in seiner übergroßen Freude gar nicht, daß er sie duzte. Frau Isabella merkte es sofort und beschloß, ihn sofort darauf aufmerksam zu machen, falls er wieder zum förmlichen Sie finden sollte.

Sie mußte ihn immer wieder ansehen und konnte es kaum fassen, daß er in dieser Zeit so groß und erwachsen geworden war. Auch sonst hatte er sich geändert. Im Gerichtssaal stand noch ein eingeschüchterter, schmaler Knabe, jetzt saß ein junger, selbstbewußter Mensch vor ihr, sparsam in seinen Gesten und wohlüberlegt in seinen Reden. Den schmalen Knaben aber hatte ihr der Innerkofler als Geliebten andichten und damit ihren Ruf untergraben wollen. Eigentlich hatte sie Christoph das sagen wollen. Aber nun unterließ sie es doch.

„Immer, wenn ich im Dunkeln gewesen bin“, sagte er jetzt, „dann bist du gekommen. Einmal mit einer Ziehharmonika und später, als der Vater schon tot war, hast du mir heimlich Lebensmittel vor die Tür gelegt.“

Frau Isabella strich sich ein paar lockere Härchen aus der Stirn. Die Seide ihres Spenzers schimmerte bei dieser Bewegung in allen Farben.

„Ja, das stimmt“, gab sie zu. „Ich konnte dich doch nicht hungern lassen.“

„Andere hätten ruhig zugesehen, wenn ich verhungert wäre.“

„Ich bin nicht wie andere.“

„Und dann —“ fuhr Christoph fort — „als mich alle schon in Grund und Boden verdammt hatten, da bist du im Gericht aufgestanden und hast vor allen bekannt, daß du mir die Ziehharmonika geschenkt hast.“

„Wenn du den Mut zum Schweigen hattest, hätte ich ihn nicht zur Wahrheit haben sollen? Ich konnte es doch nicht auf dir sitzenlassen, daß du das Instrument gestohlen hättest.“

„Ich werde dir das nie vergessen. Ich habe so manchmal daran gedacht, wie schwer du es meinetwegen gehabt haben wirst.“

„Du irrst, Christoph. Der Sägmüller hat mir nicht den leisesten Vorwurf gemacht. Ich weiß heute sogar, daß sein Glaube an deine Schuld wankend geworden ist. Auch Blasius' Einstellung hat sich grundlegend geändert. Seit er das schwere Krankenlager hinter sich hat, ist er ins Nachdenken gekommen, wie sinnlos er gelebt hat. Nein, nein, Christoph, du brauchst dir wegen der Zukunft keine Gedanken machen. Es wird wohl so sein, daß ich immer zu dir stehen und dir helfen muß.“

„Und ich werde nicht aufhören, mich zu fragen, warum du das tust."

„Frag lieber nicht", lachte die Sägmüllerin. „Ich weiß es ja selber nicht." Sie stand langsam auf und öffnete ihre Handtasche. „Ich lasse dir Geld hier, wenn du etwas brauchst."

„Ich brauche nichts."

„Das kann man nie wissen." Sie legte einen Zwanzigmarkschein auf den Tisch. Dann nahm sie seinen Kopf in die Hände und sah ihm fest in die Augen. „Der Direktor ist außerordentlich zufrieden mit dir, hat er mir gesagt. Bleib so, Christoph, und mach mir keine Schande."

„Eher ließe ich mir die Hand abhacken", antwortete er und duldete es schweigend, daß sie seinen Kopf ein wenig an ihre Brust bettete und seine Wange streichelte.

„Nun muß ich aber gehen, Christoph."

Als die Zeit herankam, daß Christoph entlassen werden sollte, geschah etwa drei Wochen vorher noch etwas ganz Unerwartetes. In der Rheinpfalz hatte man zwei üble Burschen verhaftet, die bei einem Einbruch ertappt worden waren, nachdem sie zuerst ein Bauernanwesen angezündet hatten.

Einer schwieg zwar hartnäckig, der andere aber gab bereitwillig zu, auch den Brand und den Einbruch in der fränkischen Ortschaft Gräfenberg und in der oberbayerischen Ortschaft Brugg verübt zu haben.

Direktor Lex bekam ein Schreiben vom Amtsgericht in Zell, wonach der im Urbanheim sitzende Christoph Stanz sofort zu entlassen sei, weil nun seine Unschuld einwandfrei ans Tageslicht gekommen sei.

Christoph weinte nicht vor Freude, als der Direktor, selber bis ins Innerste ergriffen vor Freude, ihm mitteilte, daß er morgen schon entlassen werden könne. Er starrte ihn zunächst einmal fassungslos an. Dann verdunkelten sich seine Züge.

„Und wer gibt mir meine verlorenen Jahre zurück?" fragte er schneidend.

„Das kann ich leider nicht, Christoph", antwortete der Direktor.

„Das weiß ich. Ich habe auch nicht an Sie gedacht, Herr Direktor. Und meine Ehre, wer gibt mir die zurück?

Oder meinen die Herren vom Gericht vielleicht, ich hätte keine Ehre im Leib, weil mein Vater ein Pfannenflicker war?"

„Christoph, ich verstehe dich. Du bist verbittert", versuchte Direktor Lex den Erregten zu beruhigen und wurde väterlicher denn je. „Schau, Christoph, du bist doch ein vernünftiger Bub —" er schmunzelte ein wenig — „Bub stimmt ja wohl nicht mehr ganz. Du bist ja bei uns zu einem jungen Mann herangewachsen mit allen geistigen und körperlichen Fähigkeiten, die das Leben von einem jungen Menschen verlangt."

„Was für ein Leben?" fragte Christoph scharf.

„Ein Leben in Ordnung und Würde." Direktor Lex öffnete seine Schreibtischschublade und nahm einen Brief heraus. „Eigentlich wollte ich dir den Brief erst in drei Wochen bei deiner Entlassung aushändigen. Er stammt von Frau Adam, dieser vortrefflichen Frau, die dich einmal besucht hat. Sie schreibt da von einem Schäfer Benedikt, der immer kränklicher werde und die Schafe auf dem Rochusberg nicht mehr so betreuen könne, wie es sein müsse. Man hat daran gedacht, dich für diesen Posten auszuerwählen."

Christoph lachte hart auf. „Wer ist ‚man'?"

„Zunächst diese Frau selber. Aber sie schreibt da weiter, daß mit diesem Plan auch ihr Mann und viele andere aus dem Dorf Brugg einverstanden seien."

Christophs Gesicht entspannte sich ein wenig.

„Das ist alles recht und gut. Aber das ist noch lange kein Ausgleich, daß ich hier fast zweieinhalb Jahre unschuldig gesessen bin. Das wird immer wie ein Makel auf meinem Leben liegen."

Die väterliche Milde des Anstaltsleiters drohte weggeschwemmt zu werden bei soviel bissigen Bemerkungen, die die staatlich gelenkte Erziehungsweise seines Heimes auf die gleiche Stufe brachte mit einer finsteren Vollstrekkungsanstalt. Christoph hatte hier nicht „gesessen" wie er sagte, sondern hatte sich ziemlich großzügig frei bewegen können.

„Auf deinem Leben wird kein Makel liegen", sagte er dann. „Was ich dazu tun kann, werde ich gerne tun. Ich werde dir ein Schreiben und —"

„Soll ich vielleicht mit diesem Schreiben von Haus zu

Haus gehen und es herzeigen, daß man mir glaubt?" unterbrach ihn Christoph unhöflich. „Gut, dann glaubt man mir vielleicht. Aber sie hätten früher glauben müssen, daß ich solcher Taten nicht fähig bin. Sie, Herr Direktor, und die Sägmüllerin sind die einzigen Menschen, die mir geholfen haben. Dafür werde ich Ihnen beiden mein Leben lang dankbar sein. Aber die anderen? Kann ich die Richter nun verklagen, daß sie mich zu Unrecht verurteilt haben? Ich habe auch über Haftentschädigung gelesen. Was wird man mir geben? Geld vielleicht? Kann man mit Geld verlorene Jahre kaufen?"

„Nein, das kann man nicht", antwortete der Direktor ein wenig verwundert über seinen Zögling. Ich hätte ihm doch dieses oder jenes Buch nicht geben sollen, dachte er.

An diesem Abend fühlte sich Christoph schon nicht mehr als Zögling. Er schlief zwar noch im Saal VI, aber das Abendessen durfte er mit dem Direktor einnehmen. Es gab zwar das gleiche aus der Anstaltsküche, und die Ausnahme bildete nur das Gläschen Rotwein, bei dem Direktor Lex nun in wohlüberlegter Rede dem bisherigen Zögling auseinanderzusetzen versuchte, daß er sein Hiersein nicht als Strafe betrachten möge, sondern als eine Unabänderlichkeit, wie es jedem Leben vorgezeichnet sei.

„Und gar so schlimm ist es doch auch nicht gewesen, oder?" fragte er dann und stieß mit Christoph an.

„Es war nicht schlimm", versicherte Christoph, „es war, wenn ich so sagen darf, streng, aber gerecht."

„Und kannst du dir denken, Christoph, wie und wo du die Zeit sonst verbracht hättest?"

„Sicherlich auf dem Rochusberg."

„Auf den du jetzt gehen wirst?"

Christoph schüttelte den Kopf. „Es ist zu spät. Der Sommer ist bald vorbei."

Da drängte sich an Herrn Direktor Lex wieder die Frage heran, die ihn schon gleich nach Erhalt der Mitteilung, daß Christoph unschuldig sei, befallen hatte. Er wunderte sich selber, daß es so schwer ging, die Frage zu stellen. Aber Christoph hatte so etwas Bitteres, Abweisendes in seinen Augen, daß es ratsam schien, zuerst noch einen kleinen Umweg zu wählen, indem er Christoph die Vorteile einer festen Anstellung vorrechnete. Ein Aufseher bekäme immerhin an die zweihundert Mark im

Monat und freie Wohnung. Abgesehen vom Deputat, dem Anteil also in Naturalien. Aber er denke weniger an einen Aufseherposten, sondern vielmehr an die Stelle eines Unterschweizers, weil es ja nicht von der Hand zu weisen sei, wie gut Christoph mit den Tieren umzugehen wisse.

Christoph drehte sein Weinglas lange zwischen den Fingern, bis er eine Antwort fand. Ob er sich das bis morgen überlegen könne?

Ja, das könne er. Aber er möge dabei auch bedenken, daß er ab morgen ein vollkommen freier Mensch sei. Er brauche nicht mehr die Anstaltskleidung zu tragen und sich nicht mehr an die Ordnung des Hauses halten.

Christoph schlief nicht viel in dieser Nacht. Unentwegt beschäftigten sich seine Gedanken mit der neuen Lage. Plötzlich war es gar nicht so leicht, nach Brugg zurückzukehren, und er stellte fest, daß ihm dieses Urbanheim doch sehr ans Herz gewachsen war. Er hatte sich in die Gemeinschaft hineingelebt, und, vor allen Dingen, er hatte zum erstenmal in seinem Leben ganz sorgenlos sein können. Auf die Minute standen die Mahlzeiten auf dem Tisch, und er brauchte sich nie Gedanken machen, wo er am Abend schlafen könne. In Brugg war das alles noch offen. Wahrscheinlich hatten die Holzingers mittlerweile auch von dem Schuppen Besitz ergriffen. Er hatte nicht einmal mehr ein Bett.

Er hätte an diesem Morgen durchschlafen können, bis Mittag. Aber als um sechs Uhr die Glocke durch die Gänge schrillte, war er sofort hellwach und einer der ersten im Waschraum. Er war nun zu einem Kompromiß bereit und erklärte dem Direktor nach dem Frühstück, daß er als Unterschweizer im Heim bleiben wolle bis zum nächsten Frühjahr. Wenn man ihn dann von Brugg aus rufe, ob er Gemeindeschäfer werden wolle, dann wolle er dem Ruf folgen und der Herr Direktor möge dann verstehen, daß er sich diesem Ruf nicht verschließen könne, weil er ja wahrscheinlich von Frau Isabella Adam ausgehe, die ihm im Leben schon viel Gutes erwiesen habe.

So ergab sich also der Fall, daß ein Zögling, der zur Entlassung anstand, nicht hinaus wollte in die Freiheit. Ja, es hatte sich bereits durchgesprochen, daß Christoph vom Schlafsaal VI unschuldig hiergewesen sei, und niemand verstand es, daß er nicht schon Hals über Kopf das Heim verlassen hatte.

Christoph siedelte vielmehr zu den Ökonomiegebäuden hinüber, die von keiner Mauer umgeben waren, und trat seinen Dienst als Unterschweizer an. Er hatte dort ein Zimmer für sich allein und nahm seine Mahlzeiten mit der Familie des Oberschweizers ein. Er war nun ein vollkommen freier Mensch, wußte aber mit seiner Freiheit gar nicht viel anzufangen. Nur einmal ging er an einem Sonntagnachmittag hinaus zum großen Pfarrdorf, ließ sich den Wind der Freiheit ein wenig um die Ohren blasen und kehrte schon vor der Zeit wieder zurück in die Geborgenheit des Stalles.

So neigte sich dieses Jahr bereits dem Ende zu. Die Tage krochen in den Advent hinein, und im Urbanheim rüstete man bereits zur großen Weihnachtsfeier.

Zu Weihnachten erhielt Christoph von Frau Isabella ein großes Paket mit seiner geliebten, herrlichen Ziehharmonika. Als hätte ihn ein Fieber überfallen, so griff Christoph nach der langen Zeit in die Tasten und meinte, hundert Melodien ineinanderweben zu können. Dann erst las er den Brief. Er las ihn zweimal, und erst beim drittenmal begriff er, was da in seinem Namen geschehen war.

Unter anderem schrieb Frau Isabella:

„. . . und war ich doch ein wenig enttäuscht, als ich vom Herrn Direktor einen Brief bekam, wonach Du weiterhin im Heim verbleiben wollest. Zwar kann ich Dir das nicht verdenken, denn in Brugg war man alles andere als gut zu Dir. Aber es hat sich mittlerweile doch viel geändert, die Menschen haben ihr Urteil über Dich geändert und wissen heute alle, daß man Dich unschuldig verurteilt hat. So habe auch ich bei den Meinen gut für Dich vorgearbeitet, und Deinem Kommen wäre nichts mehr im Wege gestanden. Ich habe das leere Sägstüberl recht nett für Dich hergerichtet, und mein Mann hätte Dich winters auch im Sägewerk beschäftigt. Im Sommer freilich — Benedikt ist so alt und krank, daß Brugg nun keinen Hirten für den Rochusberg mehr hat. Dieses Amt will man Dir

anvertrauen, und ich hoffe doch sehr, daß Du kommst, wenn ich Dir schreibe.

Die hundert Mark habe ich dem jungen Mann, den Du geschickt hast, für Dich mitgegeben. Zwar war ich der Meinung, Du hättest dort genügend zu essen, aber es wird halt doch Massenkost sein, und ich verstehe, daß Du Dir auch gerne einmal etwas außer der Reihe kaufen möchtest. Ich bin gewiß, daß Du mit dem Geld sparsam umgehst, aber bitte, wenn Du etwas brauchst, schreibe mir ganz offen, ich schicke es Dir gerne. Und so wünsche ich Dir denn ein recht frohes Weinachtsfest.“

Isabella Adam.

Christoph schrieb sofort zurück, daß er nie einen jungen Mann zu ihr nach Brugg um Geld geschickt habe. Wann das gewesen sei, und wie der junge Mensch ausgesehen habe.

Frau Isabella begriff sofort, daß sie einem Schwindler aufgesessen war, und zögerte mit der Antwort über Neujahr hinaus. Dann erst schrieb sie wieder.

Der junge Mann sei großgewachsen gewesen, habe ein sicheres Auftreten gehabt und eine kleine Narbe über dem rechten Auge.

Erich also. Christoph erinnerte sich an die Narbe ganz genau, weil er sie ihm geschlagen hatte. Er ging mit beiden Briefen zum Direktor und wollte wissen, ob nun Erich wieder hier im Heim eingeliefert werde.

„Das bezweifle ich“, antwortete Direktor Lex. „Erstens muß man ihn zunächst einmal festnehmen und ihn dann wegen Betrugs verhandeln. Inzwischen ist er aber über das jugendliche Alter hinausgewachsen und wird in ein Gefängnis kommen.“

„Schade, jammerschade“, sagte Christoph.

„Warum?“

„Weil ich ihm nämlich die hundert Mark einzeln vom Buckel heruntergeschlagen hätte.“

„Ja, das glaube ich dir aufs Wort“, lachte der Direktor. „Es fragt sich nur, ob es sich lohnen würde, daß du wegen so einem hernach wegen Körperverletzung bestraft wirst. Aber laß mir bitte die beiden Briefe einmal hier. Ich werde die Anzeige gegen Erich einleiten. Wenn es dann soweit ist, mußt du sowieso als Zeuge vor Gericht.“

Erich aber ließ sich so schnell nicht finden. Er war irgendwo untergetaucht. Bis zu Ostern wußte man noch nichts von ihm. Kurz nach Ostern kam von Frau Isabella ein Eilbrief mit wenigen Worten: „*Der Rochusberg ruft Dich. Komm bitte sofort!*"

Nun war Christoph nicht mehr zu halten. Es war ihm, als habe wirklich der Rochusberg seine gewaltige Stimme erhoben und mahnend über den weiten Raum geschickt bis in die stille Einsamkeit des Urbanheimes hinein.

Es war ein heller Frühlingstag, als Christoph, bedacht mit vielen Segenswünschen der Schwestern, in die endgültige Freiheit fuhr. Sie hatten ihn ungern scheiden sehen und waren in ihrer Art glücklich, weil sie erleben hatten dürfen, wie einer in einer unbegreiflichen Demut auch das Mißgeschick des unschuldig Verurteiltseins getragen hatte.

Die Felder waren frisch bestellt, die Wiesen zeigten sich schon grün, die ersten Schwalben waren da, aber es hatte lange nicht geregnet, und hinter dem alten Opelveteran erhob sich eine hohe Staubwolke.

Dann standen sie am Bahnhof. Der Direktor löste ihm die Fahrkarte, obwohl Christoph eigentlich selber recht gut bei Kasse war, denn es waren ihm ja auch die zweitausendfünfhundert Mark wieder ausgehändigt worden.

„Mach's gut, Christoph", sagte der Direktor, als man den Zug von der nächsten Station her schon abläuten hörte.

„Wie die Sonne sticht", sagte Christoph augenzwinkernd und drehte sich ein wenig um, damit der Direktor ja nicht die nassen Augen für eine innere Gemütsbewegung halten mochte.

„Und vergiß nicht, daß du jederzeit wiederkommen kannst, wenn irgend etwas quergehen sollte. Also dann — behüt dich Gott, Christoph, und schreib einmal. Das soll mir dann ein Zeichen sein, daß du doch gern bei uns gewesen bist."

Der Zug fuhr ein, und Christoph lud sich seine schweren Packen auf. Vom Fenster aus winkte er dann noch, bis der Zug hinter einer Waldschneise verschwand. Dann ließ er sich auf die Bank zurückfallen.

Im Schulhausgarten hatten die Rosen geblüht, als man ihn abgeführt und den Schnitt quer durch den Frühling seines Lebens getan hatte. Christoph wußte das noch ganz genau. Nun waren die Rosen wieder in den Knospen, ein bißchen zu früh vielleicht, denn die Eisheiligen hatten ihre Macht noch nicht losgelassen.

Der Pellingerhof war neu aufgebaut, und auch sonst hatte sich in Brugg manches geändert. Der Grund südlich des Klobenbaches war für Bauzwecke freigegeben worden, und eine Siedlungsgenossenschaft hatte bereits an die zwanzig Häuser errichtet. Das größte Projekt war eine Kartonagenfabrik, in der die Neuzugezogenen Arbeit fanden. Jawohl, Brugg war im Aufblühen, es wuchs in seiner Einwohnerzahl bereits über das Dorf Rosenau hinaus, und es war ein offenes Geheimnis, daß man sich von der Gemeinde Rosenau lösen und eine selbständige Gemeinde werden wolle, mit einem eigenen Bürgermeister. Urheber des Ganzen war der Sägmüller Adam, der es dem Innerkofler zum Trotz tat, mit dem er nun schon seit Jahren in erbitterter Feindschaft lebte.

Es zeigte sich, daß Christoph um ein paar Tage zu früh eingetroffen war. Er fand es wenigstens so. Frau Isabella meinte, daß es gerade recht sei, wenn er noch ein paar Tage in Ruhe verlebe, bevor er auf den Rochusberg ziehe. Benedikt war im Winter gestorben, hatte sein Geld der Kirche, den Hirtenstab und seinen Havelock Christoph vermacht.

Zum Abendessen kamen der Sägmüller und sein Sohn Blasius von einer Fahrt über Land zurück. Sie hatten Holz eingekauft. Der Tisch war für vier Personen gedeckt, und als der Sägmüller die Brauen fragend hochzog, sagte sie ihm, daß Christoph angekommen sei.

„Ach so, der“, sagte Adam und war gespannt, wie der Kerl nun aussah nach den Jahren unschuldigen Verbanntseins. Und weil er den „Kerl“ gar nicht mehr so unmanierlich fand oder die Erinnerung an früher irgendwie zerstört war, forderte er Christoph auf familiär ruppige Art auf, nur recht fest zuzugreifen. „Da drinnen wirst du ja sowieso nichts Gescheites bekommen haben?“ fügte er mit dröhnendem Lachen hinzu und wurde dann doch ernsthafter Zuhörer, als Christoph ihm in wohlgesetzten Worten erklärte, daß ja das Urbanheim kein Gefängnis gewesen sei, sondern eine Erziehungsanstalt unter klerikaler Leitung.

„Aha, also halb Gefängnis und halb Kloster. Aber man scheint dort etwas zu lernen. Blasius, schau nur, wie er dasitzt und das Besteck hält. Wie ein feiner Herr."

„Tobias ..." mahnte Frau Isabella mit einem leisen Vorwurf in der Stimme.

„Ja, ja, ist schon recht", grunzte der Sägmüller. „Verlang bloß nicht, daß ich jedes Wort zuerst auf die Waagschale lege. Ich bin so, wie ich bin, und so muß man mich nehmen. Aber was anderes. Geht er auf den Berg?"

„Deswegen ist er ja gekommen", antwortete Frau Isabella. „Nicht wahr, Christoph?"

„Ja, und ich hoffe, daß ich das Amt eines Gemeindeschäfers zu aller Zufriedenheit ausführe."

„Hauptsache, daß du es dir zutraust", meinte der Sägmüller und nahm nun den Knochen in die Finger. „Gemeindeschäfer ist zwar nicht mehr ganz richtig, denn zwei Drittel der Herde gehören mir. Aber das nur nebenbei. Mit dem Benedikt wäre es nicht mehr länger gegangen. Im letzten Jahr sind ihm acht Schafe abgestürzt, darunter fünf von mir."

„Benedikt war alt und krank", sagte Frau Isabella.

„Und faul", fügte der Sägmüller trocken hinzu.

Blasius beteiligte sich an diesem Gespräch überhaupt nicht. Aber er wich auch Christophs Blick nicht aus, wenn dieser ihn ansah. Und er mußte ihn immer wieder ansehen, denn Blasius hatte sich sehr zu seinem Vorteil verändert. Das Schwammige war weg, er war gewachsen, sein Gesicht war von der kargen Sonne des Frühlings schon angesengt, das Haar war sauber gescheitelt, und was noch an den früheren Blasius erinnerte, waren höchstens die Sommersprossen, die lustig über seiner Nase tanzten. Es war kein Zweifel mehr, Blasius war ein junger Herr geworden, der junge Sägmüllersohn, mit Sinn für alles Neue, besonders was den Kraftfahrzeugmarkt betraf. Er fuhr selber bereits einen kleinen, eigenen Wagen und ließ sich einmal vernehmen, daß, wenn er um Christophs genaues Kommen gewußt hätte, er ihn mit dem Wagen abgeholt hätte.

Später dann kam Blasius zu Christophs Überraschung über die schmale Stiege noch in das Sägerstübchen heraufgestiegen, das Frau Isabella für Christoph hergerichtet hatte. Ohne Umschweife setzte sich Blasius auf das Bett und zog eine Flasche Bernkastler Riesling aus der Joppentasche. Er reichte sie Christoph hin, daß er trinke. Hernach trank er. Dann richtete er seinen Blick blinzelnd auf Christoph.

„Jetzt sag mir einmal, wie du das gemacht hast, daß meine Mutter so einen Affen an dir gefressen hat."

„Das weiß ich nicht", antwortete Christoph ehrlich. „Hat sie das wirklich?"

„Und wie. Manchmal hab ich eine Sauwut auf dich gehabt. Bei jedem dritten Satz hat es geheißen: ‚Nimm dir ein Beispiel am Christoph.' " Er setzte die Flasche an den Mund und nahm einen tiefen Schluck. Dann reichte er sie abermals Christoph und zog ein Zigarettenetui heraus. „Was, rauchen tust auch nicht? Ja, sag einmal, was bist denn du für ein Kauz?" Er stieß den Rauch in kleinen Ringlein gegen die niedere Decke. „Und jetzt gehst du da nauf auf den Rochusberg und willst wie ein Einsiedler leben. Dabei bist du genauso alt wie ich."

„Ich glaube, um ein paar Monate älter. Du wirst doch im September zwanzig und ich im Juni."

„Wie du das noch genau weißt."

„O ja, ich hab ein gutes Gedächtnis. Es war genau an deinem Geburtstag, als ich dich aus dem Klobenbach herausgezogen habe."

„In den du mich zuerst hineingestoßen hast", lachte Blasius. Dann wurde er wieder sachlich.

Blasius blieb noch ziemlich lange, kam auch am anderen Abend wieder und hatte wieder eine Flasche Wein dabei.

„Die trinken wir jetzt zum Abschied", sagte er. „Weil du ja morgen auf den Berg gehst."

Ja, am anderen Morgen war es soweit. Die Schafherde war auf dem Dorfplatz zusammengetrieben, weiße und schwarze, geduldige Wesen, die mit klugen Augen oder kühler Überlegenheit ihren neuen Hirten musterten, der sich in seiner ganzen Erscheinung so grundlegend vom alten Benedikt unterschied. Hoch und schlank erhob sich Christoph über der niederen Menge, den Hirtenstab in der Hand, den schwerbepackten Rucksack aufgenommen. Sein Blick war zu den Bergen hinauf gerichtet, die in einer wunderbaren Klarheit unter dem lichten Frühlingshimmel standen. Er wartete nur noch, bis der Zauner Wastl mit seinem Muli kam, der das Bettzeug und die Ziehharmonika hinauftragen mußte.

Jetzt kam der Zauner endlich mit seinem Muli um die Ecke. Und trotzdem zögerte Christoph noch unschlüssig. In diesem Augenblick aber sah er, daß ein Fenster der weißen Villa geöffnet wurde. Es war, als habe er darauf noch gewartet. Er hob die Hand mit dem Hirtenstab und winkte Frau Isabella zu, von der er sich am frühen Morgen schon verabschiedet hatte, wobei sie ihm ein Kreuzzeichen auf die Stirne gemacht hatte.

Während vom Turm der Kirche das Glöcklein zur Frühmesse rief, zog Christoph mit seiner Herde aus dem Dorf. Vielleicht beneidete man ihn, ja, man konnte sogar der Meinung sein, daß so ein Hirtenleben für so einen jungen Menschen die Quelle aller Faulheit sein würde. Ein Drohnenleben, das an den Wurzeln nagte und ihn der Fähigkeit beraubte, es jemals im Leben zu etwas zu bringen, vor dem man Achtung haben könnte.

Und doch war alles ganz anders. Christoph faßte sein Amt anders auf, als Benedikt es getan hatte. Benedikt war nach Meinung des Sägmüllers Adam faul gewesen. Und wenn Christoph sich auch sträubte, die Ehre seines Vorgängers über sein Grab hinweg anzutasten, so mußte er doch zugeben, daß Benedikt wirklich faul gewesen war, wenigstens in den letzten Jahren.

Die Hütte sah erbarmungswürdig aus, der Pferch war an allen Ecken und Enden zerrissen, die Quelle halb von Geröll und Schlamm verschüttet. So war er denn in den ersten Wochen ununterbrochen unterwegs, hackte Stangen um und brachte alles wieder in Ordnung. An gefährlichen Stellen in den Felsen brachte er Schutzvorrichtungen an, denn er wollte seine Herde wieder vollzählig heimbringen. Er setzte seinen ganzen Ehrgeiz ein, daß ihm kein Stück abstürzte, führte die Herde auf die besten Weideplätze, daß sie jeden Abend gesättigt in den Pferch zurückkehrten. Er hatte achtzugeben, daß Blitz und Donner die Herde nicht zerstreuten. Es gab soviel, wovon der Außenstehende keine Ahnung hatte, und oft war Christoph so müde, daß er am Abend erschöpft auf sein Lager fiel und sofort einschlief. Manchmal aber saß er auch noch lange vor der Hütte und ließ aus seinem Instrument die Melodien in die Nacht hineinklingen, bald fröhlich, bald traurig, wie seine Stimmung gerade war, wenn er zu den hohen Sternbildern aufschaute.

Nicht schon in diesem ersten Sommer seines neuen Amtes wurde Christoph vom Flügelschlag des Schicksals angerührt, sondern erst im zweiten Jahr. Inzwischen war er einundzwanzig Jahre geworden, ein fertiger Mann mit der verträumten Seele eines Knaben.

Im Winter hatte er viel auf Tanzfesten gespielt und Geld verdient. Frau Isabella hatte ihm geraten, sein Geld bei der Raiffeisenkasse anzulegen, weil es dort Zinsen trage. Es waren nun bereits viertausend Mark, obwohl er sich auch vom Fuß bis zum Kopf neu eingekleidet hatte. Jetzt freilich, auf dem Berg, trug er wieder nichts als seine abgeschabte, an vielen Stellen geflickte Lederhose. Sein Haar war wieder langgewachsen, um Kinn und Oberlippe sproß der erste Flaum. Es gab hier auf dem Berg keinen Friseur, der ihn ein wenig in Ordnung gebracht hätte. Für wen auch? Es kam niemand zu ihm, ja, die Menschen machten gerne einen Bogen um ihn, denn es ging die Rede, daß er mit dem Teufel im Bunde sei. Dieses Geschwätz kam aber nicht von Brugg her, denn die Brugger schätzten ihren Hirten, wenn er auch ein Sonderling zu sein schien, denn er schloß sich an niemanden an. Die Gerüchte kamen von der Rosenau her. Dort wurden sie erfunden und wie eine Saat ausgestreut, die eben zu ihrer Zeit aufging.

Eines Tages lag Christoph langgestreckt im warmen Sommergras, hatte die Hände hinter dem Kopf verschränkt und sah zum blauen Himmel auf, in dem friedvoll ein paar Häufchenwolken schwammen. An der rechten Schulter war sein Hemd zerrissen, denn er hatte am Vormittag in den Fels einsteigen müssen, um ein verirrtes Lamm herauszuholen. Benedikt hätte es unweigerlich abstürzen lassen, aber Christoph sah in der ihm anvertrauten Herde seine Kinder, für die er sein Leben einsetzen müsse.

Das eine Knie hatte er hochgezogen. Neben ihm lag die Ziehharmonika. Rings um ihn, bis zum Grat hinauf, weideten die Schafe. Es war ein Bild des tiefsten Friedens, wie man es manchmal auf Bildern sehen konnte.

Auf einmal war ihm, als habe er die Nähe eines Menschen gespürt. Langsam richtete er sich auf und hatte einen Schreck, der ihn bis ins Herz hinein anrührte. Seine Augen wurden eng. So schaute er auf das Mädchen, das er zum letztenmal gesehen hatte, als es mit dreißig anderen den Wiesenweg gegangen war, neben dem die Urbanheimer das erste Heu gemacht hatten.

Dann verzog sich sein Mund zu einem bitteren Lächeln, denn er spürte ihre Furcht, sah, daß ihr Körper zur Flucht gespannt, ihr Gesicht aber doch voller Neugierde auf ihn gerichtet war. Ach, dachte er, glaubt denn auch sie den Unsinn, den man über mich erzählt? Sein Lächeln wurde immer wehmütiger und verwandelte sich erst später in ein verwundertes Staunen, als es ihm bewußt wurde, daß sie ja gar nicht mehr das kleine Mädchen war, sondern schon eine großgewachsene Dame von einer eigenartigen Schönheit.

Als Kind hatte sie keine Furcht vor ihm gehabt, auch damals auf der Wiese nicht. Aber jetzt, wo sie erwachsen war, jetzt ängstigte sie sich. Die Angst stand in ihren schönen Augen und lag auf dem ganzen schmalen Gesicht.

Da Christoph keine Anstalten machte, sich zu erheben, verlor Margret Innerkofler allmählich ihre Furcht. Sie machte ein paar Schritte zu einer Lärche und lehnte sich an den Stamm, ganz unbeweglich und kerzengerade, als wäre sie dort angebunden. Sie war groß, aber doch zierlich von Gestalt und trug das blonde Haar nicht nach Bauernart aufgesteckt. Es fiel ihr in dichten Locken auf die Schultern nieder und umrahmte ihr Gesicht wie ein Bild. In ihren hellen Augen war immer noch das Staunen darüber, daß der Hirte gar keine Anstalten machte, sich zu erheben, um sie in seine Arme zu reißen. Die Reden, die über ihn umgingen, ließen doch nichts anderes erwarten. Sie wunderte sich aber auch über sich selbst, daß ihre Angst dahinschwand und sie auf einmal nicht mehr glaubte, daß böse Gewalten in ihm wären. Im übrigen war er ihr noch den Schluß einer Geschichte schuldig. O nein, sie hatte es nicht vergessen, das Märchen vom Andermann und dem Mädchen Silberglanz.

Christoph streckte den rechten Arm aus, zog die Harmonika zu sich her und legte den Lederriemen über die Schultern. Dann griffen seine Finger in die Tasten, und eine Flut von Tönen perlte aus dem Instrument, die das Mädchen am Lärchenstamm bis ins Innerste erschauern ließen.

War es vielleicht so, daß Christoph dem Mädchen mit seiner Musik sagen wollte, was ihn bewegte?

Einen Augenblick Stille. Dann rauschten die Bässe auf. Es war, als ob Wildwasser die Berge hinabstürzten. Alles Leid, aller Jammer der Welt schien aufgerissen zu sein und suchte drängend aus dem Dunkel zum Licht und — schien den Weg zu finden. Die Töne wurden leiser, das Grollen verebbte, der Wind flüsterte durch die feinen Nadeln der Lärchen, eine Quelle rieselte, ein verträumter Vogelruf.

Das Mädchen stand wie von einem Bann eingefangen unbeweglich da und war nicht fähig, sich zu rühren. Nur ein leises Zittern ging über ihr Schultern. Sie spürte es bis ins Herz hinein, so sehr war sie vom Wunder dieser Melodie verzaubert. Und als jetzt wieder die große Stille hinter den verklungenen Tönen anhob, fühlte Margret Innerkofler, daß alle Angst verflogen war.

Zögernd ging sie auf ihn zu und stand vor ihm und begriff nicht, daß ein Mensch solch einen tiefen Blick haben konnte.

„Das war wunderschön", sagte sie leise.

Seine Augen hingen an ihrem Gesicht.

„Es ist noch viel schöner", sagte er und bemühte sich, mit der Hand den Riß an seinem Hemd zu verstecken, „daß es jemanden gibt, der zuhört, auch wenn er nichts davon versteht."

Er machte eine einladende Bewegung auf den Platz neben sich. Ohne es sich zu überlegen, setzte sie sich neben ihn ins Gras.

„Meinst du, daß ich nichts davon verstehe?" fragte sie und zog den Rock eng um ihre Knie. Dann sah sie ihn lange an. Sein Gesicht war von Bergwind und Sonne nußbraun gebrannt. Ebenso seine Beine unterhalb der kurzen Lederhose. Unter ihrem forschenden Blick senkte er verwirrt die Augen. Er war es nicht gewohnt, daß jemand so ausführlich in seinem Gesicht spazierenging.

„Ich nehme es an", sagte er nach einer Weile. „Wie

solltest ausgerechnet du es verstehen, wo alle doch sagen, daß ich Teufelsmusik mache."

„Sie sagen noch viel mehr. Nämlich, daß du mit dem Teufel im Bunde stehen sollst."

Um seinen Mund zuckte ein schmerzliches Lächeln. Er schlang die Hände um die aufgezogenen Knie. Der Fetzen an seinem Hemd fiel lose herunter.

„Und du glaubst es natürlich."

„Ich glaube es nicht, sonst säße ich nicht hier."

„Danke", sagte er spöttisch. „Es ist nämlich so — hier auf meiner Höhe bin ich den Engeln viel näher als dem Teufel. Aber das läßt niemand gelten. Ich bin anscheinend mit einem Fluch beladen, schon von Geburt an. Nur weil mich bislang noch kein Blitz erschlagen hat auf dem Berg, weil der schärfste Hund sich vor mir kuscht und weil mir noch nie ein Lamm abgestürzt ist, darum sagen sie, ich stände mit dem Teufel im Bunde. Auch meine Musik ist Teufelsmusik, sagen sie. Nur wenn ich zum Tanz aufspiele, vergessen sie das."

Margret besann sich eine Weile. Dann sagte sie: „Soll ich dir sagen, wie ich deine Musik empfunden habe?"

„Das würde mich interessieren."

„Zuerst war es ein großes, schreiendes Leid und dann wie ein Gebet."

Christoph fuhr mit dem Gesicht herum.

„So schön hat das noch niemand gesagt. Noch schöner aber ist für mich, daß du keine Angst vor mir hast."

Margret ließ sich ins Gras zurückgleiten und lächelte.

„Groß ist die Angst nie gewesen, denn ich kenne dich doch schon seit meiner Kindheit."

„Ja, mit einer halben Semmel fing es an", sagte er.

„Und mit einem Märchen, das du mir nicht zu Ende erzählt hast. Du hast mir nicht mehr gesagt, was aus Andermann und seinen vier Schimmeln geworden ist."

„Das weißt du noch?"

„Als ob es gestern gewesen wäre."

„Aber es liegen viele Jahre dazwischen. Jetzt bist du erwachsen. Dir kann ich keine Märchen mehr erzählen."

„Deine Musik ist ein Märchen. Sie hat alle Angst von mir fortgenommen. Es war überhaupt Unsinn, vor dir Angst zu haben. Was solltest du mir schon tun?"

Seine Hand griff zu ihr herüber und spürte beglückt, daß sie ihre Finger darum schlang.

„Was sollte ich dir schon tun? Immerhin, ich könnte dich jetzt küssen, und niemand würde dich hören, wenn du schreist."

„Ich weiß, daß du nichts Böses tun kannst."

„Wer sagt dir denn das?"

„Deine Musik. Ein Mensch, der so spielen kann wie du, kann nicht böse sein." Sie hob zaghaft ihre Hand und strich ein paar wirre Locken aus seiner Stirn. „Du würdest gleich nicht mehr so wild aussehen, wenn du dich ordentlich kämmtest."

Ihre Hand lag jetzt auf seiner Stirn, und er hoffte sehnlichst, daß sie ihre Hand nicht wegzöge. Sie kühlte wie ein Huflattichblatt, wenn man es auf eine brennende Wunde legt.

Aber Margret dachte gar nicht daran, ihre Hand zurückzuziehen. Ihr war, als wachse sein heißes Gesicht in ihre Hand hinein. Sie sah seinen strengen Mund über sich und seine schneeweißen Zähne. Nicht einer fehlte, und nicht einer hatte eine trübe Färbung.

Es war so feierlich still ringsum. Der späte Nachmittag trug keine Hitze mehr in sich. Einmal blökte ein Schaf von der Höhe herab, und Christoph wandte flüchtig den Kopf hinauf. Aber es war weiter nichts, und er sah wieder auf das Mädchen nieder, in ihre Augen hinein, und es wurde ein wundersames Spiel daraus, wie ihre Augen sich gegenseitig suchten und fanden. Sie sah, daß die Strenge seines Mundes sich lockerte, und spürte seinen Atem über ihre Stirn hinwehen. Mehr aber, als sie es sah und spürte, fühlte sie, daß sein Mund immer näher kam. Aber sie stieß keinen Schrei aus, als er sie plötzlich küßte. Ihr war, als sei ein Stern in ihr Inneres gefallen und leuchte dort auf in einem warmen Licht.

Auf einmal fiel ein schwarzer Schatten in diese leuchtende Stunde. Sie erinnerte sich, wie ihr Vater den Hirten haßte. Wie er einer der Ärgsten war, der gegen ihn hetzte und ihn mit wüsten Drohungen verwünschte.

Es war wie kalter Schnee auf ein blühendes Rosenbeet. Schlaff fielen ihre Hände herunter.

Das kam so unvermittelt, daß Christoph erschrocken zurückwich. In seinem Antlitz stand brennende Röte, und er wußte jetzt selber nicht mehr, woher ihm der Mut zugeflogen war, sie zu küssen.

Es war der erste Kuß seines Lebens, obwohl man ihm nachsagte, daß er nachts wie ein Tier durch die Gegend streiche und den Mädchen auflauere. Er, der Teufelsspieler, der verwilderte Hirte vom Rochusberg, hatte die junge, stolze Margret Innerkofler geküßt. Und sie hatte ihren Mund nicht zur Seite gebogen, war ihm nicht ausgewichen. Ein Gefühl unendlicher Dankbarkeit überfiel ihn. Margret hatte das Tor seiner Einsamkeit aufgestoßen. Ausgerechnet Margret Innerkofler, die Tochter seines ärgsten Feindes, mußte es sein. Sie hatte begriffen, wie einsam er war und wie ihn nach ein bißchen Liebe hungerte.

Angestrengt grübelte er darüber nach, was er jetzt sagen sollte. Aber es fiel ihm kein rechtes Wort ein.

Ach ja, sie standen beide in einer seltsamen Verstrikkung, und keines hätte wohl dem anderen sagen können, was es war, das sie angerührt hatte.

Sie waren wie verzaubert, und es mußte erst ein lauter Kuckucksruf sie erreichen, um zu begreifen, daß das Einmalige vorübergegangen war und nie mehr sich wiederholen konnte.

Als der Kuckuck schwieg, stand das Mädchen auf. Gleichzeitig sprang auch Christoph hoch.

„Gehst du schon? Ich weiß, du bist mir bös."

Sie sah ihn versonnen an. Dann schüttelte sie den Kopf.

„Ich bin dir nicht bös. Aber ich werde nie mehr zu dir kommen können. Du weißt doch, wer bei dir gewesen ist?"

„Ja, das Glück war bei mir. Und das Glück hat keinen Namen."

„Doch, das Glück hieß Margret, aber sie ist die Tochter des Innerkoflers!"

Um seinen Mund zuckte es. Dann schob er das Kinn trotzig vor.

„Der mich haßt und mir immer von allen Menschen am wehesten getan hatte."

„Weißt du, warum?"

„Wenn ich das wüßte, könnte ich mich wehren."

„Aber er muß doch einen Grund haben", sagte Margret versonnen.

Der Kuckuck schlug wieder an. Die Sonne war nach Westen gewandert und zuckte nun in gelblichem Schimmer über die Bergspitzen hin. Die Schatten der Lärchen wurden länger, die Schafe drängten sich enger zusammen, und es war kein Zweifel, daß es Abend werden wollte.

Margret wußte, daß sie gehen mußte, und konnte sich doch nicht losreißen von dieser Verzauberung. Ach, es war ein so heftiges Begehren in ihr, daß sein Mund sie nochmals liebkose, und sie fühlte den drängenden Wunsch in sich, sein schmales, jetzt so trauriges Gesicht nochmals in die Hände zu nehmen.

„Kommst du wieder, Margret?" fragte er mit gepreßter Stimme.

Sie schüttelte den Kopf.

„Du weißt doch so gut wie ich, daß ich nicht darf. Wir würden beide ins Unglück treiben."

„Oder ins Glück", brach es auf einmal heftig aus ihm heraus. „Soll es denn abermals Jahre dauern, bis ich dich wiedersehe? Jetzt — nachdem du — nachdem ich dich geküßt habe."

„Es wäre besser gewesen — für uns beide, wenn du es nicht getan hättest. Armer Christoph."

Er faßte stürmisch nach ihrer Hand.

„Du irrst dich, Margret, ich bin nicht arm. Mir ist immer, als gehöre alles mir, der Berg da, der Himmel über mir, alle Sterne in der Nacht und alle Wasser, die von den Bergen fließen. Und dann bricht auch einmal, so wie heute, eine leuchtende Stunde in mein Leben und verwandelt mich Hirten zum König."

„Dem nur die Krone fehlt", ergänzte Margret sein Träumen.

„Sag das nicht, Mädchen. Die Armen tragen ihre Kronen nur unsichtbar."

„Das mag sein. Aber ich muß jetzt wirklich gehen, Christoph. Vielleicht komme ich doch irgendwann einmal wieder, und dann mußt du mir deine Krone zeigen. Ich danke dir auch noch für dein schönes Spiel, und es wäre schön, wenn ich glauben könnte, daß ich es war, die dich für eine Stunde vom Hirten zum König verwandelt hat."

„Wer denn sonst?" fragte er und umschloß ihre Hand fester.

„Ach, Christoph“, lachte sie. „Du wirst mir doch nicht einreden wollen, daß du vor mir noch kein Mädchen geküßt hast. Und wenn ich jetzt dann dort drüben über die Bodenwelle verschwunden bin, wirst du mich bereits wieder vergessen haben.“

„Ich bin noch nie einem Mädchen nahe gewesen“, antwortete er treuherzig. „Und ich werde dich auch nie vergessen, Margret. Ich werde in Geduld warten, bis du wieder zu mir kommst. Oder kann ich dich drunten in der Rosenau treffen? Sag mir wo und wann, ich werde kommen.“

„Um alles in der Welt, wo denkst du hin, Christoph! Nein, nein, wir müssen beide vernünftig sein. Wir dürfen nicht träumen, Christoph, und uns nie wiedersehen. Lebe wohl, und vergiß, daß ich bei dir gewesen bin.“

Noch ehe er begriff, was ihm geschah, hatte sie beide Arme um seinen Hals geschlungen, küßte ihn heftig auf den Mund und rannte davon. Bevor sie über die Bodenwelle hinablief, blieb sie nochmals stehen, sah zu ihm herauf und hob die Hand. Ein paar Sekunden stand sie so, umschmeichelt von der Abendsonne, und ihre erhobene Hand sah aus wie eine segnende Gebärde.

Dann sprang sie über die Traverse hinunter und verschwand im Walde.

So war also dieser Sommer doch noch recht verwirrend über Christoph gekommen. Die Begegnung mit Margret hatte ihn tief berührt, und sein heftiger Wunsch, sie möge plötzlich eines Tages wieder vor ihm stehen, wurde mit der Zeit eine schmerzhafte Sehnsucht. Dieses Einmalige hatte ihn auf eine unbegreifliche Weise berührt, und er war bereit, sich diesem Seltsamen mit Leib und Seele hinzugeben, selbst wenn es zu seiner ewigen Verdammnis führen würde.

Aber der Sommer ging hin, und Christoph blieb allein mit seiner Sehnsucht und mit seinen Schafen. Das Schicksal war wohl nur einmal gnädig mit ihm gewesen. Aber in die Stille seines Lebens war ein schwerer Zwiespalt gekommen.

So sehr er sich auch vornahm, vernünftig zu denken und es so zu betrachten, als sei alles nur ein Traum gewesen, es half nichts. Er fand keinen rechten Schlaf mehr und magerte ab. Nie hatte er früher sein Instrument so oft auf die Knie genommen wie in dieser verworrenen Zeit. Die Melodien klangen in den Abendhimmel, daß selbst die Wolken von den Klängen zu erröten schienen. Aber sie riefen kein Mädchen herbei. Das Märchen war zu Ende, kaum daß es richtig begonnen hatte.

Dann kam die Zeit, in der Christoph mit seiner Herde den Rochusberg verlassen und weiter talwärts ziehen mußte, wo noch Weide zu finden war. Von hier aus konnte er nun nicht mehr zur Rosenau hinuntersehen. Das Leben erschien ihm leer und trostlos wie nie zuvor.

Die Nächte wurden kühler. Regen kam über das Land mit herbstlichen Stürmen. Christoph stand im Regen und fühlte kaum, wie das Wasser an ihm niederrann. Oder er stand über den Wolken, die träge unter ihm hinzogen. Nachts schlief er in einer halbverfallenen Hütte, die bei weitem nicht mehr so wetterfest war wie die droben am Rochusberg. Durch die Ritzen pfiff der Wind. Aber er fror nie in den Nächten.

Wilde, verwegene Träume bedrängten ihn, in denen das Gesicht Margrets sich übergroß aufhob wie ein leuchtendes Gemälde. Mit der Zeit merkte er, daß ein leiser Zorn seine Sehnsucht zerbröckelte. Warum war sie überhaupt gekommen, wenn sie ihn dann wieder im Dunkel allein ließ. Und da erkannte er, daß es kein Märchen war, das er erlebt hatte, sondern eine grausame, harte Wirklichkeit, die jedes Träumen verbot.

Und so kam dann die Zeit heran, daß er mit seiner Herde endgültig nach Brugg heimkehren mußte. Im Vorjahr war er noch so stolz gewesen, daß er die Herde vollzählig und mit gesundem Nachwuchs zurückgebracht hatte. Heuer war ihm dies gleichgültig, und er empfand nicht den geringsten Stolz, als ihm der Sägmüller Adam gönnerhaft auf die Schulter klopfte und in seiner ruppigen Vertraulichkeit sagte:

„Allen Respekt, Christoph. Kein Stück fehlt. Aber nun geh und laß dir gleich einmal die Haare schneiden, damit du wieder aussiehst wie ein Mensch."

Frau Isabella begrüßte ihn mit aller Herzlichkeit, die ihr eigen war. Dann aber trat sie ein paar Schritte zurück und betrachtete ihn genauer.

„Was ist mit dir los, Christoph? Du siehst so mager aus. Du wirst doch nicht Hunger gelitten haben?“

„Hunger?“ Er sah sie starr an und lächelte dann ebenso starr. „Es könnte schon sein, daß ich gehungert habe.“

„Ja, dann wollen wir das aber gleich nachholen. In einer Stunde wird gegessen. Komm jetzt, ich habe dir ein Bad eingelassen. Es wird dir guttun, den Sommer abzuwaschen.“

„Ja, den Sommer“, antwortete er mit einer Bitterkeit, die sie aufhorchen ließ. Es mußte noch etwas anderes gegeben haben. Sie sah es jetzt an seinen Augen, in denen das Leuchten fehlte. Und sie hatte das Gefühl, daß er etwas mehr abwaschen wollte, als nur einen Sommer auf dem Berg in Wind und Wetter. Aber sie drang nicht in ihn, sondern nahm sich vor, dies in einer ruhigeren Stunde zu tun.

Wie hätte Christoph eine Ahnung haben sollen, daß aus dieser Begegnung auf dem Rochusberg die tiefere Verwirrung doch über Margret gefallen war. Nur mit Mühe gelang es ihr eine gewisse Zeit, ihren Wünschen Einhalt zu gebieten. Hätte sie ihnen nachgegeben, so hätte sie damals schon am nächsten Tag und viele Tage nachher auf den Rochusberg gehen müssen, um Christoph zu sehen, weil sie meinte, nur er und seine Musik könnten ihr unruhig gewordenes Leben wieder ruhig machen. Ihm nur allein hätte sie sagen können, wie sehr sich seitdem ihr Leben geändert hatte.

Eigentlich hätte ihr verändertes Wesen auffallen müssen. Ihr sonst so frohes Lachen klang immer seltener auf. Aber wer achtet auf einem Bauernhof schon darauf, wenn sich das Wesen eines Mädchens wandelt. Der Innerkofler war viel zu sehr mit seinen Bürgermeistergeschäften belastet und ging voll grimmigen Zornes durch die Tage, seit er um die Bestrebungen der Ortschaft Brugg wußte, selbständig zu werden. Das ging ihm gerade noch ab. War doch gerade Brugg die Ortschaft in seinem Gemeindebereich, die die meisten Steuern aufbrachte. Bisher hatte er noch alles hintertreiben können, aber die Macht des Sägmüllers reichte weiter, als er gedacht hatte.

Die Mutter aber, die doch dem Mädchen am nächsten

hätte stehen müssen, war viel zu sehr mit sich selber und ihren körperlichen Leiden beschäftigt, seit sie die Schwelle des Fünfzigers überschritten hatte.

Es hätte auch auffallen müssen, daß Margret jetzt sehr oft um die Abendzeit den Hof verließ und dann da oben am Steinbruch saß, von wo aus man einen Ausblick auf den Rochusberg hatte. Manchmal, wenn Ostwind ging, konnte sie eine Melodie in den abendlichen Lüften vernehmen, die herbstlichen Wiesen überflutend und gleichsam beglänzend.

Andere, die ebenfalls die bald wilden, dann wieder schmeichelnden Töne hörten, sahen mit furchtsamen Augen zu den Höhen hinauf und sagten, daß jetzt der verfluchte Schafhirte wohl wieder die bösen Geister anrufe. Gewiß würde auch bald wieder etwas folgen, ein Unwetter vielleicht oder ein Bergrutsch. Aber Margret begriff sein Spiel. In ihrem Gesicht spiegelte sich dann ein überirdisch schönes Leuchten, und sie sagte sich, daß der heimliche Geliebte sie mit seinen Melodien grüßen wolle.

Schließlich, nach langen Tagen voll Regen und stürmischen Winden, hielt sie es nicht mehr aus. An einem Sonntagnachmittag machte sich Margret auf den weiten Weg zum Rochusberg, um dann ratlos vor der verschlossenen Hütte zu sitzen, denn Christoph war um diese Zeit mit der Herde schon weiter talwärts gezogen. Es war zwar nicht schwer, in die Hütte zu kommen, weil der Schlüssel dafür hinter einem Dachsparren lag. Sie saß dann lange neben dem kalten Herd und starrte zur verrußten Decke hinauf, an der sich die Spinnweben leise im Winde bewegten, der durch die Schindeln drang. Dann sah sie in den Spiegelscherben, der neben dem Fenster hing, und betrachtete aufmerksam ihr Gesicht. Sie schüttelte das Lager in der Ecke auf und legte die Decken säuberlich zusammen. Das alles tat sie fast unbeabsichtigt. Die Liebe hatte sie heraufgetrieben, und nun mußte sie unerfüllten Herzens wieder heimgehen. Und niemals würde Christoph erfahren, daß sie nochmals zu ihm gekommen war, weil sie eingesehen hatte, daß es sinnlos ist, vor etwas zu flüchten, was wie eine Gewalt in ihr junges Leben gestürzt war. Und das konnte doch wohl nur die Liebe sein.

So ging sie den weiten Weg zurück und wurde noch stiller und verschlossener als bisher.

Ein Bauer, der Gruber in der Au, der beim Innerkofler in einer gemeindlichen Angelegenheit zu tun hatte, klagte, daß ihm im Sommer zwei seiner besten Kalbinnen auf der Alm verkalbt hätten. Es sei schon ein rechter Jammer, und er vermute, ob nicht doch die künstliche Befruchtung daran die Schuld trage.

„Was dir nicht einfällt", antwortete der Innerkofler. „Es ist doch längst erwiesen, daß die künstliche Befruchtung der Rinder hundertprozentig positiv ist. Ich denk' da an was ganz anderes. Deine Alm liegt doch dem Rochusberg am nächsten, und wer da droben haust, das weißt ja. Der Kerl hat deine Kalbinnen verhext, das ist alles."

„Ich glaube an so einen Schmarrn nicht", sagte der Gruber. „Warum sollte er mir meine Kalbinnen verhexen?"

„Dem trau' ich alles zu."

„Es hat sich aber doch rausgestellt, daß er damals unschuldig verurteilt worden ist."

„Das mag stimmen. Aber unschuldig gesessen ist er nicht, denn der hat in seinem Leben schon soviel Unheil angerichtet, für das er straffrei ausgegangen ist."

Als der Gruber fort war, fragte Margret ihren Vater geradeheraus:

„Vater, warum haßt du eigentlich den Christoph Stanz so sehr? Du glaubst doch selber nicht, was du dem Gruber da gerade gesagt hast."

Der Innerkofler fuhr mit gerunzelten Brauen herum. „Was sagst du da? Wie kommst du überhaupt dazu, den Namen dieses Lumpen in den Mund zu nehmen?"

„Weil ich nicht glaube, daß er ein Lump ist."

„Aha, das sind ja ganz nette Ansichten. Wie willst denn ausgerechnet du das wissen? Das ginge mir gerade noch ab, daß du für den Tagdieb, für den Faulenzer, Sympathien hättest."

Margret hatte auf einmal alle Angst verloren und antwortete heftig:

„Wenn er das wäre, für was du ihn hältst, dann verstehe ich nicht, wieso die Brugger Bauern ihm ihre Schafe anvertrauen.

„Ich möchte nicht wissen, wieviel er ihnen schon gestohlen hat."

„Weißt du das so genau, Vater?"

„Ich weiß es nicht genau, aber es ist ohne weiteres anzunehmen. Und vielleicht bereuen es die Brugger einmal. Zu gönnen wär es ihnen, dieser hochnäsigen Bagasch. Vor allem dem Sägmüller und seiner überspannten Frau. Und von jetzt an will ich kein Wort mehr hören über den Kerl, sonst —"

Er sprach den Satz nicht aus, ging hinaus und schlug krachend die Tür hinter sich zu.

Die Innerkoflerin, die die lauten Stimmen gehört hatte, fragte hernach die Margret in der Küche:

„Was habt denn ihr zwei vorhin miteinander gehabt?"

Margret zog einen großen Schapf mit Kälbertrank vom Herd und rückte die Ringe über das offene Feuer. Dann sah sie die Mutter an.

„Ich verstehe den Vater manchmal nicht. Er urteilt über einen Menschen, den er gar nicht genau kennt. Ich meine den Hirten auf dem Rochusberg. Ich bringe das Gefühl nicht los, daß man diesem armen Menschen schon viel Unrecht getan hat."

Die Innerkoflerin starrte ihre Tochter verständnislos an. „Was geht denn dich der Kerl an? Du weißt ganz genau, daß der Vater den Namen nicht hören darf."

„Ich möchte aber endlich wissen, warum gerade unser Vater ihn am meisten haßt. Was hat er ihm denn getan?"

„Ich weiß nichts und — es geht mich auch nichts an", antwortete die Innerkoflerin barsch. Sie war auf einmal voller Mißtrauen. Mit zwei Schritten stand sie vor Margret und packte sie an den Schultern. „Bist du ihm vielleicht begegnet? Mir kommt es schon eine ganze Zeit so vor, als wärst du verändert."

Einen Augenblick besann sich Margret. Dann zog sie es vor, der Mutter Frage mit einer Gegenfrage zu beantworten.

„Wo und wann meinst du, sollte ich ihm begegnet sein?"

„Also gut dann. Aber merk dir, der Name darf hier im Hause nicht genannt werden."

Nun schämte sich Margret, daß sie ihn verleugnet hatte. Sie schämte sich so sehr, daß sie spürte, wie ihr die

Schamröte bis unter die Haarwurzeln stieg, und wandte sich schnell ab.

Die Wahrheit erfuhr Margret erst mit Einbruch des Winters, als sie achtzehn Jahre wurde.

Auf dem Innerkoflerhof hauste in dem kleinen Stübchen über den Pferdeställen der alte Zenno Precht, dem man in Anbetracht seiner langjährigen, treuen Dienste das Gnadenbrot am Hof gewährte. Zenno war schon über achtzig Jahre alt und hatte fünfzig davon auf dem Innerkoflerhof gedient. Aber es gibt in einem Knechtsdasein wohl keinen Feierabend in dem Sinne, daß man die Hände müßig im Schoß halten und den Wolken nachträumen kann. Nein, Zenno fand immer eine Beschäftigung. Er band die Reisigbesen, die man am Hof brauchte, schnitzte Quirl und Kochlöffel, und manchmal entstanden unter seinem Schnitzmesser ein Vogel mit geweiteten Schwingen oder auch ein kleines Reh.

So ein Reh schenkte er Margret zu ihrem achtzehnten Geburtstag am zweiten Dezember. Es war ihm besser gelungen als manch anderes vorher, und Margret empfand ehrliche Freude darüber.

Am Abend dieses Tages stieg sie die schmale Stiege zu Zennos Stübchen hinauf. Der Alte saß auf der Bank am kleinen Kachelofen. Das Licht der Lampe fiel auf sein weißes Haar und ließ es wie Schnee aufleuchten. Die Schultern neigten sich nach vorne, und seine Hände zitterten. Ja, er war schon recht brüchig, der alte Zenno. Nur sein Gehör war noch gut, und was bei seinem Alter besonders bemerkenswert war, er hatte ein ausgezeichnetes Gedächtnis. Man nannte ihn deshalb am Hof den lebendigen Kalender, weil er Ereignisse, die sich vor vielen Jahren abgespielt hatten, noch genau auf den Tag und die Stunde wußte.

Als Margret bei ihm eintrat, ging ein frohes Lachen über sein schmales Runzelgesicht.

„Was kommt denn da heut noch für ein seltener Besuch zu mir? Ich weiß schon gar keine Zeit mehr, daß du bei mir heroben gewesen bist, Margretl."

„Ja, du hast recht, Zenno. In letzter Zeit hab ich dich ein bißl vernachlässigt. Weiß selber nicht, warum. Aber heut hab ich noch 'rauf müssen zu dir. Ich muß dir doch noch sagen, wie sehr mich dein Geschenk gefreut hat. Wie du es nur grad so fertig bringst. Du wirst noch ein richtiger Künstler, Zenno."

Der Alte schlug mit zitternder Hand den Pfeifenrauch von seinem Gesicht weg und sah sie eine Weile an.

„Tu mich nicht so loben, Margret, sonst werd ich auf meine alten Tag noch hoffärtig. Kunst ist doch ganz was anderes."

„Aber mir gefällt es, Zenno, und das ist doch die Hauptsache. Du hast mir eine große Freude gemacht, und ich danke dir herzlich."

„Ja, ja, ist schon gut, Dirndl. Aber was hab ich denn jetzt für dich? Gar nichts kann ich dir anbieten. Magst vielleicht einen Apfel?"

„Nein, laß nur, Zenno. Ich bin doch nicht deswegen gekommen."

„Sondern?" fragte er blinzelnd.

Betroffen sah sie ihn an.

„Ja — weil ich dir danken wollte."

„Das hast ja heute früh schon getan."

„Ach ja, richtig. Siehst, so vergessen bin ich in letzter Zeit. Aber ist denn das so was Merkwürdiges, wenn ich ein bißl mit dir plauschen möcht?"

„Nein, im Gegenteil. Es freut mich doch, daß du da bist. Früher bist so oft gekommen. Ich weiß noch so gut, wie du ein kleines Mädl warst. Da hast du mich immer bei der Hand genommen und bist am späten Abend noch mit mir auf die Wiesen hinausgetrippelt. Die Vögerl haben gesungen, die Bacherl haben gerauscht und dein kleines Mundwerk hat unaufhörlich geplappert. Alles hast immer auf einmal wissen wollen."

„Ja, und du hast auf alles eine Antwort gewußt. Dich habe ich nie umsonst gefragt, und dir hab ich immer alles besser anvertrauen können als dem Vater oder der Mutter."

Der Alte fuhr sich mit gespreizten Fingern über das weiße Haar. Dann drückte er mit dem Daumen die Glut in seiner Pfeife nieder und begann heftig zu ziehen.

„Heut hast halt nichts mehr, was du mir anvertrauen möchtest?"

„Vielleicht doch", sagte sie und schwieg dann wieder.

Die Uhr im Stübchen tickte eintönig. Dann rasselte sie

und holte zum Schlag aus. Es war neun Uhr. Der Wellensittich in seinem Käfig piepste erregt in die Schläge hinein. Und draußen pfiff der Dezemberwind um die Ecken der Gebäude.

Margret hatte die Hände im Schoß verschlungen und sah auf die sauber gescheuerten Dielen nieder. Der Alte stand auf und legte ein paar Scheite in den Ofen. Ein paar Sekunden war sein weißes Haar von der Glut des Feuers rötlich beleuchtet.

„Es könnte ja sein", begann Margret zögernd, „daß ich heut auch zu dir gekommen bin, weil ich dich etwas fragen möchte. Es kommt nur drauf an, ob du mir die Wahrheit sagst."

Zenno hatte sich wieder aufgerichtet und wandte ihr schnell sein Gesicht zu.

„Hab ich dich schon einmal angelogen, Margret?"

„Bis jetzt waren es auch lauter harmlose Fragen."

„Ach so! Soll das heißen, daß heut einmal ganz was Wichtiges kommt?"

„Ja, Zenno. Und nur von dir kann ich es erfahren. Du bist doch unser lebendiger Kalender. Wie lang reicht eigentlich dein Gedächtnis zurück, Zenno? Zwanzig Jahre oder dreißig oder noch länger?"

„Das kommt darauf an, was man sich gerne merken will. Es gibt auch Sachen, die vergißt man am besten. Was willst du denn wissen von mir?"

Margret stand auf und trat an das Vogelbauer. Sie tat, als interessiere sie in diesem Augenblick nichts als das bunte Gefieder des Wellensittichs. Dann fragte sie, ohne sich umzudrehen:

„Kennst du den Hirten vom Rochusberg?"

Margret meinte zu sehen, wie es über die Brauen des Alten ganz schnell hinzuckte. Er wartete mit der Antwort und klopfte zunächst seine Pfeife am Ofen aus.

„Du meinst den Pfannenflicker Christoph?"

„Jetzt ist er Hirt vom Rochusberg."

„Ja, weil die Sägmüllerin von Brugg ihn dazu gemacht hat." Er drehte sich um und sah Margret scharf an. „Wenn ich ihn kenne, ist das weiter nicht so schlimm. Ich kenne viele Menschen und hab schon viele gekannt, die heute nimmer sind. Schlechter ist es schon, wenn du ihn kennen würdest."

„Warum?“

„Warum, warum?“ Der Alte hob die Schultern und ließ sie wieder sinken. „Wieviel Unglück ist durch das dumme Wort ‚Warum‘ schon angerichtet worden. Wär oft besser gewesen, die Leute hätten nicht soviel gefragt. Auch für dich wäre es in diesem Falle besser.“

Margret sah ihn scharf an, aber sein Gesicht war undurchdringlich.

„Du weichst mir ja aus, Zenno. Das bin ich von dir nicht gewohnt. Aber ich lasse mich nicht mehr abschütteln. Ich will jetzt endlich einmal die Wahrheit wissen. Zenno, du kennst die Zusammenhänge. Was steckt für ein Geheimnis dahinter? Und warum darf ausgerechnet ich das nicht wissen?“

„Versprichst du dir einen Nutzen, wenn du es weißt?“

„Deine Antwort sagt mir bereits, daß du ahnst, was ich wissen will. Warum haßt mein Vater den Christoph Stanz wie einen Todfeind? Was hat er ihm denn getan? Er, der arme Hirte, dem reichen Innerkofler!“

Zenno füllte sich seine Pfeife wieder und zündete sie umständlich an. Dann ging er zum Fenster, öffnete es und schaute in die Nacht hinaus. Der Wind hatte aufgehört. Es schneite in dichten Flocken aus einem hohen Himmel.

Er schloß das Fenster wieder, setzte sich zu Margret auf die Ofenbank und faßte nach ihrer Hand.

„Als du vorhin zur Türe hereinkamst, wußte ich, was du auf dem Herzen hast. Ich habe auf die Frage gewartet, nicht erst seit heute. Ich hab sie auf mich zukommen sehn und will ihr nicht mehr ausweichen. Schau, Kindl, ich weiß mehr, als du denkst. Ich weiß zum Beispiel, daß du heuer im Sommer einmal bei ihm auf dem Rochusberg gewesen bist. Und ich habe dich den ganzen Sommer und Herbst oft und oft da oben beim Steinbruch sitzen sehen und seiner Musik lauschen. Ich hab bloß nichts sagen wollen, aber gesehn habe ich alles, oder auch geahnt. Manchmal habe ich nämlich einen sechsten Sinn, weißt du. Ich habe erwartet, daß du mich eines Tages fragen wirst. Heute bist du achtzehn Jahre alt geworden. Und so will ich dir heute die Geschichte erzählen, die Geschichte von der Schmach, die deinem Vater, dem Innerkofler, vor vielen Jahren angetan worden ist.“

Es war so, als ob der Alte ein Buch aufschlage und

darin zu lesen begänne. Die erste Seite dieses Buches aber war vor fünfundzwanzig Jahren geschrieben worden.

Der Innerkofler war damals ein Bursche von noch nicht ganz dreißig Jahren. Sein Vater war gerade gestorben, er sollte nun den Hof übernehmen und heiraten. Das wäre für ihn durchaus keine beschwerliche Sache gewesen, denn er war seit zwei Jahren mit der schönen Benedikta Staketer versprochen. Der Innerkofler wurde von allen beneidet um dieses Mädchen. In dem Bewußtsein seines Besitzes, den ihm nach seiner etwas überheblichen Meinung kein Mensch der Welt mehr streitig machen konnte, hatte er nicht gemerkt, daß Benedikta seit etwa einem halben Jahr immer zurückhaltender, immer stiller und immer ablehnender zu ihm wurde.

Das war um die Zeit, als von Brugg her über die Waldberge die Starkstromleitung gebaut und auch auf den entlegensten Einödhöfen das Licht installiert wurde. Den Bautrupp führte ein junger Ingenieur, Herbert Stanz, der neben seinem großen fachlichen Können auch sonst ein vielseitiger Mensch war und auf seiner Geige zu spielen wußte, daß es die Herzen betörte.

Dieser Herbert Stanz und die Benedikta Staketer sahen sich und wußten in der ersten Sekunde, daß sie füreinander bestimmt waren wie zwei Sterne, die sich ein Leben lang gesucht und sich nun endlich gefunden hatten. Sie leuchteten nun gemeinsam, und es wurde eine Liebe, so namenlos groß und stark, daß sich keins mehr davon lösen konnte.

Solange sie es geheimhalten konnten war es, als gingen die beiden durch ein Paradies, und alle Blumen neigten sich vor ihnen. Der Frühling war angebrochen, und sie achteten nicht des Sturmes, der aufstand, um sie zu zerschmettern.

Benedikta löste diesen Sturm selbst aus, indem sie ihrem Vater erklärte, daß sie den Innerkofler von der Rosenau nicht heiraten könne. Der Staketer, sonst ein ruhiger, gesetzter Mensch, geriet völlig aus der Fassung. Seine Wut war grenzenlos, und er war der Meinung, daß es doch ein leichtes sein müsse, seine Tochter wieder auf den rechten Weg zurückzuführen.

Mit der Peitsche trieb er den Ingenieur vom Hof und

hetzte den Hund hinter ihm her. Die Tochter aber sperrte er ein und tat dem Innerkofler Botschaft, daß er das Aufgebot bestellen möge.

Der Innerkofler rüstete also zur Hochzeit. Er rüstete sie gut aus, damit die Leute noch zehn Jahre darüber was zu reden hätten. Wo sonst sechs Mann zu einer Hochzeit aufspielten, sollten es zwanzig sein. Der Tag sollte zum Triumph seines Lebens werden. Und allen seinen Verwandten, die das Mädchen noch nicht kannten, erzählte er großspurig, daß es die schönste Braut sei, die jemals in die Rosenau eingezogen sei. In seinem Überschwang merkte er gar nicht, daß Benedikta völlig verändert war, daß sie innerlich an allem gar nicht beteiligt war und seine herrischen Zärtlichkeiten wohl mit bleichem Gesicht duldete, aber sie nie mehr erwiderte.

„Ein kleines Abenteuer soll sie gehabt haben?“ lachte er, wenn jemand auf den Ingenieur anspielte. „Lächerlich, als ob mir, dem Innerkofler von der Rosenau, einer ein Mädl ausspannen könnte ...“

So kam der Hochzeitsmorgen heran. Er stieg in wunderbarer Klarheit hinter den Bergen herauf, und das Silberzaumzeug an den Pferdegeschirren klingelte hell durch den Morgen, als die Kutsche gen Staket fuhr, um die Braut abzuholen.

Stillschweigend ließ Benedikta alles mit sich geschehen. Schön, aber bleich saß sie in der Kutsche, die sie nach Rosenau brachte. Die Glocken läuteten, und auf dem freien Platz vor dem Hause des Bürgermeisters standen die Menschen Kopf an Kopf, um die Braut zu sehen. In der Amtsstube des Bürgermeisters war alles vorbereitet zur standesamtlichen Trauung, während der Pfarrer gerade vom Pfarrhof zur Kirche hinüberging, um hernach die kirchliche Trauung zu vollziehen.

Niemand hatte den kleinen Lieferwagen der Überlandzentrale bemerkt, der hinter dem Stadel des Johanniter mit abgedrosseltem Motor wartete. Nur Benedikta hatte ihn gesehen und war nun voller Konzentration. Es ließ sich zwar nicht vermeiden, daß der Innerkofler sie noch bei der Hand nahm und ins Amtszimmer führte, wo der Bacher bereits hinter dem Schreibtisch, den zwei Blumenstöcke zierten, mit den Urkunden wartete.

In dem Moment, als der Bürgermeister Benedikta den

Federhalter in die Hand drückte und sie darauf aufmerksam machte, daß sie nun mit dem Namen Innerkofler zum erstenmal unterschreiben müsse, geschah es.

Benedikta stürzte hinaus, und ehe es noch jemand recht begreifen konnte, was hier geschah, rannte sie auf das Johanniteranwesen zu. Herbert Stanz brauchte ihr beim Einsteigen gar nicht zu helfen. Sie flog wie von selber neben ihn auf den Sitz, und mit aufheulendem Motor raste der Wagen durch die stille Rosenau. Bis die Leute das erfaßt hatten, war das Gefährt mit den Flüchtenden bereits hinter einem Waldstück verschwunden.

Mit bleichem Gesicht bahnte sich der Innerkofler einen Weg durch die gaffende Menge, während die Kirchenglokken zu läuten begannen. Sein Gang war mehr ein Taumeln, und seine Gedanken nur Haß und wieder Haß. Haß gegen die Untreue und Haß gegen den Entführer.

Es war ihm eine Schmach angetan worden wie noch keinem Menschen vor ihm in diesem Tal und weit darüber hinaus. Ausgerechnet ihm, dem Innerkofler, mußte das passieren! Er litt darunter wie unter einem Lanzenstich durch die Brust, von dem er sich nur langsam erholte. Es dauerte lange, bis er sich wieder unter die Leute wagte, bis sein zerstörtes Selbstbewußtsein sich unter einem verbissenen Trotz wieder so weit sammelte, daß er den Weg nach dem entfernten Staket machen konnte, um den schon ohnehin mitgenommenen Staketer mit grimmigen Vorwürfen zu überschütten.

„Wenn du ein richtiger Vater gewesen wärst, hättest du zu verhindern gewußt, daß deine Tochter hinter meinem Rücken mit so einem Kerl anbandelt!“ schrie er den Mann an.

Durch dieses Schreien wurde freilich nichts besser, und der Innerkofler beantwortete des Staketers Äußerung, daß er ja noch eine Tochter, die Jula, habe, mit dröhnendem Lachen.

„Sonst fällt dir wohl nichts mehr ein? Soll ich, weil mir der Kelch mit dem Sekt vom Mund geschlagen wurde, jetzt saueren Most trinken? Deine Jula kann doch, was ihr Äußeres betrifft, auf keine Ackerlänge an die Benedikta hin. Und wer weiß, ob sie nicht auch so hundsgemein ist, am Tag der Hochzeit mit einem anderen durchzubrennen? Das mag euch Staketerischen im Blut liegen. Aber was ich tun kann, das werde ich tun, daß man mit Fingern auf euch zeigt und daß keiner mehr ein Stück Brot von euch nimmt."

Und das hielt er auch. Die Staketers gerieten überall in einen schlechten Ruf. Ein halbes Jahr später aber bot der Innerkofler allen die Stirn und bewies der Welt, daß er überall mit offenen Händen aufgenommen würde. Er heiratete die reiche Tatsteinertochter Regina Plank.

Ja, dieses Mädchen aus dem Nachbardorf Hörlaching wurde seine Bäuerin und liebte ihn auch. Er aber konnte sich zu keiner Liebe mehr aufschwingen. Sein Haß zwang jeden vernünftigen Gedanken nieder und war auch dann noch nicht gestillt, als man ihm hinterbrachte, daß der Staketer verkaufen und auswandern wolle.

Niemand konnte ihm größere Freude bereiten, als wenn er ihm Kunde brachte, daß es der Abtrünnigen nicht ganz so gut ginge, wie sie es vielleicht erwartet hatte. Der Fluch des Vaters sollte nur immer hinter ihr herwandern, wo sie sich auch aufhalten mochte. Der Fluch des Vaters und die Verwünschungen des Innerkoflers. Und als der Staketer unerwartet starb, beeilte sich der Innerkofler, es überall herumzuerzählen, daß an seinem Tod nur die Benedikta schuld sei, die des Vaters Willen mißachtet, seine, des Innerkoflers, Liebe mit Füßen getreten habe und mit ihrem Ingenieur in der Welt herumzigeunere.

Benedikta aber erreichte weder der Fluch des Vaters noch die Verwünschungen des Innerkoflers. Sie wußte überhaupt nichts mehr von daheim, weil man ihre Briefe nicht beantwortete. Das tat ihr zwar sehr weh, aber das Glück konnte dadurch nicht getrübt werden. Sie war mit ihrem Mann so glücklich, wie es ein Mensch nur sein kann. Die Firma schickte den tüchtigen Ingenieur auf Montage, bald dahin, bald dorthin, einmal sogar für ein halbes Jahr nach Spanien. Und überall nahm er seine schöne, junge Frau mit. Keine Macht der Welt schien dieses Glück zerstören zu können.

Als sie schon ein paar Jahre verheiratet waren, schenkte Benedikta ihrem Mann einen Sohn, den sie Christoph nannten. Benedikta schrieb das ihrer Schwester Jula. Die beiden Staketerbuben aber waren inzwischen mit ihrer Schwester Jula wirklich nach Valparaiso ausgewandert.

Der Brief landete daher zunächst auf dem Schreibtisch des Bürgermeisters. Und Bürgermeister war zu dieser Zeit gerade der Innerkofler geworden. Natürlich schickte er den Brief nach Chile nach. Zuvor aber las er ihn, und darum wußte er um diesen Sprößling Christoph.

Er selber war nun auch schon drei Jahre verheiratet, aber seine Frau hatte ihm noch keinen Erben geschenkt. Der Haß gegen die andere wuchs dadurch nur noch mehr. Und es war ihm kein großer Trost, als ihm seine Frau zwei Jahre später die Tochter Margret schenkte. Ein Mädchen ist kein Sohn und Hoferbe.

Jahrelang hörte er dann nichts mehr von Benedikta. Doch eines Tages erreichte ihn ein amtliches Schreiben aus einer Gemeinde, weit draußen im Flachland, daß eine gewisse Benedikta Stanz, geborene Staketer, bei der Geburt eines Mädchens gestorben und auf dem kleinen Friedhof mit dem toten Mädchen beerdigt worden sei. Er, der Bürgermeister der Gemeinde Rosenau, möge die Anschrift der nächsten Angehörigen der Verstorbenen mitteilen. Das tat er auch, und sein Haß hätte nun eigentlich erlöschen müssen, aber dieser Haß richtete sich jetzt nur um so nachdrücklicher gegen den Mann, der sie ihm einst genommen hatte.

Zwar erreichte den Ingenieur Stanz dieser Haß nicht. Es hätte ihm auch nichts ausgemacht, denn schwerer als das Leid, das er um die innigst geliebte Frau trug, hätte ihn nichts mehr treffen können.

Drei Monate später geriet er in eine Starkstromleitung und war auf der Stelle tot.

Seinen Sohn, den fünfjährigen Christoph, aber schob man, weil man sonst nichts mit ihm anzufangen wußte, nach der Heimatgemeinde seiner Mutter ab. Die Fürsorge tat das, ohne vorher lange anzufragen. Weiß Gott, der Innerkofler hätte das sonst verhindert. Der Zufall wollte es, daß er gerade in Brugg zu tun hatte, als eine fremde Frau mit einem Knaben an der Hand aus dem Zug stieg, der eben eingelaufen war.

Der Innerkofler stand mit dem Molkereipächter in der Nähe des Bahnhofs. Er sah die Frau mit dem Kind auf sich zukommen und spürte plötzlich einen Stich in der Brust, denn dieser Knabe sah dem Brauträuber Stanz aus dem Gesicht geschnitten ähnlich.

Und ausgerechnet ihn fragte nun die Frau, wo es nach Rosenau gehe, weil sie dort diesen Knaben abzuliefern habe.

„So?“ fragte er bis in den letzten Nerv hinein gespannt. „Bei wem denn?“

„Wir pflegen uns in diesen Fällen immer zunächst an den Bürgermeister zu wenden.“

„Sehr einfach“, höhnte er. „Aber ich sag es Ihnen gleich — ich bin der Bürgermeister — und die Gemeinde kann es sich nicht leisten, für landfremde Kinder aufzukommen. Wir haben sowieso schon eine ganz nette Anzahl, für die die Fürsorge herhalten muß.“

„So landfremd ist der kleine Christoph hier ja wieder nicht. Den Papieren nach stammt seine Mutter aus dieser Gegend.“

Er zweifelte zwar längst nicht mehr, nur der Sicherheit halber fragte der Innerkofler dann doch noch: „Und wie hätte dann die Person geheißen?“

Die Frau mußte erst ihre Handtasche öffnen und in den Papieren kramen. Dann hatte sie es.

„Es handelt sich um eine Benedikta Stanz, geborene Staketer, Ehefrau des Ingenieurs Stanz, beide verstorben.“ Sie steckte die Papiere wieder ein. „Sehen Sie also, daß die Überstellung des Waisenknaben nach Rosenau gerechtfertigt ist, und es freut mich, daß ich gleich an die richtige Adresse geraten bin. Sicherlich hat das Büblein hier noch Verwandte, so daß es für Sie gar nicht so schwer sein dürfte, ihn unterzubringen.“

Beim Innerkofler war flammengleich der alte Haß wieder aufgesprungen. Und je länger er den Knaben betrachtete, desto mehr brannte die alte Schmach in seinem Herzen. Notgedrungen aber mußte er vor der fremden Person das Gesicht wahren. Er hatte auch bereits einen Gedanken, der ihm gut schien. Die Pfannenflickersleute Hobelsberger fielen ihm ein, die im Armenhaus wohnten und sowieso nie die Miete bezahlten. Denen schob er den Waisenknaben Christoph zu und ahnte nicht, daß er damit unbewußt ein gutes Werk tat, denn die Hobelsberger nahmen den Knaben in ihre zwar armselige, aber friedsame Welt herein und gewannen ihn lieb wie ein eigenes Kind.

Als Zenno mit seiner Geschichte zu Ende war, war die Mitternachtstunde da. Aber die Uhr war stehengeblieben und schlug die Stunden nicht mehr. Auch der Wellensittich war eingeschlafen. Es war sehr still im Raum, nur manchmal knisterte das Feuer im Ofen leise. Draußen schneite es immer noch. Man sah im Mondlicht die Flokken am Fenster vorübertanzen.

„So also war das", sagte Margret mit belegter Stimme, und als der Alte sie anblickte, sah er, daß ihr die Tränen an den Wimpern hingen.

„Weinst du um ihn?"

Sie schüttelte den Kopf und wischte die Tränen fort.

„Nein, ich weine, weil ich zu meinem Vater immer aufgeschaut habe wie zu einem Menschen, der unantastbar ist und ohne Makel. Jetzt sehe ich die große Schuld, die er in so vielen Jahren seines Lebens sich aufgeladen hat. Wie kann der Haß nicht einmal vor einem Grab erlöschen und sich weiterpflanzen auf ein unschuldiges Kind. Oh, ich weiß genau, wie sehr ihn mein Vater all die Jahre mit seinem Haß verfolgt hat. Wie dunkel muß es doch in seiner Seele aussehen. Und ich habe immer gemeint, am Innerkofler sei alles hell."

„Du wolltest die Wahrheit wissen, Margret."

„Ja, und ich danke dir, Zenno." Sie stand auf und schlüpfte in die Wollweste, die sie abgelegt hatte. „Es ist mir doch viel leichter, weil ich weiß, daß kein Makel auf ihm liegt."

„Von wem redest du eigentlich?" fragte der Alte.

„Von Christoph natürlich. Dir kann ich es ja sagen. Sonst aber werde ich schweigen und alles, was du mir gesagt hast, wie ein Geheimnis bei mir behalten."

Zenno nickte eifrig. „Das ist das beste, was du tun kannst. Und mir kannst du alles anvertrauen, wenn dein Herz einmal übervoll ist. Bei mir ist es gut aufgehoben."

„Ja, das weiß ich." Margret wandte sich zum Gehen. An der Tür blieb sie noch mal stehen. „Meinst du, Zenno, daß es richtig ist, wenn man Unrecht schweigend duldet? Macht man sich nicht selber schuldig, wenn man schweigt?"

„Margret, mach keine Dummheiten", warnte Zenno. „Rühr an nichts, was du doch nicht ändern kannst."

„Das ist ja unsere menschliche Schwäche, weil man

immer sagt, man kann doch nichts ändern. Wir versuchen es aber gar nicht, weil uns der Mut dazu fehlt."

„Was willst du denn ändern?"

„Sein Leben. Ich möchte, daß die Menschen sehen, wie er wirklich ist, daß sie aufhören, auf ihm herumzutrampeln und ihm alles Böse anzuhängen."

„Hat sich denn sein Leben nicht schon weitgehend geändert, seit sich herausgestellt hat, daß man ihn zu Unrecht verurteilte? Man sagt doch auch, daß gerade die Sägmüllerin von Brugg sehr große Stücke auf ihn hält."

„Ja, darum haßt mein Vater sie."

„Er wird jeden hassen, der dem Hirten gut gesinnt ist."

Margret legte den Kopf zurück, als horche sie auf eine innere Stimme. Dann antwortete sie klar und unmißverständlich:

„Dann muß er auch mich hassen."

„Was daraus wird, das kannst du dir ja an den Fingern abzählen. Drum rühre an nichts. Weißt du denn überhaupt, ob der Hirte es will, daß du in sein Leben eingreifst? Vielleicht fühlt er sich ganz wohl in seiner Haut, so wie er lebt."

Nachdenklich starrte Margret eine Weile vor sich hin.

„Vielleicht hast du recht, Zenno. Es waren auch bloß so dumme Gedanken von mir." Sie lächelte traurig. „Ich bin schon wieder zurückgekehrt in meine Welt und sehe ein, daß ich nicht ausbrechen kann. Laß bitte die Tür ein wenig offen, daß ich hinunterfinde. Und gute Nacht, Zenno."

„Gute Nacht, Margret. Warte nicht wieder so lange mit dem Kommen."

Drunten wieherte leise ein Pferd, als es die Schritte herunterkommen hörte. Margret trat in die Nacht hinaus. Von einem leisen Wind getrieben, wirbelten die Schneeflocken bis unter das weite Vordach. Margret spürte es wohlig, wie der Schnee sich weich in ihr Haar legte. Eine ganze Weile blieb sie so stehen und meinte, noch nie in ihrem Leben so verlassen und einsam gewesen zu sein wie in dieser Minute.

Langsam ging sie auf das Haus zu. Mit einer Sehnsucht sondergleichen dachte sie an den Hirten vom Rochusberg, und sie hätte viel darum gegeben, wenn sie ihn hätte überschütten dürfen mit aller Wärme und Zärtlichkeit, die sie für ihn jetzt noch mehr empfand, seit sie um die Geschichte seines traurigen Lebens wußte.

Aber Christoph war eine gute Wegstunde entfernt und schlief wahrscheinlich schon tief und dachte sicher längst nicht mehr an das Mädchen, das im hohen Sommer einmal zu ihm auf den Rochusberg gekommen war.

Natürlich hatte er sie vergessen. Anderenfalls hätte er ihr doch einmal Botschaft zukommen lassen müssen, ein geheimes Zeichen vielleicht oder einen Gruß. Aber sie hatte nie mehr etwas von ihm vernommen.

Etwa vierzehn Tage vor Weihnachten saß der Innerkofler beim Wirt „Zum Bären" an der Bachbrücke und klopfte seinen sonntäglichen Tarock mit dem Lagerhausverwalter und dem pensionierten Oberförster Gruber. So gegen zehn Uhr schickte er sich zum Heimgehen an und winkte die Kellnerin heran.

„Also, ich hab jetzt drei halbe Bier, zwei Paar Bratwürstl mit Kraut und drei Semmeln."

„Und zwei Stumpen", erinnerte ihn die Bedienung.

„Ganz richtig. Die hätte ich jetzt bald vergessen. Rechne gleich noch einen dazu, daß ich beim Heimgehn was zu rauchen hab."

Er war recht guter Laune, denn er hatte dem Lagerhausverwalter weit über drei Mark abgewonnen und konnte es sich nicht verkneifen, dem anderen noch eine Belehrung zu geben.

„Es wäre besser gewesen, du hättest mich mein Eichelsolo spielen lassen. Mit deinen vier Trümpfen hättest du das Spiel nie gewinnen können. So geht's aber, wenn man ein Neidsolo tun muß. Na ja, es hat keinen Armen erwischt, und ich kann es brauchen." Er zündete sich den Stumpen an und griff nach seinem Hut. „Also, gute Nacht beisammen. Am nächsten Sonntag wieder."

Unter der Tür traf er mit dem Hallmansberger vom Jochberg zusammen.

„Gehst du auch schon heim?" fragte der Innerkofler und stieß die Tür auf.

Draußen war eine klare, blankgläserne Winternacht. Der Mond stand hoch am Himmel, und der Schnee knirschte unter den Schritten der beiden Männer.

Auf der unteren Bachbrücke blieben sie stehen. Leise, kaum vernehmlich plätscherte der Klobenbach unter den überhängenden Schneebänken dahin. Der Innerkofler zündete seinen erloschenen Stumpen wieder an, und der Jochberger stand ihm dabei ein wenig vor, damit der Wind das Zündholz nicht auslöschte.

„Ganz ein schneidiges Winderl geht", sagte dann der Innerkofler.

„Das ist schon recht", antwortete der Jochberger und knöpfte seine Joppe ein. „Dann gibt es wenigstens eine gute Schlittenbahn. Wir haben eine Menge Holz runterzubringen."

„Hast viel geschlagen heuer?"

„Hundert Kubikmeter hab ich schlagen müssen. Weißt ja, im Frühjahr heiratet meine ältere Tochter, die Resl, und da heißt es tief in den Geldbeutel langen. In der Beziehung hast du es wieder schöner, weil du bloß eine hast."

„Allerdings. Wieviel hast du gleich wieder?"

„Drei Buben und drei Mädl." Der Jochberger schneuzte sich umständlich. „Übrigens — die deine muß ja auch bald neunzehn sein jetzt?"

„Achtzehn ist sie vor ein paar Wochen geworden."

„Ein bildsauberes Mädl."

„Na ja, kein Wunder, bei so einem Vater", witzelte der Innerkofler. Er lachte dröhnend zu dieser Feststellung, und der Jochberger lachte mit. Dann wurde er plötzlich ernst.

„Spaß beiseite, Thomas — ich wollt schon lang einmal mit dir reden. Du kennst mich, wir sind ja miteinander in die Schule gegangen, und mein Hof auf dem Jochberg steht dem deinen nicht viel nach. Der Herrgott hat dir leider keinen Buben geschenkt — und weil halt die Jahr' grad so dahingehn, hab ich mir das so durch den Kopf gehn lassen — ich meine — wenn man's so bedenkt — deine Margret und mein Ferdinand, die könnten ein gutes Paar abgeben."

Mit einem Ruck blieb der Innerkofler stehen. „Schau ich vielleicht aus wie einer, der schon in den Austrag gehen will?"

„Davon ist doch keine Rede. Es ist ja bloß einmal eine Anfrage, und du wirst doch zugeben, daß du dir selber auch schon Gedanken darüber gemacht hast, wer einmal nach dir Innerkofler sein soll. Das wär ja unnatürlich, wenn du daran noch nie gedacht hättest."

„Eigentlich nicht. Ich muß dir schon sagen, Sepp, daß du mich da ein bißl überrumpelst."

„Nein, es hat alles noch Zeit. Ich hab dir das bloß sagen müssen, weil ich gehört hab, daß auch der Rampfl Isidor ein Auge auf deine Margret geworfen hätte."

„Da ist mir nichts bekannt davon. So, so, der Rampfl. Der ging mir grad noch ab. Die haben doch bloß vier Kühe im Stall. Aber sag einmal, dein Ferdinand — was ist denn das für einer? Doch nicht der, der so sauft?"

„Nein, das ist der Vitus. Der Ferdinand ist der, den ich auf der Landwirtschaftsschule gehabt hab."

„Ach so, der. Na ja, ein strammer Bursch. Ich möcht dir nicht schmeicheln, Sepp, aber dein Ferdl stellt schon was dar. Wieviel willst du ihm denn mitgeben?"

„Zwanzigtausend."

Der Innerkofler blieb stehen und sah eine Weile zu den blinkenden Sternen hinauf.

„Viel ist es gerade nicht, aber bei mir ist es ja Gottseidank so, daß es auf einen Tausender mehr oder weniger nicht ankommt."

Der Jochberger nickte zustimmend. „Geld ist auch nicht immer maßgebend. D' Lieb ist die Hauptsach."

Der Innerkofler warf den Kopf zurück. Um seinen Mund war ein verkrampftes, spöttisches Schmunzeln. „Hast du vielleicht aus Lieb geheiratet?"

„Ja, das kann man wohl sagen. Meine Barbara hat nicht viel mitgebracht in die Ehe, weil sie ja, wie du weißt, aus einem kleinen Anwesen stammt."

„Ja, ja, ich weiß. Im Rechnen bist du in der Schul' schon ein Schlechter gewesen. Was also deinen Ferdl betrifft, so soll er sich halt einmal bei uns seh'n lassen. Vielleicht in den Weihnachtsfeiertagen. Ich werde dann schon sehen, wie wir uns verstehen."

„Die Hauptsache, mein ich, wäre, wenn sich die beiden verstehen."

„Das ist ihre Sache dann. So deppert wird ja dein Ferdl nicht sein, daß er nicht weiß, wie man einem jungen Mädl ums Kinn streicht. Und wenn er mir gefällt, dein

Ferdl, könnte die Sache schon in Ordnung gehn. Zu gegebener Zeit natürlich."

„Vorausgesetzt, daß auch deine Margret einverstanden ist."

Wieder einmal lachte der Innerkofler trocken auf. „Du wärst ja sauber. Bei mir geschieht immer noch das, was ich haben will. Wenn du es bei dir anders hältst, kannst mir leid tun. Nein, nein, da mach dir nur keine Gedanken. Meine Margret nimmt den, der mir paßt, da gibt es keine Widerrede."

Inzwischen waren sie vor dem Innerkoflerhof angekommen. Er lag gleich neben der Straße, breit und wuchtig, unter flimmernden Sternen.

Der Sepp mußte noch eine gute halbe Stunde gehen. Sein Hof lag auf dem Jochberg in südlicher Richtung, von wo der Klobenbach herunterkam. Es schimmerte noch ein Licht herunter, und der Jochberger sagte:

„Bei mir sind sie auch noch auf. Also dann, gute Nacht! Und laß es dir halt durch den Kopf gehn, was ich gesagt habe."

„Da brauch ich mir gar nicht viel durch den Kopf gehn zu lassen. Das kommt ganz auf deinen Ferdl an, wie er sich anstellt."

„Na ja, aber mit deiner Bäuerin könntest doch auch einmal reden in der Zwischenzeit, ob sie einverstanden wäre. Es könnte ja sein, daß sie schon andere Pläne mit ihrer Tochter hätte."

Der Innerkofler stieß am Pfosten des Pflanzgartenzaunes den Schnee von seinen Schuhen. Dann lachte er wieder.

„Wie oft muß ich dir denn noch sagen, daß bei mir geschieht, was ich will? Mein Wille gilt, und sonst nichts. Gute Nacht, Sepp."

Die Haustür schloß sich kreischend hinter ihm. Licht flammte auf im Flur und dann in der Stube.

Der Jochberger stand noch eine Weile nachdenklich am Gartenzaun. Er wußte nicht recht, sollte er sich freuen, daß sein erstes Anklopfen gleich Erfolg gehabt hatte, oder sollte er sich Gedanken darüber machen, ob es gut war, seinen Sohn in einen Hof einheiraten zu lassen, in dem nur ein Wille galt, der Wille des Thomas Innerkofler.

Wahrscheinlich war Ferdinand Hallmansberger von seinem Vater dahingehend informiert worden, daß es viel darauf ankam, zuerst den Innerkofler für sich zu gewinnen, bevor er es bei der Tochter versuche.

Vielleicht nahm er das ein bißchen zu wörtlich, weil er so tat, als sei sonst überhaupt niemand in der Stube als der Innerkofler allein, obwohl auch die Margret und ihre Mutter anwesend waren. Die Margret hatte eine Ahnung, was der Besuch zu bedeuten haben könnte, weil der Vater vor ein paar Tagen eine Andeutung gemacht hatte.

Ferdinand war zweifellos ein strammer Bursche, dem die Mädchen gerne nachsahen. Auch Margret hatte ihm schon manchmal nachgesehen, wenn er draußen vorbeigegangen war. Manchmal hatte er ihr auch ein keckes Wort über den Zaun hin zugeworfen. Sie hatte dem nie große Bedeutung beigemessen.

Er reichte nur kurz der Innerkoflerin und der Margret die Hand. Dann setzte er sich zu dem Innerkofler in den Herrgottswinkel.

Es dauerte gar nicht lange, da waren die beiden Männer auch schon beim Fachsimpeln. Der Innerkofler war zweifellos ein guter Landwirt, wenn seine Methoden auch schon ein wenig veraltet waren. Ferdinand wußte manches besser, aber er verfiel nicht in den Fehler, mit seinem Wissen zu prahlen oder gar dem Innerkofler zu widersprechen. Geduldig hörte er sich die Ausführungen des Innerkoflers an und dachte dabei: Wart nur, wenn ich einmal hier Bauer bin, werde ich dir schon zeigen, wie man wirtschaftet. Jetzt aber gab er dem Bauern wider besseres Wissen immer recht. Das war so auffallend, daß selbst Margret zuweilen den Kopf von ihrem Buch hob und den Burschen von der Seite anschaute.

Immerhin, er war gut anzusehen, dieser Ferdinand Hallmansberger, mit seinen fünfundzwanzig Jahren. Sein Haar war kastanienbraun, leicht gewellt und in der Mitte gescheitelt. Das Gesicht war etwas voll und von gesunder Farbe. Auf seiner Oberlippe sproßte ein kleines, dunkles Bärtchen. Nur seine Augen hatten einen so merkwürdigen Glanz. Augen, in denen Tücke und Verschlagenheit wohnen könnten.

Später wurde Kaffee aufgetragen, und Ferdinand hatte

jetzt Zeit und Muße, das Mädchen aufmerksamer zu betrachten.

Es dauerte nur ein bißchen lange, bis sie allein waren. Erst um fünf Uhr ging der Innerkofler zu seinem Sonntagsbier. Die Bäuerin war schon eine Weile vorher in die große Stube hinübergegangen, in der sich das Gesinde aufhielt. Margret merkte nur zu genau, daß sie mit dem Ferdinand allein sein sollte, und etwas in ihr sträubte sich bereits heftig.

Umständlich verabschiedete sich der Innerkofler. „Also dann, Ferdl — unterhaltet euch noch gut und — laß dich wieder einmal sehn bei uns."

„Gerne, wenn es euch recht ist", antwortete Ferdinand.

„Freilich ist es uns recht. Mit dir kann man sich gut unterhalten. Bist ein heller Kopf, wenn auch nicht alles stimmt, was sie dir in der Schul eingetrichtert haben. Die alten Methoden sind doch manchmal die besseren."

„Selbstverständlich", pflichtete Ferdinand ihm wieder bei. Dann schloß sich die Tür hinter dem Bauern.

Ferdinand und Margret waren allein. Eine müde Wintersonne schien durch die Fenster und spiegelte sich in den großen Christbaumkugeln, mit denen die Tanne behangen war. Margret saß auf der Ofenbank und beschäftigte sich wieder mit ihrem Buch. Ihretwegen hätte Ferdinand den Vater ruhig in den „Bären" begleiten können. Ferdinand aber war geblieben und war sogar vom Vater aufgefordert worden, wiederzukommen. Er räusperte sich jetzt, dann ging er langsam zum Ofenwinkel hin.

„Ein Liebesroman?" fragte er. Margret sah flüchtig zu ihm auf.

„Nein, es sind lauter kurze Geschichten."

„Gut, gut", nickte er fast fröhlich. „Die kurzen Geschichten sind manchmal viel besser als die langen. Was mich betrifft, so bin ich durchaus für kurz und bündig. Warum lange Geschichten machen?"

Margret legte ein Merkzeichen zwischen die Seiten und legte das Buch neben sich auf die Bank. Dann sah sie ihn aufmerksam an, sehr lange, und so, als ob sie sein Inneres erforschen wolle. Und wieder erging es ihr so, daß etwas wie eine Warnung vor ihr aufstand. Der Blick seiner Augen stieß sie ab, und sie zuckte zusammen, als er sich jetzt dicht an ihre Seite setzte und nach ihrer Hand faßte. Wie ein Blitz stieß ein anderes Bild in ihre Gedanken hinein. Das Bild des Hirten vom Rochusberg. Und auf einmal war alles eisige Abwehr in ihr.

„Kannst du dir denn gar nicht denken, Margret, warum ich heut gekommen bin?“ fragte er.

Sie bog vor seinem Atem aus, der ihren Nacken streifte. „Doch! Der Vater hat ja vor ein paar Tagen schon gesagt, daß du wahrscheinlich heut kommen wirst und ich dann ein bißl nett zu dir sein soll.“

„Ah so?“, tat er verblüfft. „Dann brauch ich ja nicht mehr lang um den Brei herumreden. Daß ich dich schon lang gern hab, wirst du ja gemerkt haben. Und wenn du mir auch ein bißl gut sein könntest, dann ...“ Er verstummte vor dem eigentümlichen Blick in ihren Augen.

„Was dann?“ fragte sie drängend.

„Na ja, dann könnte ja aus uns ziemlich schnell ein Paar werden, meine ich.“

Margret richtete sich in den Schultern auf. „Respekt! Das geht ja schnell bei dir. Kurz und bündig, nicht wahr. Wie es deine Art ist. Nur keine langen Geschichten. Das wäre Zeitvergeudung.“ Sie stand auf und legte das Buch auf den oberen Rand des reichgeschnitzten Bauernschrankes. Dann drehte sie sich mit einem Ruck um. „Ich will dir einmal etwas sagen, Ferdinand Hallmansberger. Ich bin für lange Geschichten. Langsam aufbauen und immer wieder draufschauen, daß man sich im Text nicht vergreift. Und du solltest dich daran gewöhnen, daß dies eine ziemlich lange Geschichte werden kann. Du wirst noch sehr, sehr lange warten müssen, Ferdinand. Der Vater ist noch lang nicht alt genug, um in den Austrag zu gehn, und Knecht wirst du keinen machen wollen bei uns?“

Verblüfft schaute er sie an, und es dünkte ihm, daß er sie noch nie so schön gesehen hätte, wie jetzt in ihrer verhaltenen Erregung. So leicht schien es also doch nicht zu gehen, wie er sich eingebildet hatte.

„Aber laß dir doch einmal sagen, Margret —“

„Nein, laß mich erst noch ausreden, Ferdinand. Wann hätte ich merken sollen, daß du mich gern hast? Wann hättest du jemals ein Wort mit mir gesprochen? Über den Zaun her einmal ein paar Brocken, ja. Jetzt fällst du mit der Tür ins Haus, sagst, daß du mich schon lang gern hättest und verlangst wahrscheinlich auch noch, daß ich dir das glauben soll. Nein, Ferdinand, so schnell nicht! Es ist wahr, ich hab dir auch manchmal nachgeschaut, weil ich geglaubt hab, du seist ein gestandenes Mannsbild."

„Wer kann sagen —?"

„Du sollst mich ausreden lassen, Ferdinand. Statt dessen steckst du dich hinter meinen Vater. Hast du vielleicht gemeint, es lohnt sich nicht, mit einem Mädel ein ernsthaftes Wort zu reden? Aber irgendwann wird es dir aufgegangen sein, daß ich achtzehn Jahr alt geworden bin, und da hat es der Herr Ferdinand auf einmal recht eilig — kurz und bündig, wie er es gerne hat. Oder steckt vielleicht die Angst dahinter, daß ein anderer dir zuvorkommen könnte?"

Sie sah, wie er zusammenzuckte, und lächelte befriedigt.

„Du hast eine harte Sprache, Margret", sagte er.

„Hart, aber ehrlich. Das habe ich dir sagen müssen. Ich kann mir denken, daß du jetzt auch gern zum Wirt gehen möchtest. Bitte, laß dich nicht aufhalten."

Er war nun auch aufgestanden, stand da wie ein begossener Pudel. „Soll das heißen, daß ich nicht mehr zu kommen brauche?"

„Ich kann dir das Kommen nicht verwehren. Bloß darfst du dir nicht einbilden, daß alles kurz und bündig gehen muß. Du mußt mich nehmen, so wie ich bin."

Er griff nach seinem Hut und hatte überhaupt viel von seiner Sicherheit verloren. An der Tür drehte er sich noch mal um. „Bloß eines sag mir noch, Margret."

„Ja, bitte?"

„Ist mir vielleicht schon ein anderer zuvorgekommen?"

Diese Frage traf Margret wie ein Stoß, und sie überlegte blitzschnell, ob sie nicht mit Ja antworten sollte. Allein, was wußte sie noch von Christoph? Vielleicht würde sie nie wieder mit ihm zusammentreffen. Andernfalls aber sollte dieser von sich so eingenommene Ferdinand Hallmansberger nicht meinen, daß sie nur auf ihn gewartet habe. So sagte sie: „Und wenn es so wäre?"

„Dann würde ich kämpfen um dich, Margret. Jetzt weiß ich, daß es sich lohnt."

Draußen war er.

Margret sah ihm vom Fenster aus nach und stellte fest, daß sein Gehen sie tiefer beeindruckte als sein Kommen, denn er hatte doch ein paar recht schwerwiegende Worte im Raum zurückgelassen. „Dann werde ich um dich kämpfen ..."

Die nächsten Wochen waren recht bedeutungsvoll. Ferdinand war angetreten, das Herz Margrets zu gewinnen, und das war gar nicht so leicht, wie er es gewohnt war. Er war von einer gleichbleibenden Liebenswürdigkeit, ließ sich nie zu etwas Unbedachtem hinreißen und ließ sich von ihrer spöttischen Art nicht abschrecken. Lange tastete er im dunkeln, aber eines Tages verriet sich Margret doch, und er wußte auf einmal, daß sich seine Beständigkeit gelohnt hatte und er ihr nicht mehr so gleichgültig war, wie sie den Anschein erwecken wollte.

Es war nach dem sonntäglichen Hochamt. Ferdinand stand vor der Friedhofmauer und wartete auf Margret, weil sie doch gemeinsam ein Stückchen Weg miteinander hatten. Es hatte sich so eingebürgert, daß er dann immer mit ihr auf eine halbe Stunde ins Haus ging, ein Kirschwasser trank, und einmal war er sogar auch zum Mittagessen dageblieben.

Da trat die Brandl Zilli auf ihn zu, ein hochgewachsenes, bildhübsches Mädl aus einem Hof etwas außerhalb Rosenaus. Sie strahlte ihn mit ihren nußbraunen Augen verführerisch an und fragte:

„Was ist denn mit dir los, Ferdl? Du laßt dich ja gar nicht mehr bei uns sehn."

Dem Ferdl war diese Begegnung offensichtlich peinlich. Verlegen rückte er an seinem Hut, schielte über die Friedhofmauer und sah die Margret am Familiengrab der Innerkofler stehen. „Ja weißt", sagte er, „ich hab halt wenig Zeit jetzt."

Das Lachen der Zilli wurde noch betörender. „Dann stimmt es vielleicht doch, was man so läuten hört?"

Ferdinand hob witternd den Kopf. „Was hört man denn?"

„Daß du dich mit der Innerkofler Margret recht gut verstehst."

Er nickte zufrieden vor sich hin. Es war ihm ganz recht, wenn die Leute davon sprachen. In diesem Augenblick kam Margret aus dem Friedhof. Ihr Gesicht veränderte sich plötzlich, als sie den Ferdinand bei der Zilli stehen sah. Und wie die ihn anlächelte, wie nahe sie bei ihm stand! Sie senkte den Kopf und ging an den beiden vorüber. In diesem Augenblick sagte die Zilli recht laut:

„Laß dich halt wieder einmal seh'n bei uns, Ferdl. Früher bist so oft gekommen."

„Ja, ja, ist schon recht", antwortete Ferdinand zerstreut und machte dann lange Beine, um der Margret nachzukommen.

„Lauf doch nicht so, Margret. Laß die armen Leut auch noch mitkommen."

Mit einem Ruck blieb sie stehen. In ihren Augen war ein hartes Funkeln. Dann deutete sie mit dem Kinn auf die Zilli zurück.

„Die scheint dich ja recht gut zu kennen? Laß dich nur nicht aufhalten. Schau doch hin, wie sie wartet."

Mühsam unterdrückte Ferdinand ein befriedigtes Lächeln. „Geh, Margret, was du nicht gleich alles denkst. Mir liegt doch an der Zilli wirklich nichts. Aber mir scheint, du eiferst."

Ein unnatürliches, spitzes Lachen. „Eifern? Mit der? Daß ich nicht lache."

Es war aber doch offensichtlich Eifersucht. Ferdinand kannte sich aus und wußte, daß seine Aussichten seit Weihnachten um ein beträchtliches gestiegen waren.

Ja, Margret hatte sich verraten. Ihr Herz war ja nicht aus Stein und hatte sich in das zähe, geduldige Liebeswerben des Ferdinand Hallmansberger hineinverloren wie ein Falter in ein Spinnennetz.

Hatte sie sich am Anfang noch geärgert, wenn die Leute davon sprachen, daß der schöne Ferdinand ihr Zukünftiger sei, allmählich wurde dieses Gerede Musik in ihren Ohren, wenn auch keine berauschende, so doch immerhin eine Melodie, der sie sich nicht verschloß.

Ja, in der Rosenau munkelte man schon, daß der Ferdinand einmal die Margret Innerkofler ehelichen werde. Den endgültigen Beweis ihrer Vermutungen aber sahen die Rosenauer darin, als Ferdinand im Fasching die Margret auf den Feuerwehrball führte.

Es war Margrets erster Ball, und es schmeichelte ihr, daß sie zweifellos ein schönes Paar waren.

An diesem Abend küßte Margret ihn zum erstenmal. Für einen Augenblick sprang Christophs schwermütiges Gesicht wie eine Vision in ihre Gedanken hinein, und es kam ihr vor, als hätte sie soeben etwas Böses getan und ein Märchen zerbrochen. Aber Ferdinand riß sie ungestüm mit hinein in den Trubel der Festlichkeit.

Dann kam der Frühling zögernd über die Berge niedergestiegen. Er war wie Ferdinand, zäh und verbissen. Er wollte die Erde erobern, so wie Ferdinand die Margret erobern wollte. Und die Erde gehorchte dem Frühling wie jedes Jahr. Sie reckte sich auf unter seinen warmen Winden, setzte Gras und Blumen an, die Luft wurde immer würziger, und die Bäume fingen an zu blühen. Mit jedem Tag stieg die Sonne höher über die verschleierten Berge, und die Vöglein im Walde setzten mit jedem Tag zu einem schöneren Konzert an. Die Bauern trieben ihr Vieh auf die Almen.

Auf dem Innerkoflerhof tat dies seit vielen Jahren schon die Großmagd Sina. In der Pfingstwoche trieben sie die Herde auf die Alm. Früher war der Bauer selber immer mitgegangen. Heuer war er an diesem Morgen wegen gemeindlicher Angelegenheiten unabkömmlich, und so ging diesmal Margret mit hinauf. Es war ein Weg von sechs guten Stunden zur Bruckalm hinauf. Margret half der Sina, die Hütte in Ordnung zu bringen, und machte sich am späten Nachmittag auf den Heimweg.

Der Tag lag heiß und schwül über dem Land. Den Bergstock in der Hand, ging Margret rüstig auf dem schmalen Saumweg dahin. Sie wußte sich selber nicht zu sagen, was diese Eile bedeuten mochte, die sie wieder ins Tal trieb, gerade, als ob dort ein Schutz sei gegen irgend etwas Unbestimmtes.

Einmal fiel ein Schuß. Sein Echo ging hallend durch die Wände und rollte in den Bergwald hinein.

Unwillkürlich hatte Margret aufgeschaut. Und da sah sie ihn wieder, weit drüben im Kar, ganz klein und schmal und von vielen weißen Punkten umgeben.

Sie spürte, wie ihr Herz ein paar schmerzhafte Zukker tat. Aber dann war es vorüber. Christoph war wieder auf dem Rochusberg, aber das durfte ihr nichts mehr bedeuten. Das Märchen war zu Ende, dort unten in der Rosenau war ihre wirkliche Welt, die Welt der Bauerntochter Margret Innerkofler, die sich dem Ferdinand Hallmansberger versprechen wollte.

Und als Ferdinand, der ihr entgegengegangen war, ihr auf halbem Weg begegnete, lief sie in seine ausgebreiteten Arme hinein, als wolle sie Schutz bei ihm suchen vor einer Gefahr, die gar nicht vorhanden war.

Ja, Christoph war mit den Schafen wieder auf dem Rochusberg, nachdem er den Winter nicht in Brugg, wie Margret es immer vermutete, sondern im Urbanheim verlebt hatte.

Direktor Lex hatte ihn dringend gebeten, im Stall auszuhelfen, weil die Frau des Oberschweizers ihr drittes Kind erwarte und unter den Zöglingen zur Zeit keiner sei, der die Stelle übernehmen könne.

Christoph nahm das Angebot an und dachte dabei, daß er, wenn er die große Entfernung zwischen sich und Margret lege, seine übergroße Sehnsucht zur Ruhe käme. Ach, wie hatte er sich gezwungen, nicht an sie zu denken. Immer wieder hatte er sich Frau Isabellas eindringliche Worte vor Augen gehalten, die gesagt hatte:

„So sehr ich es dem Innerkofler gönne, aber du stehst mir doch viel näher, Christoph, als daß ich dich nicht vor diesem unermeßlichen Leid behüten möchte, das daraus entstehen muß."

Trennung und Ermahnung hatten nicht viel geholfen. Christoph war jetzt wieder im Kar, und es wäre alles gut gewesen wie in den Jahren vorher, wenn er jetzt nicht um die Liebe wüßte. Wenn sie ihn so unversehens überfiel, wurde er ganz unruhig und krank im Blute. Dann spielte er wieder stundenlang auf seiner Harmonika und legte all seine Sehnsucht in die Melodien.

Einmal aber wurde die Unruhe fast übergroß. Sie zitterte geradezu in ihm, und alle Geräusche der Nacht mischten sich gefährlich in seinen Schlaf. Das war an jenem Tage, als Margret mit der Großmagd Sina auf der Alm gewesen war. Er hatte ihre Nähe gespürt, wie ein Tier, das die Gefahr wittert.

Dann war es wieder vorbei. Margret war unten im Dorf. Man stand mitten in der Heuernte. Da passierte es, daß die Sina krank wurde. Sie mußte ins Krankenhaus gebracht werden, und der Innerkofler fluchte, wo er lieber hätte beten sollen, daß ihm diese tüchtige Arbeitskraft erhalten bliebe.

„Das paßt ja alles zusammen jetzt", brummte er beim Mittagessen. „Wen schicken wir jetzt auf die Alm? Margret, es wird wohl nichts anderes übrigbleiben, als daß du gehst."

„Nein", antwortete Margret ziemlich schnell und überaus heftig.

„Was heißt hier nein?" fragte der Innerkofler mit gerunzelter Stirne. „Soll das heißen, daß du dich meinem Willen widersetzen willst? Das wären ja ganz neue Methoden. Du gehst, und damit basta. Bis zum Kreuzsteig 'nauf kann doch der Schorschl mit dem Fuhrwerk fahren, dann hast nimmer so weit. Ist das klar?"

Da wußte Margret, daß es keinen Sinn hatte, sich zu weigern. Sie packte den Rucksack, warf ihn auf das Gäuwagerl und verabschiedete sich in der Küche noch schnell von der Mutter.

„Und sagst halt dem Ferdinand Bescheid, Mutter."

„Ja, ich werd' es ihm sagen, daß er dich am Sonntag besucht."

Margret kam auf der Alm an, als der Abend schon zu dämmern anfing. Die Kühe hatten sich schon um die Hütte herum versammelt und waren bereits unruhig, weil sie es gewohnt waren, zu einer bestimmten Stunde gemolken zu werden.

Von hier aus konnte man zwar den Rochusberg nicht sehen, aber als Margret am anderen Morgen den Hang weiter hinaufstieg und über das Latschenfeld kam, sah sie den großmächtigen Bergrücken auf der anderen Seite. Aber von Christoph und seiner Herde war nichts zu bemerken. Er mußte wohl weiter drunten den Schatten aufgesucht haben.

Oder war Christoph vielleicht gar nicht mehr der Hirte von Brugg?

Am andern Tag stieg sie wieder hinauf, und da sah sie ihn. Von diesem Augenblick an wußte sie, daß sie ihn nie aus ihrem Herzen verloren hatte.

Christoph traf Margret genau da, wo die Weidegründe der Gemeinde Brugg mit denen des Innerkoflers zusammenstießen. Bei Margret hatte sich ein Kälbchen verlaufen, sie war es suchen gegangen und fand das Tier in dem zerklüfteten Felsgewirr an der Grenze des Rochusberges.

Sie standen einander gegenüber, stumm, bis Christoph sagte:

„Ich habe seit Tagen schon gefühlt, daß du in der Nähe sein müßtest. So sehe ich dich also wieder."

„Ja, so sehen wir uns wieder, Christoph. Ich bin seit drei Tagen hier." Sie wandte den Kopf und lockte das Kälbchen. Das hatte sich aber so rettungslos verstiegen, daß es sich nicht mehr bewegen konnte. „Was mach ich denn nur?" jammerte sie.

Christoph reichte Margret seinen Hirtenstab und kümmerte sich um das Kälbchen. Das Tier aber hatte wohl Angst und war störrisch, es machte Christoph zu schaffen, und Margret sah, wie er weiß wurde vor Anstrengung. Aber dann hatte er es auf seinen Schultern. Es hielt ganz still jetzt und ließ sich von Christoph über den steilen Hang hinuntertragen zur Hütte.

Diesem einen Tag folgten nun herrliche Sonnentage mit leuchtenden Stunden für Margret und Christoph. Ach, wie weit lag doch alles zurück, der Winter, das Dorf Rosenau, Ferdinand Hallmansberger und seine Liebesbeteuerungen. Wie ganz anders war doch alles bei Christoph, dem Hirten.

Sie wurden unzertrennbar. Christoph kam vom Rochusberg zum Prinzengrund, wie dieser breite Taleinschnitt hieß. Margret ging zu ihm hinüber. Sie lagen Seite an Seite hoch oben in den Almrosenbüschen. Der Himmel hing wie ein Baldachin über ihnen. Er allein war Zeuge ihrer Liebe, er und die Blumen ringsum, der Enzian, der Peterstamm und das Jesuwundenkraut.

Christoph mußte ein Lamm schlachten, es mußte sein, wenn das schwächliche Tier nicht eines Morgens tot im Pferch liegen sollte. Er lud Margret ein und sie saßen einander am Feuer gegenüber. Christoph drehte den Eisenspieß mit der Lammkeule über dem offenen Feuer. Manchmal gab er eine Prise Salz drauf. Brot hatte Margret mitgebracht und eine Flasche Tiroler Rotwein, den der Innerkofler trank, wenn er wirklich einmal auf seine Alm kam.

Es war herrlich, so an einem kleinen Feuer unter dem sternbesäten Himmel zu sitzen. Margret hatte noch nie eine Abendmahlzeit auf diese Weise erlebt, und es hatte ihr auch noch nie etwas so gut gemundet.

Es geschah zum erstenmal, daß Margret die Frage erhob: „Ach, Christoph, was wird aus uns beiden werden?"

„Genau das, was wir aus uns machen. Aus unserer Liebe, meine ich."

„Ich wünschte, ich wäre schon um ein paar Jahre älter. Einundzwanzig müßte ich sein."

Christoph stieß mit einem Ast in das sinkende Feuer und scharrte die Glut zusammen. Auf seiner Stirn standen ein paar scharfe Falten.

„Wir wollen nicht von der Zukunft reden", sagte er. „Das drückt auf unsere Herzen und macht unser Lachen zum Weinen. Wenn wir glücklich sein wollen, dürfen wir nur an das Gegenwärtige denken."

Margret hatte die Knie aufgezogen und die Hände darum verschränkt. Ihre Augen waren in die Glut gerichtet, ihr Nacken war ein wenig gebeugt. Sie dachte über seine Worte nach und war traurig, weil sie es anders sah. Sie war längst aus ihrem Traum herausgestiegen und erkannte, daß das, was sie jetzt erlebte, ein Schicksal war, das sie auf sich nehmen mußte wie ein Kreuz. Sie seufzte laut, als empfinde sie einen Schmerz. Dann richtete sie die Augen wieder hinüber zu ihm. Auf seiner Stirn glänzte noch ein kleiner Schimmer des sterbenden Feuers.

„Lieber", flüsterte sie. „Wir dürfen nicht mehr träumen und müssen wissen, daß alles Gegenwärtige doch unweigerlich in die Zukunft wirkt. Du kennst meinen Vater nicht, wie er sein kann."

„Ich kenne ihn nicht, ich weiß bloß, daß er mich immer gehaßt hat. Und die Sägmüllerin sagt mir auch, daß ich ins Unglück taumele. Aber ins Unglück taumelt man doch nur, wenn man die Augen schließt."

„Das tun wir doch schon die ganze Zeit, Christoph. Den Kopf stecken wir in den Sand wie der Vogel Strauß. Dabei hast es du noch leichter als ich. Ich muß doch erst mit Ferdinand reinen Tisch machen. Hoffentlich versteht er mich, wenn ich ihm sage, daß mein Herz nichts für ihn empfindet."

Christoph lachte gereizt auf. „Das hättest du ihm gleich am Anfang sagen sollen."

„Ja, das hätte ich tun sollen", gab sie ihm recht. „Aber daran warst schon du auch ein wenig schuld, Christoph. Du hast nie etwas von dir hören lassen."

Aber Ferdinand kam nicht. War ihm wirklich der Weg zu weit? Margret war froh, daß er nicht kam, aber sie machte sich doch Gedanken darüber, weil sein Fernbleiben nicht dazu passen wollte, daß er ihr großspurig versprochen hatte, für sie bis ans Ende der Welt laufen zu wollen. Und nun waren ihm schon die sechs Stunden zu weit. Gewiß, sie standen jetzt mitten in der Heuernte. Aber es gab ja auch Sonntage dazwischen. Und scheute vielleicht Christoph einen Weg?

Nachts klopfte er an ihr Fenster. Sie öffnete den Laden, er hatte ihr Almrosen gebracht.

„Der ganze Berg wird rot davon", sagte er. „Morgen bringe ich dir Enzian. Ganz dunkelblauen Enzian habe ich heute gesehen. Blau ist die Treue, mußt du wissen."

„Ja, und rot ist die Liebe", antwortete sie und schmiegte ihre Wange an die seine. Ihr Herz schlug schnell dabei, und ihre Küsse waren heiß.

In der anderen Nacht brachte er wirklich den Enzian. Einen dicken Buschen, samtweich und dunkelblau. Er wollte ihr auch noch Peterstamm bringen, aber Margret bat ihn, er solle es nicht tun.

„Peterstamm wächst so hoch im Gewänd. Wenn du abstürzt dabei, bliebe mir nichts anderes übrig, als auch hinaufzusteigen und mich hinunterzustürzen. Dann wären wir beide für immer beisammen."

„So stark ist deine Liebe, Margret?"

„Mehr, als du es weißt. Und — vielleicht bleibt uns auch wirklich einmal nichts anderes übrig, als daß wir zusammen sterben."

„Ja, wenn wir miteinander recht alt geworden sind", antwortete er.

„Werden wir alt miteinander?"

„Ja, daran glaube ich fest."

So lebten sie ihre hohe Zeit und meinten, daß dieser Sommer nur für sie allein angebrochen sei, und daß es auf der ganzen Welt keine anderen Menschen gäbe mit einer solch starken und wundersamen Liebe im Herzen.

Diese schöne Zeit dauerte genau bis zur Johannisnacht. In dieser sternklaren Nacht fuhr das Schicksal mit rauher Hand in das Traumland der beiden und riß es auseinander, so wie ein Blitzstrahl die Wolken teilt.

Schon Tage vorher hatten die Burschen und Sennerinnen der umliegenden Almen dürre Äste auf das Kreuzjoch geschleppt und dort einen riesigen Haufen geschichtet. Hier sollte das Sonnwendfeuer weit ins Land hinausleuchten und allen künden, daß das Jahr sich wieder wende.

Christoph wollte nicht hingehen, denn die Scheu vor den Menschen lebte zu tief in ihm. Aber Margret wußte ihn zu überreden, daß er komme und mit seiner Harmonika zum Tanz aufspiele. Margret wußte aber auch, daß auch von der Rosenau junge Menschen heraufkommen würden, sicherlich auch die Hallmansbergerbuben. Aber das war es ja gerade, was sie wollte. Sie war in ihrer Liebe so stark geworden, daß sie glaubte, sie brauche nun nichts und niemanden mehr zu fürchten. In dieser Nacht sollten alle wissen, daß sie zu dem Hirten vom Rochusberg gehörte. Sie wollte aber auch heute ganz offen mit dem Ferdinand sprechen und hoffte, daß er Verständnis habe für ihre Lage.

Langsam fiel die Dämmerung über das Land, und über den Bergen löschten alle Farben aus. Vom Dorf herauf kamen die Burschen und Mädchen, und als sie sich dann um den mächtigen Holzstoß versammelten, waren sie ihrer dreißig.

Ferdinand kam auf Margret mit ausgestreckten Händen zu.

„Margret! Endlich sehen wir uns wieder! Mir ist die Zeit vorgekommen wie eine Ewigkeit."

Margret sah ihn abschätzend an und wuße auf einmal, daß auch das wieder bloß eine Rederei war. Der ganze Ferdinand bestand für sie nur noch aus schönen Redensarten, und sie hatte eine spitze Antwort auf der Zunge, verschwieg sie aber, weil sie sich vorgenommen hatte, in aller Ruhe mit ihm zu sprechen.

„Drei Wochen sind noch keine Ewigkeit, Ferdinand", meinte sie schließlich.

„Für dich vielleicht nicht, aber für mich. Was glaubst du, welche Sehnsucht ich nach dir gehabt habe."

„Dann wundert es mich, daß du den Weg auf unsere Alm bis jetzt noch nicht gefunden hast."

Er schaute sie verdutzt an. Irgendwie hatte er ein unangenehmes Gefühl, das er sich aber nicht erklären konnte.

„Es ist mit dem besten Willen noch nicht gegangen. Aber heut wäre ich auf alle Fälle gekommen. Wir haben viel Heu draußen gehabt, am letzten Sonntag hab ich dann auf Riedling 'nausfahrn müssen mit dem Vater, weil er ein paar Aufstellkälberl kaufen wollt und —"

„Aber Ferdinand, du brauchst mir doch keine Rechenschaft abzulegen", unterbrach Margret ihn beinahe fröhlich. „Du kannst doch über deine Zeit verfügen, wie du willst. Wir sind ja nicht miteinander verheiratet."

„Noch nicht", sagte er und faßte nach ihrem Arm. „Ich weiß nicht, Margret, irgendwie bist du verändert."

„Meinst du?"

„Ja, sogar äußerlich. Die Sonne hat dich braungebrannt, deine Augen leuchten so merkwürdig, grad als ob du recht froh und glücklich wärst."

„Bin ich ja auch", gestand sie offen.

Ferdinand bezog dies auf sein Kommen. „Ich geh erst morgen abend wieder heim", flüsterte er in ihr Ohr.

„Dann haben wir viel Zeit", antwortete Margret. „Ich möchte nämlich etwas Wichtiges mit dir bereden."

Er suchte unsicher ihren Blick und da merkte er, daß sie an ihm vorbeischaute zu der Krüppelföhre unweit des Holzstoßes, unter der der Hirt vom Rochusberg mit seiner Harmonika saß. Ferdinand fragte sofort mit bösem Augenzwinkern: „Was will denn der dort?"

Statt aller Antwort ließ Christoph alle Bässe seiner Ziehharmonika aufrauschen. Wie Donnergrollen schwebten die Töne aus der Nacht heraus und in das tiefer liegende Latschenfeld hinein. Christoph hatte damit gewissermaßen Ferdinands mißtrauische Frage beantwortet.

Einer von den Sennen stellte Christoph einen vollen Maßkrug mit Bier hin. Die Rosenauer Burschen hatten die Mühe nicht gescheut und einen schweren Banzen mit achtzig Liter Vollbier herauftransportiert. Es waren allerdings auch handfeste Trinker darunter. Vom Hallmansberger Vitus sagte man, daß er leicht sechs bis sieben Maß vertilgen könne, ohne auf den Beinen unsicher zu werden.

Christoph spielte Melodie um Melodie, indessen die Dunkelheit sich immer mehr ausbreitete. Auf einmal gab es einen dumpfen Knall. Das Benzin, das man über den Holzhaufen gegossen hatte, flammte auf, erfaßte Reisig und Äste, Funken flogen prasselnd hoch, dann brannte der Holzstoß mit ruhiger, heller Flamme. Später dann, als das Feuer in sich zusammenfiel, nahm Ferdinand die Margret bei der Hand, nahm einen Anlauf und sprang mit ihr durch das Feuer. Paar um Paar folgte. Nur Christoph hatte kein Mädchen, mit dem er durchs Feuer hätte springen können.

Leise weinten seine Melodien durch die Nacht, und niemand wußte, daß sein Herz mitweinte. Oder fühlte es Margret? Sie stand plötzlich vor ihm und beugte sich zu ihm nieder.

„Sei nicht traurig, Christoph", sagte sie ihm ins Ohr. „Das geht alles vorüber. Ich werde es ihm heute noch sagen."

Ein verborgener Trotz flammte in ihm auf. Mit einem Ruck stand er auf den Beinen. „Margret, wenn du mich wirklich lieb hast, dann spring auch mit mir über das Feuer."

„Gut", sagte sie und nahm ihn bei der Hand. „Warum auch nicht?"

Mit einem weiten, kraftvollen Sprung riß Christoph das Mädchen mit sich über das Feuer. Hinter ihm stob ein Funkenregen auf. Vielleicht hatte Christoph mit dem Schuh einen brennenden Ast gestreift.

Der Hallmansberger Vitus hatte gerade den Krug zum Trinken angesetzt, als Christoph und Margret sprangen. Verblüfft ließ er den Krug sinken und stieß den Ferdinand unsanft gegen die Rippen.

„Hast das g'sehn, Bruder? Wo nimmt denn der Kerl die Frechheit her?"

Ferdinand machte die Augen ganz eng und schob das Kinn vor. Eine ohnmächtige Wut zitterte in ihm. Vitus aber hetzte weiter:

„Mein Mädl wenn sie wär, die Margret, dann packte ich den jetzt und tät ihn ins Feuer hineinwerfen!“

„Du Depp“, zischte ihn Ferdinand an. „An dem mach ich mir doch meine Händ nicht dreckig. Aber der Margret werd ich heut die Meinung noch sagen, wenn sie nicht weiß, was sich gehört.“

Dann ging er mit weiten Schritten auf das Paar zu, packte Margret hart am Handgelenk und schob den Hirten unsanft zur Seite: „Troll dich, du Dreckfink!“

Christoph knurrte wie ein Hund, der getreten worden ist. Langsam hob sich seine Faust. Da legte Margret schnell ihre Hand auf seine Schulter.

„Laß es gut sein, Christoph. Wenn sich schon einer rüpelhaft benimmt, dann beherrsche wenigstens du dich. Mir zuliebe, Christoph.“

Sofort ließ Christoph seine Faust wieder sinken, ging auf seinen Platz zurück und begann wieder zu spielen. Walzer, Polkas, Märsche, was ihm gerade einfiel. Das Haar hing ihm wirr in die Stirn, sein Gesicht war rot beleuchtet vom langsam zusammensinkenden Feuer. Und die Menschen ließen sich mitreißen von seinen Klängen. Immer wieder jagte er sie auf mit seiner Harmonika. Sie tanzten und jauchzten und erfüllten die Nacht mit ihrem Gesang.

Nur einem schien alle Lust vergangen zu sein. Mit finsterem Gesicht riß Ferdinand die Margret von Tanz zu Tanz, und damit es für niemand auf dem Feuerplatz einen Irrtum gebe, daß die Margret Innerkofler ihm ganz allein gehöre, bog er einmal mitten unterm Tanz Margrets Kopf weit zurück und küßte sie in wilder Begierde. Sein Griff war so hart, daß Margret sich nicht wehren konnte.

Mit einem schrillen Diskant brach jäh die Musik ab. Starren Blickes schaute Christoph zu den beiden auf. Wütend drehte sich Ferdinand um und stieß den Hirten mit der Schuhspitze hart gegen die Rippen.

„Spiel, du fauler Hund.“

Christoph gab keinen Laut von sich. Er schnellte nur mit einem dumpfen Knurren hoch. Und wieder war es Margret, die dazwischentrat. Flehentlich sah Christoph sie an, als wolle er sagen: „Laß mich doch endlich zuschlagen ...“

„Christoph, sei der Gescheitere und geh", bat Margret ihn. Und Christoph bückte sich folgsam nach seiner Harmonika und verließ die Kuppe. Im nächsten Augenblick war er in den Stauden verschwunden.

„Christoph, bleib doch da", schrie ihm die Sennerin von der Hof-Alm nach. Aber es kam keine Antwort mehr.

„Wer soll uns jetzt zum Tanz aufspielen?" wollte der Almbursch vom Scholler wissen.

Dann flogen ein paar recht böse Worte gegen den eigentlichen Unruhestifter auf. Aber direkt wollte sich niemand mit den Hallmansbergerbuben anlegen, denn sie waren als gute Raufer bekannt, besonders der Vitus und der Adrian.

„Sie ist schuld", schrie plötzlich der Vitus mit gellender Stimme und deutete mit seinem Maßkrug gegen Margret hin. „Warum muß sie den Halunken zum Johannisfeuer herbringen!"

„Hätte ich dich vielleicht um Erlaubnis fragen sollen?" fragte Margret mit aller Schärfe zurück.

„Mich nicht, aber meinen Bruder Ferdinand", grölte Vitus. „Und überhaupt ist es eine Zumutung, so einen Kerl einzuladen. Was hat denn der schon unter uns zu suchen. Der soll mit seiner Musik seine Schaf' verhexen, aber nicht uns."

„Das sagst du jetzt. Vorher hast du auch nach seiner Musik getanzt." Margret reckte sich hoch und hatte alle Furcht verloren. „Verhexen! Der Christoph ist genau so ein Mensch wie wir alle und hat das gleiche Recht zum Lustigsein und zum Leben. Kannst du Allerweltsgescheiter mir jemanden sagen, den er schon verhext hätte? Was wollt ihr denn eigentlich von ihm? Er hat noch niemandem etwas zuleid getan. Er hat bloß mehr Verstand in seinem Kopf als manch anderer, und weil —"

Da griff Ferdinand hart nach ihrem Arm und hinderte sie am Weitersprechen. „Jetzt bist du still. Du hast es grad nötig, dich so warm für den Kerl ins Zeug zu legen. Vielleicht hat er dich schon verhext! Ich verbiete dir, daß du mit dem Kerl noch ein Wort redest."

Margret riß sich mit einem Ruck los. Ohne jede Angst schaute sie in seine schmalgeklemmten Augen. Und laut, daß jeder es hören konnte, schrie sie ihm ins Gesicht:

„Merk dir, Ferdinand Hallmansberger, von dir lasse ich mir gar nichts verbieten. Von dir nicht und von niemandem. Geh hin zu meinem Vater, und sag ihm, was heute hier geschehen ist. Ich habe keine Angst. Wie ich zu dem armen Teufel stehe, geht niemanden etwas an. Bloß mich allein. Bilde dir nicht ein, daß ich bereits in deiner Gewalt wäre. Dahin wäre noch ein weiter Weg. Und seit heute gibt es diesen Weg überhaupt nicht mehr."

Noch ehe Ferdinand sich fassen konnte, rannte Margret davon und verschwand in der Dunkelheit.

So fand die Sonnwendfeier einen unerwarteten, schnellen Abschluß. Das Feuer war zusammengesunken, und nur wenn der Wind etwas heftiger ging, flackerte die Glut noch einmal ein wenig auf.

Die Leute zerstreuten sich, obwohl noch Bier im Faß war. Wütend darüber, daß es nicht zum Raufen gekommen war, gab Vitus dem Faß mit dem Fuß einen kräftigen Stoß. In wilden Sätzen kollerte es den Hang hinunter und zerschellte dann mit lautem Krach an einem spitz aufstehenden Felsbrocken. Grölend verlor sich nach einer Weile auch Vitus' Stimme in der Nacht.

Jetzt erst erhob sich Christoph aus den Stauden und reckte sich, wie einer, den man gerufen hatte.

Fast außer Atem war Margret in ihrer Almhütte angelangt. Sie schob den hölzernen Querbalken vor die Tür und zündete dann die Petroleumlampe an. Dann wusch sie sich gründlich in einem hölzernen Zuber. Es war ihr, als müsse sie alles abwaschen von sich, den Geruch des Feuers und alles andere, das diese Nacht über sie gebracht hatte. Dann kämmte sie vor dem halbblinden Spiegelscherben ihr Haar.

Den Kamm langsam durch die langen, blonden Strähnen ziehend, betrachtete sie ihr Gesicht im Spiegel. Und auf einmal fühlte sie sich wie befreit von allen hemmenden Fesseln. Ja, sie war jetzt froh, daß es so und nicht anders gekommen war. Nun wußten sie alle, wie sie zu dem Hirten stand. Natürlich würde niemand sie verstehen, aber was schadete das schon! Auf welche Meinung käme es außer der ihren jetzt noch an. Mit ihrer Anklage gegen den Ferdinand hatte sie gleichsam alles Bedrückende von sich abgeschüttelt. Sie hatte die Ernte, ihre Ernte eingebracht, mochte nun der große Hagelschlag kommen, er konnte nichts mehr zerstören, denn sie stand fest mit ihrem Willen wie ein Fels in der Brandung.

Nur mühsam bahnte sich der Kamm durch die Haarpracht. Im gelblichen Schein des Lampenlichtes glänzte ihr Haar wie ein reifes Weizenfeld in der Mittagsstunde. Auf einmal hielt sie in der Bewegung inne, denn sie glaubte, vor der Hütte Schritte vernommen zu haben. Gleich darauf wurde auch schon heftig an der Türe gerüttelt.

„Mach auf, Margret!“

Sie erkannte sofort Ferdinands ungeduldige Stimme und streckte sich wie eine, die man zum Kampf ruft.

„Wenn du nicht sofort aufmachst, schlage ich die Tür ein“, kam es drohend von draußen. „Oder ist etwa der andere drin? Er soll nur rauskommen, dann mach ich ihn fürs Krankenhaus reif.“

Margret wurde flammend rot vor Zorn. Mit zwei Schritten war sie an der Türe, riß, ohne sich lange zu besinnen den Querbalken zurück und öffnete die Tür weit.

Mit irren Augen stolperte Ferdinand über die Schwelle. Dann stutzte er, als er Margret so stehen sah, in ihrer kalten Abwehr, schöner denn je. Ihr Haar schien zu knistern, das Leibchen stand am Hals etwas offen. Hunger kam in seine Augen, und ehe sie sich wehren konnte, hatte er sie an sich gerissen.

„Du gehörst mir, hast du mich verstanden“, keuchte er. „Mir ganz allein. Oder hat dir der Dreckskerl den Kopf verdreht? Dann kann er Reu und Leid machen.“ Sein Atem ging schwer, und er wurde nur noch wilder, als Margret eine Hand frei bekam und ihn ins Gesicht schlug. Er lachte auf.

„Ah, du zeigst die Krallen, du Katz du. Siehst, wenn du so wild bist, das riegelt mir ’s Blut erst auf. Was sträubst dich denn überhaupt? Sind wir nicht miteinander versprochen?“

„Geh weg, mir graust vor dir“, schrie Margret gequält auf.

Für einen Augenblick lockerte sich sein Griff. In seinen Augen stand fassungsloses Staunen.

„Ach so, dir graust vor mir? Jetzt kenn ich mich aus.

Aber vor dem Pfannenflicker graust dir wohl nicht, was? Dieser Tagdieb. Aber du mußt nicht meinen, daß ich mich so leicht hinters Licht führen lasse. Ich will jetzt mein Recht."

„Was für ein Recht?" schrie Margret auf.

„Mit deinem Madonnengesicht kannst du mir nimmer imponieren. Jetzt weiß ich, was du für eine bist."

Mit Gewalt hob er sie hoch und warf sie auf das Lager nieder, das im hintersten Winkel der Hütte stand. Auf einmal war sie frei. Lautlos war Christoph zur offenen Tür hereingehuscht, übersah das Ganze mit einem schnellen Blick und packte zu. Endlich durfte er zupakken. Mit einem Ruck riß er den Ferdinand zurück, stemmte ihn hoch und schleuderte ihn dann dröhnend in die Ecke.

Mit einem gräßlichen Fluch sprang Ferdinand auf und wollte sich auf Christoph stürzen. Dabei rannte er direkt in Christophs wild hergeholten Schlag hinein und taumelte zurück. Nun aber war Christoph nicht mehr zu halten. Pausenlos trommelte er auf Ferdinand ein, bis dieser blutüberströmt aus der Hütte taumelte und in der Nacht verschwand.

Christoph hörte noch, auf der Schwelle stehend, wie drunten die Nagelschuhe des Flüchtenden über die Steine torkelten, dann erst wandte er sich um. Margret lag noch über das Bett hingestreckt. Ihre Schultern zuckten in verhaltenem Weinen. Er berührte sie leicht an der Schulter.

„Margret, wein doch nicht. Er ist fort."

Langsam richtete sie sich auf und umklammerte seine Hände. „Ach, Christoph — du bist grad noch zur rechten Zeit gekommen. Nie hab ich geglaubt, daß er so gemein sein könnte."

Christoph richtete sie auf und zog sie in seine Arme. „Ich hab ja gewußt, Margret, daß du mich noch brauchst. Aber was wird jetzt nachkommen?"

„Mir ist alles gleich, Christoph. Mich kann von dir jetzt niemand mehr trennen. Ich glaube, du hast ihm jetzt das Kommen für immer verleidet."

Christoph aber wußte nur zu gut, daß er jetzt erst die bitterste Feindschaft heraufbeschworen hatte, und daß sie kommen würden, weil sie sich ja die Rache gar nicht entgehenlassen durften. Aber er wollte Margrets Herz nicht noch schwerer machen und verschwieg, was er dachte.

Allmählich wurde Margret auch ruhiger. Sie setzten sich vor die Hütte. Kein Laut war in der dunklen Nacht. Der Himmel war etwas überzogen, und man sah nur einmal kurz einen einzelnen Stern in einer Wolkenlücke. Nur die Quelle hörte man leise rieseln. Sie saßen auf der Bank, und Christoph hatte sein heißes Gesicht in ihr Haar geschmiegt. Margrets Hand lag auf seiner Wange. Sie fühlte sich wunderbar geborgen bei ihm, obwohl in ihrem Herzen noch immer die überstandene Angst klopfte.

Sie wußten nicht, wie spät es schon war, und es kam ihnen erst zum Bewußtsein, daß ein neuer Tag anbrechen wollte, als sich über den östlichen Bergspitzen eine fahle Helle zeigte.

Inniger umschlangen sie sich und dachten später oft noch an diese Nacht, die voll dumpfer Ängste gewesen war, aber dann erhellt wurde vom morgendlichen Licht, das immer heller und stärker heraufbrach mit einer Kraft, die ihnen symbolhaft für ihr eigenes Leben erschien.

„Jetzt muß ich gehn“, sagte Christoph. „Die Schafe warten.“

Mit raschen Schritten eilte er den Hang hinauf.

„Komm zum Abend wieder“, rief ihm Margret flehentlich nach. Und er versprach es, zu kommen.

Der Weg zum Rochusberg war doch recht mühsam, weil er überall die steilen Abzweiger nahm, um schneller zu seiner Herde zu kommen. Als er bei seiner Hütte ankam, ging gerade die Sonne voll auf. Die Schafe weideten in ihrem rötlichen Licht, und über der Hütte stand ein dünner Nebel.

Und sie kamen.

Auf seinen Hirtenstab gestützt, stand Christoph aufrecht da und schaute mit schmalgeklemmten Augen hinunter auf den Steig, auf dem sie langsam heraufkrochen, einer hinter dem andern. Wie eine Wallfahrergruppe sah es aus, voraus der Hallmansberger Vitus als Kreuzlträger. Aber er trug kein Kreuz und auch keine Fahne, sondern eine Zaunlatte. Zwölf Mann zählte Christoph, und um seine Mundwinkel zuckte ein bitteres Lächeln. Zwölf gegen einen.

Da er aber damit gerechnet hatte, traf es ihn nicht ganz unvorbereitet. Er hatte Stunden des Tages damit verbracht, kleine, flache Steine zu sammeln für seine Schleuder. Außerdem hatte er noch den Hirtenstab, mit der spitzen Eisenscharre am unteren Ende. Vorsorglich hatte er auch noch die Axt an die Schwelle der Hütte gelehnt. Aber besser war vielleicht die Schleuder aus Weichselbaumholz mit zwei starken Gummibändern.

Es dämmerte bereits, und Christoph wunderte sich, daß sie nicht die Nacht abgewartet hatten, um das Werk ihrer Rache zu vollbringen. Es wäre viel leichter gewesen, ihn im Schlaf zu überfallen, denn sie mußten doch damit rechnen, daß er sich wehren würde.

Immer näher kamen sie heran, und Christoph reckte sich in den Schultern. Zum erstenmal bedauerte er es, daß er den Wachhund abgelehnt hatte, den ihm die Gemeinde Brugg hatte mitgeben wollen. Er stieß den Hirtenstab in die Erde, griff in den Hosensack und legte den ersten Stein in die Schleuder. Er hatte die Steine genau ausgewählt. Sie waren flach und doch kantig an den Rändern. Er zielte nur ganz kurz, dann zerriß ein lauter Schrei die abendliche Stille. Sein Stein hatte den Lattenträger Vitus getroffen, der stöhnend zu Boden ging.

Durch diesen unerwarteten Angriff verlor Ferdinand für einen Augenblick den Faden seines sorgfältig ausgeklügelten Schlachtenplanes. Es ging wohl nicht an, daß man so dicht aufgeschlossen anrückte. Sie schwärmten aus, und Christoph erkannte sofort die Gefahr, die ihm drohte. Sie wollten ihn einkreisen, und er konnte ja seine Steine nicht gleichzeitig in alle Richtungen schleudern. Aber so billig sollten sie ihn nicht haben. Wieder brüllte einer auf, wankte und drückte die Faust in die Seite. Das Lautlose des Kampfes war auf einmal zu Ende. Brüllend drängten sie immer näher heran. Ihr Geschrei erfüllte den weiten Raum um den Rochusberg, fiel in die Echogründe des Waldes und zog sich über die Almhänge fort. Nur Christoph gab keinen Laut von sich. Die Schafe waren unruhig geworden und drängten sich schützend um ihn, so daß er in seinen Bewegungen etwas behindert war. Er brüllte zum erstenmal laut auf, als er sah, wie einer mit einem dicken Prügel auf Baldur, den Leithammel, eindrosch.

Sie waren jetzt ganz nahe gekommen. Es waren jetzt nicht mehr zwölf, sondern nur noch acht. Die anderen hatten die Lust bereits verloren und lagen stöhnend am Hang. Die Schleuder konnte er jetzt nicht mehr gebrauchen. Mit fester Faust umklammerte er den Hirtenstab. Aber es war wohl besser, er nahm die Axt, die er sich bereitgestellt hatte. Als er sich umwandte, sah er zu seinem Schrecken, daß ihm der Weg dorthin bereits versperrt war. Plötzlich war das höhnisch verzerrte Gesicht des Ferdinand nahe vor ihm. Er sah die Stahlrute in der Hand des Feindes, sah, wie Ferdinand den Arm zum Schlag hochriß und wich geschickt mit dem Oberkörper aus. Dann erst stieß er mit der Spitze seines Hirtenstabes zu. Tief bohrte sich das Eisen in Ferdinands Schulter. Er ließ die Stahlrute fallen und preßte die linke Hand auf die klaffende Wunde.

Noch einen konnte Christoph unschädlich machen, dann traf ihn von hinten her ein Schlag über den Schädel, und er ging zu Boden.

Wahllos schlugen sie nun auf ihn ein. Er blutete aus vielen Wunden und konnte sich nicht mehr wehren. Daß sie ihn dann nicht ganz erschlugen, hatte er nur dem Mutterschaf Laura zu verdanken, das sich über seinen Körper gelegt hatte und die Schläge auf sich niederprasseln ließ.

Das Dorf Rosenau hatte seine Sensation. Waren sie sich zeitlebens darin einig, daß dieser Christoph ein Tagedieb sei — ihr Bürgermeister hatte ihnen ja diese Meinung aufgezwungen — jetzt spalteten sich die Meinungen. Es stellte sich heraus, daß doch eine ganze Anzahl Menschen nicht damit einverstanden war, daß man in einer so großen Übermacht über den einzelnen hergefallen war und ihn zuschanden geschlagen hatte, so daß die Ärzte im Kreiskrankenhaus im ersten Moment geglaubt hatten, sie brächten das blutig geschlagene Bündel Mensch gar nicht mehr durch.

Und noch etwas zeitigte die Tragödie vom Rochusberg, nämlich eine erbitterte Feindschaft zwischen den Ortschaften Brugg und Rosenau. Man hatte nicht den Hirten, sondern auch ihre Ortschaft geschlagen. Der Sägmüller Adam, wahrscheinlich von seiner Gattin Isabella beeinflußt, sprach am Sonntag nach dem Hochamt beim Sternwirt davon, daß man dem ganzen Ort Brugg Schande angetan habe. Baldur, den Leithammel, hatte man notschlachten müssen, und Laura hatte zwei Lämmer verworfen. Also zunächst einmal Anzeige und Schadenersatzforderung. Die Rosenauer mit ihrem selbstherrlichen Bürgermeister sollten nur nicht glauben, daß die Brugger dies auf sich beruhen ließen. Wenn auch der Hirte Christoph von einer Anzeige nichts wissen wollte, das Dorf konnte sich die Schmach nicht gefallen lassen. Sie standen wie ein Mann hinter ihrem Hirten.

Nein, Christoph wollte von einer Anzeige nichts wissen. Aber das lag ja nicht in seiner Hand. Mit demselben Eifer, mit dem die Gendarmen sich seinerzeit bemüht hatten, ihn wegen Brandstiftung und Einbruchsdiebstahl festzunehmen, bemühte sich jetzt Oberwachtmeister Schneider, herauszufinden, wer bei diesem Überfall dabeigewesen war. Es war gerade, als ob er an Christoph etwas gutmachen wolle.

Daß dieser sich gewehrt hatte, war ihm nicht übelzunehmen. Freilich, der Zustand des Hallmansberger Ferdinand war sehr bedenklich. Er hatte ein faustgroßes Loch in der Schulter, verursacht durch einen Stoß mit der Eisenspitze des Hirtenstabes. Auch der Schulterknochen war davon getroffen worden, und es war fraglich, ob Ferdinand seinen rechten Arm jemals wieder richtig gebrauchen konnte. Vitus trug eine ganze Woche lang eine Beule auf seiner Stirn, groß wie ein Hühnerei und blau wie ein Enzianfeld. Und noch vier weitere mußte der Doktor von Rosenau versorgen. Christoph mußte sich also nicht schlecht gewehrt haben. Dadurch stieg er bei vielen in der Achtung.

Die größte Sensation war freilich die, daß Margret Innerkofler den Halbzerschlagenen auf ihren schwachen Schultern vom Rochusberg bis hinunter zum ersten Einödhof geschleppt hatte. Dorthin wurde dann der Arzt gerufen, der sofort die Überweisung ins Krankenhaus veranlaßte, obwohl es nach seiner Meinung nicht mehr viel Sinn hätte, denn sterben müsse Christoph so oder so.

Beim Innerkofler schlug diese Nachricht wie ein Blitz

ein. Der Bauer geriet in einen Zorn, wie man ihn bisher noch nie gesehen hatte. „Ich schlag ihr das Kreuz ab", schrie er wie von Sinnen. Er fuchtelte dabei mit seinen Fäusten vor den Augen seiner Frau herum und brüllte sie an: „Wo hast du denn deine Augen gehabt, daß du nichts gemerkt hast?"

Die Innerkoflerin konnte nicht viel sagen, sie rang nur die Hände. „Meinst du, daß das für mich als Mutter so einfach ist? Andererseits, was hätte Margret denn tun sollen? Hätte sie ihn vielleicht auf dem Rochusberg liegenlassen sollen, bis er ausblutete?"

„Natürlich hätte sie das tun sollen. Was geht denn die Innerkofler Margret der Kerl an? Hätte sie ihn doch verrecken lassen, wär nicht schad drum gewesen. Aber natürlich, er ist ja ihr Herzallerliebster. So eine Schmach. Wie muß man sich da bloß schämen."

„Schämen müssen sich auch andere", sagte jetzt die Innerkoflerin mit einer Heftigkeit, die man ihr gar nicht zugetraut hätte. „Eine Heldentat war das ja auch nicht, was sich die Hallmansbergerbuben geleistet haben. Am Ende kommt noch ein gerichtliches Nachspiel."

Erschrocken fuhr er herum. „Das fehlte gerade noch! Dann müßte die Margret vielleicht sogar als Zeugin hin. Nein, die Schand' überlebe ich nicht. Das muß vertuscht werden." Er fuhr sich verzweifelt durch die Haare und stöhnte: „Die alten G'schichten stehn wieder auf. Es hat schon einmal eine gegeben, die vor der Hochzeit mit einem fremden Kerl durchgebrannt ist. Jetzt ist unsere Margret auf dem besten Weg, das gleiche zu tun. Es wiederholt sich alles, sagt man. Aber das darf nicht sein. Lieber sehe ich sie tot vor mir. — Meine Schuh her . . ."

„Thomas, sei vernünftig, und schlaf einmal darüber, bevor du im ersten Zorn was anrichtest, was sich hernach nie wieder gutmachen läßt."

„Meine Bergschuh gib her, hab ich gesagt. Da werd' ich noch lang drüber schlafen. Ich werde ihr schon die Leviten lesen. Will doch einmal sehn, ob sie sich meinen Willen widersetzen darf."

In diesem Augenblick fuhr der Oberwachtmeister Schneider auf seinem Fahrrad in den Hof. Er hatte gerade noch einige Recherchen in der Sache gepflogen und wollte dem Bürgermeister über den Stand der Dinge Mitteilung machen. Einen schlechteren Zeitpunkt hätte er sich allerdings nicht aussuchen können.

„Wer hat denn die Geschichte eigentlich angezeigt?“ fragte der Innerkofler gereizt.

„Angezeigt ist es eigentlich zuerst vom Sägmüller Adam worden“, antwortete Schneider, nahm seine Mütze ab und wischte den Schweiß von der Stirn und vom Schweißleder der Mütze.

„Der hat es ja grad nötig. Aber ich kann es mir schon denken, da steckt bloß sie dahinter, die Sägmüllerin.“

„Das entzieht sich meiner Kenntnis, Herr Bürgermeister. Die Sache ist ja außerdem auch vom Chefarzt dem Gericht gemeldet worden.“

„Ah so?“ fragte der Innerkofler verblüfft und schüttelte dann den Kopf. „Wegen der kleinen Rauferei gleich ein solches Theater machen.“

„Die kleine Rauferei schaut immerhin so aus, Herr Bürgermeister, daß an dem Aufkommen des Christoph Stanz gezweifelt wird.“

„So? Und daß der Hallmansberger Ferdl vielleicht seinen rechten Arm nie mehr brauchen kann, davon wird nichts geredet.“

„Doch, auch davon wird geredet. Aber das war vom Stanz reine Notwehr. Im übrigen hat ja der Ferdinand Hallmansberger gerade keine rühmliche Rolle bei der ganzen Geschichte gespielt.“

Wütend griff der Innerkofler nach seinem Hut. „Das wird immer noch schöner. So einem Lumpen hält man die Stange, und ehrbare Menschen laufen womöglich mit einem lahmen Arm herum. Nette Gesetze haben wir, das muß ich schon sagen. Und dafür zahlt man seine Steuern.“

Er warf die Tür hinter sich zu und stapfte über die Wiesen hinauf, dem Walde zu.

Über dem Almfeld lag die Stille des Nachmittags. Die Kühe weideten am oberen Hang, das Quellwasser plätscherte in den Trog, und um die Bergspitzen spielten kleine, weiße Wolken.

Margret saß vor der Hütte, hatte den Kopf an die Wand gelehnt und die Augen geschlossen. Ihre Gedanken waren unten im Flachland, wo sie Christoph in einem weißen

Bett liegen wußte. Ach, hätte sie nur diese Pflicht hier nicht zu erfüllen, dann würde sie jetzt an Christophs Bett sitzen und seine zerschundenen Hände halten. So aber saß sie hier fest und konnte keinen halben Tag weg.

Plötzlich schreckte sie auf, denn sie hatte auf dem Steig einen Schritt gehört. Sie hatte sich darauf vorbereitet, aber nun erschrak sie doch sehr, als sie den Vater auf sich zukommen sah. Seine zornfunkelnden Augen sagten ihr alles.

Der Innerkofler blieb beim Brunnen stehen. In diesem Augenblick empfand Margret etwas wie Mitleid mit ihm. Ihr war, als sähe sie heute zum erstenmal, wie grau sein Haar schon geworden war. Seine Gesichtszüge waren verstört, sein Mund vor Zorn ganz schmal.

Jetzt öffnete er den Mund. „Da bist du ja, du Schandfleck von der Rosenau!"

Margret zuckte zusammen. Ein eiserner Trotz erwachte in ihr, und ihre Antwort klang messerscharf: „Diese Schande trag ich gern, Vater. Und wenn du mir nichts anderes zu sagen weißt, als nur Vorwürfe, dann hättest du dir den weiten Weg sparen können."

Verdutzt starrte er sie an. Seine Kiefer schoben sich vor. Langsam ging er auf die Hütte zu. „So ist's recht! Frech werden auch noch, anstatt daß sie sich in den Erdboden verkriechen tät vor Scham."

Scham, Schande, Schandfleck, das würde wohl jetzt so die Litanei sein, die sie zu hören bekommen sollte. Margret sah, wie den Vater die ganze Sache innerlich zerwühlte und wollte es mit Güte versuchen.

„Komm, Vater, setz dich. Ich kann mir ja denken, daß du diesen Weg von sechs Stunden im Zorn vielleicht in vier gerannt bist. Das war unklug, Vater. Du sollst an dein Herz denken, du weißt ja selber, daß es nicht ganz intakt ist."

„Wär das ein Wunder bei all dem Verdruß, der über mich kommt?"

„Hab ich dir je in meinem Leben viel Verdruß gemacht, Vater?"

Er setzte sich und spreizte die Fäuste auf die Knie. „Dafür jetzt gleich soviel, daß ich mich verkriechen möcht." Er wandte ihr ruckartig das Gesicht zu. „Sag einmal, Margret, ist das überhaupt wahr, was man sich erzählt, daß du es mit dem Hirt vom Rochusberg hättest? Lüg mich jetzt nicht an!"

„Ich weiß nicht, Vater, was man dir alles zuträgt. Wahr ist nur eines —, daß ich den Christoph gern habe."

„So ist's recht. Und du schämst dich gar nicht?"

„Schämen müßte sich zuerst ein anderer, Vater. Der hätte alle Ursache dazu. Ja, Vater, ich hätte alle Ursache, es in alle Welt hinauszuschreien, daß der ehrbare Hallmansberger Ferdinand mir Gewalt hat antun wollen."

Der Innerkofler zuckte zusammen und sah seine Tochter verständnislos an. „Das lügst du doch?"

„Nein, Vater, mit solchen Sachen lügt man nicht. In meiner höchsten Not ist mir der Christoph zu Hilfe gekommen. Deswegen hat der Ferdinand dann die Schlägerei auf dem Rochusberg inszeniert. Eine wahre Heldentat, zwölf gegen einen."

Vor dieser schreienden Anklage wurde der Innerkofler doch ein wenig nachdenklich. Er fuhr sich mit der flachen Hand über die nasse Stirn. „Ich kann es nicht glauben."

„Was kannst du nicht glauben?"

„Daß er dir etwas antun wollte."

Schüchtern tastete Margret nach seiner Hand. „Glaubst du denn, daß ich solch eine Ungeheuerlichkeit frei erfinde? Nein, Vater. Wenn es darauf ankommen sollte, gehe ich hin vor das Gericht und heb die Schwurfinger. Ich kann es mit reinem Gewissen tun. Es tut mir leid, Vater, aber der Ferdinand ist ein Lump, und du kannst von mir nicht verlangen, daß ich ihn heirate."

„Den anderen aber zweimal nicht. Schlag dir nur das aus dem Kopf. Wenn der Ferdinand so — so stürmisch war, wie du sagst, dann werde ich ihn zwingen, daß er dich heiratet."

„Das kannst du von mir nicht verlangen, Vater."

„Warum nicht? Bevor ich das mit dem anderen dulde, jage ich dich lieber von Haus und Hof."

Margret war jetzt nicht mehr einzuschüchtern. Die Arme über die Brust verschränkend, sah sie über das flimmernde Almfeld hinauf. „Wenn du mich zwingen willst, Vater — es hat vor fünfundzwanzig Jahren schon einmal so was Ähnliches gegeben —, dann werde ich am Tag meiner Hochzeit verschwunden sein."

Dem Innerkofler schoß der letzte Tropfen Blut aus dem Gesicht. Seine Hand griff nach dem Herzen. Mit wilden Augen stierte er Margret an. „Wer hat dir das gesagt?"

„Ich weiß es einfach und — weiß es schon ziemlich lange. Aber daß es weder zu dem einen noch zu dem anderen kommt — du brauchst mich zu keiner Hochzeit zu zwingen und brauchst mich nicht von Haus und Hof zu jagen. Ich gehe von selber."

Sein Kopf sank nach vorne, als hätte ihn jemand ins Genick geschlagen. „Soviel ist dir der Lump wert?"

„Er ist kein Lump, Vater. Er ist der beste und bravste Bursch, der mir je begegnet ist. In nichts ist er mir je zu nahe getreten. Aber ich weiß, ihr alle haßt ihn. Du am meisten. Gerade du hast in sein armseliges Leben hineingegriffen. Hast du nicht Angst, Vater, daß soviel Unrecht einmal auf dich zurückfällt? Es war kein gerader Weg, Vater, den du gegangen bist. Und darum will ich gutmachen an ihm, was du gesündigt hast. Leider bin ich noch nicht volljährig und in deiner Gewalt. Aber, die paar Jahre vergehn, dann werden wir ohne deinen Segen nicht verhungern. Christoph will und kann arbeiten, und ich auch."

Der Innerkofler geriet vom Staunen in Zorn und vom Zorn wieder in grenzenloses Staunen. Was er da zu hören bekam, und zwar auf eine ganz nachdrückliche Weise, hätte er doch nicht erwartet. Als Richtender war er heraufgekommen, aber die Margret hatte das Urteil gleich selber gesprochen und ihm schonungslos den Weg aufgezeigt, den sie zu gehen gewillt war.

Gut, dann soll sie diesen Weg gehen. Wo ihm solch harter Trotz geboten wurde, konnte er mit gleichem Trotz erwidern. Er stand auf und stülpte den Hut auf. „Dann schau, wo du hinkommst mit deiner Verbohrtheit. Recht viel haben wir uns dann nicht mehr zu sagen. Weit wirst ja nicht kommen mit deinem Starrsinn."

„Der Weg zum wirklichen Glück, Vater, ist oft gar nicht weit."

„Glück?" lachte er hölzern auf. „Die Weisheit kannst dir auf den Hut naufstecken."

Ohne Gruß ging er davon, warf das Gatter scheppernd hinter sich zu und sprang auf den Steig hinunter.

„Vater", schrie Margret hinter ihm her. Aber er wandte sich nicht mehr um, ging stumm und zornerfüllt seines Weges und verschwand im Wald.

Nun kamen dunkle, traurige Tage über Margret. Sie wartete darauf, daß der Vater jemanden heraufschicke, um sie abzulösen. Die wenigen Habseligkeiten, die sie heroben hatte, waren bereits zusammengepackt. Sie konnte jederzeit gehen. Nur nach Hause konnte sie nicht mehr gehen, und das tat ihr der Mutter wegen sehr leid. Merkwürdigerweise berührte sie es gar nicht so schmerzlich, die Heimat verlieren zu müssen, weil sie felsenfest davon überzeugt war, dafür etwas viel Höheres zu gewinnen, nämlich das Glück an Christophs Seite.

Ja, sie war bereit, zu gehen, aber es kam niemand herauf. Hatte es sich der Vater doch noch mal anders überlegt? Sah er ein, daß er sich mehr zu schämen hätte, wenn er das einzige Kind in die Welt hinausstieß, sie, die doch nichts anderes wollte, als ein bißchen Glück. Nein, das war kaum anzunehmen. Dazu kannte sie ihren Vater zu gut. Er rechnete wohl so — und nicht zu Unrecht —, daß sie die Alm nicht verlassen würde, bevor er nicht jemanden schicke. Christoph war ja im Augenblick weit, es war also keine Gefahr.

Wohl hundertmal am Tag ging sie den kleinen Hügel hinter der Hütte hinauf, von wo aus man weit auf den Weg hinuntersehen konnte, der von Rosenau heraufführte. Aber es kam niemand, so sehr sie es sich auch wünschte. Die Tage und Wochen gingen dahin. Auf dem Rochusberg hütete ein Fremder die Schafe. Ein Invalide, der nur noch ein Auge hatte. Er hatte den Wachhund bei sich, den Christoph gebraucht hätte. Zu ihm ging Margret in ihrer Not, hoffend, daß sie von ihm über Christoph etwas erfahren könnte. Aber der Mann war fremd, er wußte nur, daß die Sägmüllerin von Brugg in jeder Weise für den Verletzten sorge.

Eines Tages erschien plötzlich der alte Zenno auf der Alm. Er kam aber nicht, sie abzulösen — dazu wäre er auch schon zu alt gewesen. Er kam nur im Auftrag des Bauern, um das Geld abzuholen, das Margret den Sommer über für Butter und Milch eingenommen hatte.

„Ah", lachte Margret auf. „Der Vater hat wohl Angst,

daß ich ihm mit der Kasse durchbrenne. Warum schickt er denn niemanden rauf, der mich ablöst?"

„Weil er niemanden hat. Die Sina hat sich von der schweren Operation noch nicht erholt und geht überhaupt nicht mehr auf den Innerkoflerhof. Der Jungknecht ist auch mitten unter der Arbeit davongelaufen, weil er mit dem Bauern Krach hatte. Weißt, Margret, es ist schon kaum mehr ein Zusammenarbeiten mit deinem Vater jetzt."

„Ich glaube es gern und weiß auch, daß ich dran schuld bin. Aber ich kann es nicht ändern. Du weißt doch, daß er mich vom Hof geschafft hat?"

„Na ja, in der ersten Wut vielleicht. Sicher hat er es sich wieder anders überlegt. Wo willst denn auch hin?"

„Mir ist nicht angst, Zenno. In Rosdorf hat die Base Theres ein kleines Gütl, da bin ich jederzeit herzlich willkommen. Du kennst sie ja auch, die Base Theres. Sie ist Witwe und kinderlos. — Aber vor lauter Ratschen vergeß ich, dir was vorzusetzen. Komm, Zenno, setz dich, und erzähl mir, was es alles Neues gibt in der Sache."

„Ich weiß nichts", antwortete der Alte, schob sich langsam hinter den Tisch und zog seine Pfeife heraus.

„Doch, ich seh es deinen lustigen Augen an, Zenno. Du weißt was." Sie setzte sich neben ihn und legte ihren Arm um seine Schultern. „Spann mich doch nicht auf die Folter, Zenno. Du weißt ja nicht, wie schwer das ist, Tag für Tag zu warten und nicht zu wissen, ob er noch lebt oder schon tot ist."

„Nein, tot ist er nicht, im Gegenteil, er rappelt sich wieder ganz munter in die Höh."

Da nahm ihn Margret stürmisch um den Hals und drückte ihm ein paar herzhafte Küsse auf den bärtigen Mund.

„Ui, ui, ui, wie du das kannst", lachte Zenno. „Wird schon bald vierzig Jahr her sein, daß ich das letzte Bußl kriegt hat. Hab es schon vergessen gehabt, aber jetzt käm ich gleich wieder auf den Geschmack. Also, paß auf jetzt. Am Sonntag war ich drüben in Brugg und hab mit der Sägmüllerin geredet. Die Frau hat viel getan für den Christoph. Besser hätt sich auch die eigene Mutter nicht um ihn sorgen können. Weißt, was sie g'sagt hat? Wenn du nicht weißt, wo du hingehn sollst, du kannst jederzeit zu ihr kommen."

„Das wär ein Trost, wenn ich mir nicht selber zu helfen wüßte. Aber wann er rauskommt, der Christoph, das weißt du nicht?"

„Nein, das weiß ich nicht."

„Und der andere?" Sie sprach den Namen nicht aus, aber Zenno wußte, was er meinte.

„Dem bleibt ein lahmer Arm. Einmal war sein Vater bei uns am Hof, und da hat der Innerkofler mit ihm geschrien, wie ich ihn noch nie habe schreien hören."

Margret stand jetzt auf und richtete für Zenno etwas zu essen her. Dann rechnete sie auf Heller und Pfennig mit ihm ab. Hernach fragte sie: „Wie wird nun alles werden, Zenno?"

„Zerbrich dir jetzt den Kopf nicht darüber. Umfallen darfst jetzt freilich nicht mehr. Jetzt mußt du stark bleiben, Margret."

Als die Sonne schon im Sinken war, machte sich Zenno wieder auf den Heimweg.

Von diesem Tag an blühte Margret wieder auf. Ihre Augen bekamen wieder das helle Glänzen, aus ihren Mundwinkeln verschwand der bittere Zug, und die Arbeit ging ihr wieder flott und fröhlich aus den Händen. Sie zählte wieder die Stunden und die Tage. Der ganze Inhalt ihres Lebens erschöpfte sich in sehnsüchtigem Warten.

Und eines Abends, das Almfeld lag schon von den Schatten umschleiert, kam ein Wanderer mit gleichmäßigen, ziemlich langsamen Schritten auf die Alm zu. Er hatte nicht den Steig, sondern den bequemeren und weniger steilen Fahrweg gewählt.

Margret hatte gerade die Milchtücher am Brunnen ausgeschwenkt, als sie das Klirren eines Steines hörte. Erschrocken wandte sie den Kopf über die Schulter zurück und stieß einen Schrei aus.

„Christoph . . .!"

Da blieb er stehen und schaute erwartungsvoll zu ihr herauf. Seine Lippen bewegten sich, er flüsterte wohl ihren Namen vor sich hin.

„Christoph . . .!" schrie sie von neuem. Die Milchtücher flogen in den Brunnentrog. Sie setzte mit einem Sprung über den Almzaun und warf sich ihm an den Hals.

„Du bist schöner, als du in meinen vielen Träumen gelebt hast", sagte er, und seine weiß gewordenen Hände umschlossen ihr Gesicht.

Auf seiner Stirn waren noch ein paar leuchtende Wundränder. Aber sie würden noch besser vernarben, und die Herbstsonne würde dieses jetzt so blasse Gesicht wieder bräunen.

Mit zuckenden Lippen zärtelte er über ihren Mund hin. „Ach, Margret, was wird jetzt aus uns beiden werden?"

„Damit sollst du dich jetzt in der Stunde unseres Wiedersehens nicht quälen, Christoph. Ich habe in Ängsten und Sorgen auf dich gewartet, mein Lieber. Jetzt bist du da. Ach, ich kann es noch gar nicht fassen. Komm, wir gehen in die Hütte. Das Feuer brennt drinnen, es ist warm, und du sollst ganz bei mir zu Hause sein und an nichts anderes denken."

Christoph blieb aber nicht auf der Alm. Am anderen Tag ging er wieder hinüber auf den Rochusberg.

„Es ist nicht meinet-, sondern deinetwegen", sagte er. „Sie sollen nicht sagen können, daß wir hier zusammengelebt haben. Niemand soll mit dem Finger auf dich deuten können."

Es war aber auch noch der Invalide am Rochusberg. Christoph schickte ihn nicht hinunter ins Tal. Aber er hatte dadurch viel Zeit für Margret. Am Vormittag kam er herüber, am Abend ging er wieder hinüber. Der Tag aber gehörte ihnen mit seinen Stunden.

Wie Kinder gingen sie durch diesen gottbegnadeten Herbst, sich an den Händen haltend. Sie schafften zuerst die Arbeit auf der Alm zusammen, und wenn sie fertig waren, stiegen sie hoch hinauf ins Gewänd und wurden nicht müde, sich zu erzählen, wie lieb sie sich hätten. Christoph konnte sich freilich keine rechte Vorstellung machen, wie es werden sollte.

„Was wird bloß aus uns werden?" seufzte er einmal in solch einer traurigen Anwandlung.

Lachend schmiegte sich Margret an seine Brust.

„Ich habe vor nichts mehr Angst, Christoph." Sie sah ihm dabei in die Augen, und Christoph neigte sich und küßte ihre Lippen. Dann wurde auch sie ernst und besprach zum erstenmal mit ihm ihre Pläne. Sie wollte ihn mit einem Brief zur Base nach Rosdorf hinausschikken. Dort würden sie sicher Unterkunft finden können. Vielleicht daß er gleich draußen bliebe und sich um Arbeit umsehe. Es gab einen Steinbruch da draußen und eine Ziegelei. Sie würde bestimmt nachkommen, wenn es hier auf der Alm zu Ende sei. Vielleicht drei Wochen noch, dann mußte das Vieh abgetrieben werden.

„Oder zweifelst du, Christoph, daß ich nachkomme?" fügte sie noch hinzu.

Wie könnte er zweifeln! Er hatte dagegen nur einzuwenden: „Notfalls könnte ich auch im Sägwerk zu Brugg anfangen."

Margrets Stirn umwölkte sich ein wenig. „Du, Christoph, was ist es eigentlich, daß diese Frau sich immer so um dich kümmert?"

Er nahm ihr Gesicht und hielt es von sich ab. Um seinen Mund zuckte ein glückliches Lachen.

„Dein Vater hat ja einmal eine Bemerkung fallenlassen, daß ich ihr Geliebter wäre. Seitem herrscht ja die Feindschaft zwischen ihm und dem Sägmüller. So ein Irrsinn. Ich war damals sechzehn Jahre alt, und diese Frau hat immer nur mein Bestes gewollt. Aber schau, Margret, so ist es doch immer im Leben. Die Menschen wittern hinter allem etwas Böses, und was schön ist, müssen sie mit Dreck bewerfen. Dann ist ihnen wohl. Nein, Margret, wegen dieser Frau brauchst du nicht zu eifern. Sie ist ja dir auch gut und will uns beiden helfen. Mag sein, daß dabei auch ein bißchen der Gedanke mitspielt, deinem Vater eins auszuwischen, aber wir sollten jede Hilfe dankbar ergreifen, die uns geboten wird. Im übrigen weiß ich noch was! Ich brauchte bloß dem Direktor Lex schreiben. Der nimmt mich mit offenen Armen als Schweizer oder als Aufseher. Und wenn alle Stricke reißen, Margret, mit ganz leeren Händen stehe ich auch nicht da. Ich habe heute fast sechstausend Mark beisammen, und wir könnten uns leicht ein kleineres Anwesen pachten."

Ja, so rätselten sie an ihrer Zukunft herum und dachten nicht daran, daß sie auch einmal das Schicksal nicht gegen sich, sondern für sich haben könnten. Daß es vielleicht schon aufgebrochen war, dieses Schicksal, um ihnen zu helfen.

Eines Morgens erschien nämlich zu Margrets größter Überraschung der Senn von der Fuchsbergeralm bei ihr, der gerade seine Almerträgnisse zu Tal gebracht hatte, und sagte ihr, sie möge sofort heimkommen, ihr Vater sei schwer erkrankt und verlange dringend nach ihr.

Sie fragte den Boten noch eigens: „Ist das auch kein Irrtum? Er fragt wirklich nach mir?"

Es wurde ihr nochmals bestätigt. Sie schrieb noch schnell an Christoph ein paar Zeilen, heftete den Zettel an die Tür und suchte dann den schnellsten Weg ins Tal.

Der Innerkofler, der in seinem Leben noch nie eine Stunde krank gewesen, lag teilnahmslos in seinem Bett. Mitten unter der Arbeit hatte er mit einem Schrei die Arme hochgeworfen und war zusammengestürzt wie ein Baum.

„Ein Schlaganfall", sagte der Doktor und zog bedenklich die Augenbrauen hoch. Die rechte Seite war gelähmt, aber der Innerkofler merkte erst, wie schlecht es um ihn stand, als auch der Pfarrer auf dem Hof erschien. Der Pfarrer tröstete ihn, daß ja auch die Kronbichlerin vor einem halben Jahr der Schlag gerührt habe, aber sie lebe heute noch. Er möge froh sein, daß es die rechte und nicht die linke Seite sei, denn da sei das Herz, und da wäre es vielleicht schlimmer ausgefallen. Immerhin sei so etwas ein deutlicher Wink von oben her, daß man seine Sachen auf Erden rechtzeitig bestellen, daß man keine Feindschaft haben, und daß man sich immer mit einem friedsamen Herzen bereithalten solle. Sicher wußte der Pfarrer um das Zerwürfnis zwischen Vater und Tochter, weil er immer wieder das Kapitel von der Feindschaft aufgriff und von der Versöhnung sprach.

Der Innerkofler aber brauchte doch drei volle Tage, bis er sich überwand und den Boten zu Margret schickte.

Als Margret dann das Krankenzimmer betrat, schien er zu schlafen. Sie wollte sich schon wieder geräuschlos zurückziehen, da rief er sie an. Es war freilich gar keine Kraft mehr in seiner Stimme.

„Margret — komm her zu mir."

Schon kniete Margret neben ihm am Bett.

„Vater", schluchzte sie, „was ist mir dir?"

„Ja, ja, mit mir ist nimmer recht viel los", flüsterte er mühsam, und seine gesunde Hand zitterte über die Bettdecke hin.

Vielleicht war ihm die Tochter noch nie so nahe gewesen wie in dieser Stunde. Und während sie ihm mit weicher Hand über seine bartstoppeligen Wangen hinstreichelte, fiel ihm wieder ein, wie sehr er eigentlich in Angst gelebt hatte, sie könnte trotzig sein und seinem Ruf nicht folgen. Sie hatte also sofort alle Feindseligkeit abgestreift, hatte all seine harten Worte vergessen und war zu ihm gekommen.

„Du darfst jetzt nicht mehr weggehen von mir", forderte er, und es fiel ihm dabei gar nicht ein, zu fragen, wer denn auf der Alm beim Vieh sei. Für ihn schien nichts anderes mehr wichtig zu sein, als daß Margret bei ihm saß und ihn pflegte.

Sie hatte es aber wahrhaftig nicht leicht dabei, denn der Innerkofler war ein recht ungeduldiger Kranker. Niemand konnte ihm etwas recht machen. Nur Margret duldete er um sich. Sie mußte ihm die gelähmte Seite mit Kampfer einreiben, mußte ihm das Essen geben und an seinem Bett sitzen, um seine Hand zu halten. Keinen Augenblick wollte er allein sein, immer lebte er in der Angst, es könnte noch ein weiterer Stoß kommen und ihm das Lebenslicht ausblasen.

Es verging eine Woche, bis er plötzlich ganz unvermittelt fragte: „Wer versorgt jetzt eigentlich unser Vieh auf der Alm droben?"

Margret erschrak ein wenig. Sie trat ans Fenster und schaute hinaus. Draußen leuchtete der schöne Herbsttag. Sie wußte, wie krank der Vater war und daß ihn nichts aufregen durfte. Darum mußte sie ihn schonen, mußte um der Barmherzigkeit willen zu einer Notlüge greifen. Aber während sie noch nach einer Ausrede suchte, sagte der Kranke:

„Also er. Ich habe es ja geahnt. Hätte es denn niemand anderen gegeben?"

„Nein, Vater. Es ist nicht so leicht, jemand aufzutreiben."

„Aber ausgerechnet den, der mich bis aufs Blut haßt und der mir das ganze Vieh verhexen wird."

Da setzte sich Margret zu ihm an das Bett und faßte nach seiner gesunden Hand. „Du täuschst dich, Vater. Christoph ist viel besser, als du weißt. Er ist ein wunderbarer Mensch."

„So, so? Wunderbar ist er auch noch?" Sein gesundes Auge prüfte Margret. Dann versuchte er zu lächeln und weil auch seine rechte Gesichtshälfte gelähmt war, sah dieses Lächeln aus wie das Grinsen einer Maske zur Narrenzeit.

„Vater", stammelte Margret ergriffen und begann dann zu erzählen, von ihrer ersten Begegnung mit Christoph, von allem Glück und von allem Leid, das ihr diese Liebe schon gebracht habe. „Leid vor allem deshalb, Vater, weil ich doch an dir auch sehr hänge."

Es vergingen wieder Tage, ja eine ganze Woche, ohne daß der Innerkofler nochmals auf Christoph zurückgekommen wäre. Er wußte nicht, daß Christoph einmal heimlich nachts unten gewesen und sich mit Margret und der Innerkoflerin ausgesprochen hatte. Die Mutter hatte ihren Widerstand längst aufgegeben und war der Meinung, daß noch alles recht werden würde.

Auf einmal war der Tag herangekommen, daß Christoph, der Vielgeschmähte, die Herde des Innerkoflers von der Alm herunterbrachte. Schon als er die Tiere durch das Dorf trieb, erregte es großes Aufsehen, obwohl gar nichts Außergewöhnliches dabei war. Groß und schlank ging Christoph voraus, den Hirtenstab in der Hand, die Ziehharmonika über der Schulter. Wer hätte das vor einem halben Jahr noch gedacht! Christoph Stanz, der Pfannenflickerbub, der spätere Hirt vom Rochusberg, betrat den Hof seines Todfeindes Innerkofler.

Mit laut bimmelnden Glocken näherte sich die Herde dem Innerkoflerhof. In der Krankenstube verlangte der Bauer, daß man ihn in den Kissen aufrichte und die Fenster weit öffne.

Stück um Stück zog am Fenster vorbei. Eins sah gepflegter aus als das andere und keines war „verhext". Zum Schluß zog noch der Senn vorbei. Der Innerkofler riß das gesunde Auge ganz weit auf, weil er meinte, daß ihn ein Trugbild narre. Aber es war doch mehr ein Staunen, daß es so viel Ähnlichkeit geben konnte. Und die Zeit schnellte auf einmal um fünfundzwanzig Jahre zurück. In gesunden Tagen wäre den Innerkofler bei diesem Anblick wahrscheinlich wieder der wilde Haß angesprungen. Jetzt empfand er eigentlich gar keinen Haß, eher eine schwermütige Trauer, daß er so daliegen mußte, gefällt wie ein Baum. Die Erkenntnis, daß das Leben auch ohne ihn weiterging, stimmte ihn weich und nachgebend. Nur durfte er das nicht zeigen, und er ließ sich erschöpft in die Kissen zurückfallen.

Margret kam und sah nach ihm. Sie wollte ihm gerne sagen, daß das Vieh vollzählig und gesund im Stall stehe, und daß Christoph vorne in der Stube säße. Er behielt aber die Augen geschlossen, er fühlte ihre Hand, die über seine Stirn strich und dann das Deckbett glattstreifte, aber er rührte sich nicht. Mit den Gedanken, die ihn jetzt bewegten, wollte er allein sein.

Und er blieb über Tage hinweg ganz still. Ließ sein ganzes Leben an sich vorüberziehen und kam zu der Erkenntnis, daß er doch vieles falsch gemacht hatte, daß es besser gewesen wäre, mit Güte und Verstehen durchs Leben zu gehen als mit der Last eines blinden Hasses, der ihm so manche Stunde vergällt hatte. Er fragte nichts. Aber er hörte zuweilen am Tag diesen fremden Schritt draußen vorbeigehen und wußte, daß Christoph noch immer am Hof war.

Da faßte Margret sich ein Herz und führte Christoph an ihrer Hand am Sonntagmorgen nach der Frühsuppe an des Vaters Bett. Er merkte es zu spät und konnte sich nicht mehr schlafend stellen. Er blinzelte nur mit dem linken Auge den beiden neugierig entgegen.

„Hier, Vater, ist er", sagte Margret. „Schau ihn dir wenigstens einmal an."

Der Innerkofler sagte lange nichts. Dann knurrte er: „Wird nicht viel zu sehn sein an dem?"

„Vielleicht doch, Vater. Er hat zwei Narben auf der Stirn, die ihm meinetwegen geschlagen worden sind."

„So, so, Narben? Der andere hat einen lahmen Arm. Das ist mehr."

„Das war nicht meine Schuld", antwortete Christoph, und unwillkürlich horchte der Innerkofler dieser ruhigen, von keinerlei Haß erfüllten Stimme nach. Langsam wandte er den Kopf und sah Christoph an. Dann stolperte seine Stimme rauh über die Lippen.

„Daß du überhaupt noch da bist auf meinem Hof?"

Margret trat einen kleinen Schritt vor, als wolle sie sich schützend vor Christoph stellen. „Weil wir ihn brauchen, Vater. Gott allein weiß es, wie sehr ich mir wünsche, daß du recht bald gesund wirst. Aber bis dahin brauchen wir Christoph notwendig."

„Ich weiß schon, weiß schon", lispelte der Bauer boshaft. „Du brauchst ihn, ich nicht. Und du —" ruckartig wandte er sein Gesicht wieder Christoph zu. „Du willst meine Tochter heiraten, ich weiß schon. Da wird dir aber der Schnabel sauber bleiben."

„Vater ..." bettelte Margret mit warmer Stimme.

„Ja, der bin ich noch immer. Komm her zu mir, Margret. Sag mir einmal ganz ehrlich, wen magst jetzt lieber, mich — oder den?"

„Ich hab euch alle zwei lieb, Vater. Aber die Liebe zu dir ist ganz anders. Und wenn auch du mich ein wenig gern hast, Vater, dann jag den Christoph nicht hinaus in die kalte, lieblose Welt. Laß ihn am Hof da."

Der Innerkofler tat so, als müsse er sich das noch schwer überlegen, obwohl er bereits nachgegeben hatte. „Na, meinetwegen dann — als Knecht. Und schlafen muß er drüben beim Zenno, nicht im Haus, habt ihr mich verstanden?"

Da faßte Christoph sich ein Herz und sagte: „Ich dank dir, Innerkofler. Um der Margret willen nehme ich alles freudig auf mich, Arbeit und Plage, Hunger und Durst ..."

„Bei mir hat noch keiner Hunger leiden müssen", fuhr der Bauer beleidigt auf.

„So war es auch nicht gemeint, Innerkofler. Ich verspreche dir, daß du es nie bereuen sollst, einmal gut zu mir gewesen zu sein."

„Sprüchmachen kannst wie ein Advokat", sagte der Innerkofler borstig. Aber es war ihm nicht so zumute, er wollte nur das letzte Wort haben.

Der Innerkofler brauchte es nicht zu bereuen. Christoph Stanz nahm um seiner großen Liebe willen alles auf sich, was auf ihn zukam. Langsam aber stetig erwarb er sich das Vertrauen des Bauern, der in diesen Tagen noch etwas Schweres zu überwinden hatte. Die Bürgermeisterwahlen standen vor der Tür, und er konnte nicht mehr dafür kandidieren. Nachdem die Selbständigkeitsbestrebungen der Ortschaft Brugg noch nicht recht weitergekommen waren, wählten also die beiden Ortschaften doch wieder gemeinsam und einigten sich auf den Sägmüller Adam.

Das war noch eine harte Nuß, die der Innerkofler zu knacken hatte. Er erregte sich mehr, als es sein kranker Zustand erlaubt hätte, und als er sich wieder einmal in Zorn hineinredete, sah Christoph plötzlich, wie er die rechte Hand zu einer Faust ballte. Dem Innerkofler war das selber gar nicht bewußt gewesen, aber Christoph schaltete sofort.

„Wie lange kannst du eigentlich die Hand schon wieder bewegen?"

„Ich weiß nicht." Der Innerkofler sah selber ganz erstaunt auf die Finger seiner rechten Hand, die ihm schon wieder nicht mehr gehorchen wollte. Christoph nahm die Hand und begann, sie zu massieren.

Von dieser Stunde an mußte er dies jeden Tag zweimal tun. Den Arm, die Hand, das Bein, die ganze rechte Körperseite begann er mit seinen Händen zu bearbeiten. Manchmal schrie der Innerkofler auf vor Schmerz: „Laß deine Wut woanders aus, aber nicht bei mir!"

„Ich hab keine Wut", sagte Christoph und knetete weiter, weil er erkannt hatte, daß sein Massieren Erfolg hatte. Die Lähmung wurde immer besser, und nach Wochen war es soweit, daß er die Suppe wieder selbst essen konnte. Es war, als stecke in Christophs Händen eine heilende Kraft. Der Innerkofler hütete sich aber, das auszusprechen, obwohl er erkannte, daß Christophs Behandlung nützlicher war als die Spritzen des Doktors. Zudem kostete diese Behandlung nichts.

Aber sie kamen sich doch recht nahe in dieser Zeit. Der Innerkofler merkte, wie Stück für Stück von der harten Rinde abfiel und sein Herz immer mehr dem Christoph zugetan wurde. Er sprach über alles mit ihm, fragte viel und gab ihm auch Ratschläge, wie er sich bei der Verhandlung verhalten solle, damit er sich nicht von vorneherein das ganze Dorf Rosenau zum Feind mache.

Auf die Verhandlung selber hatte Christoph freilich keinen Einfluß. Er belastete nur keinen, er wußte einfach nicht, wer ihn zusammengeschlagen hatte.

Wie ganz anders diese Verhandlung diesmal im Vergleich zu jener anderen war, in der er von Anfang an Gericht und Publikum gegen sich gehabt hatte. Diesmal stand zumindest die Ortschaft Brugg geschlossen hinter ihrem Hirten. Es gab auch in der Rosenau schon eine Menge Menschen, die von dem feigen Überfall abstanden, und vor allem das Gericht selber war Christoph wohlwollend gesinnt. Die Verhandlung führte wieder der gleiche Amtsrichter wie damals, Dr. Lacherhofer. Hatte er damals Christoph schon nicht zu hart angefaßt, heute behandelte er ihn wie ein väterlicher Freund und hätte ihn bei jeder Frage am liebsten um Entschuldigung gebeten, weil er sich einmal in ihm geirrt hatte.

Die „Verschwörer" duckten schuldbewußt die Köpfe, als Dr. Lacherhofer einmal in den Saal schrie, sie sollten dem Himmel danken, daß der Kronzeuge ein so hochanständiger Mensch sei und offensichtlich jeden schonen wolle, der ihm die blutigen Wunden geschlagen hat. Wie um dies noch besonders zu unterstreichen, ließ er den Chefarzt des Kreiskrankenhauses als Zeugen auftreten, der bekundete, daß mindestens drei der Verletzungen hätten tödlich sein können. Nur die robuste Natur des Geschlagenen habe diese Verletzungen ohne nachträgliche Folgen überwinden können.

Die Strafen wurden mit stummem Kopfnicken angenommen. Es war keine dabei über einem halben Jahr. Zudem waren sie alle auf Bewährung ausgesetzt.

Am schlimmsten kam der Hallmansberger Ferdinand weg. Nicht nur, daß er zeitlebens einen gelähmten Arm hatte, ihm hatte der Richter noch eine besondere Standpauke gehalten, die ihn vor Scham fast in den Boden versinken ließ.

Der Tag, dem alle mit solcher Spannung und Angst entgegengesehen hatten, war vorüber, und einige Wochen später war er vergessen. Christoph aber hatte an diesem Tag noch mehr Sympathien erworben, und er konnte nun hocherhobenen Hauptes durch das Dorf gehen.

Die Bürgermeisterwahl kam, und der Sägmüller Adam ging mit großer Mehrheit durch. Es war ihm zugetragen worden, daß in der Rosenau gerade Christoph am meisten für ihn agitiert hatte, und es war ihm ein Bedürfnis, ihm dafür zu danken. Der Weg zum Innerkoflerhof fiel ihm zwar nicht leicht, aber er ging ihn. Hier gab es dann allerdings zunächst eine recht peinliche Situation. Die Innerkoflerin wußte ja nicht, weshalb er kam und öffnete gleich wortlos die Tür zur Krankenstube.

„Geh nur hinein, Adamer", sagte sie ahnungslos.

Der Innerkofler drehte sich sogleich an die Wand und stellte sich taub. Erst als ihn der Sägmüller teilnehmend fragte: „Wie geht's dir denn, Thomas?" da fuhr er herum und schnaubte:

„So gut nicht wie dir."

„Sag das nicht. Es hat jeder sein Packl zu tragen. Eigentlich wollte ich nicht zu dir, aber weil ich jetzt schon da bin, könnten wir gleich reden miteinander."

„Was hätten denn wir zwei schon zu reden?"

„Wie du meinst, Thomas. Ich hätt dich halt gern um dies und jenes gefragt. Ich bin halt jetzt einmal Bürgermeister, und ich hab mir denkt, du könntest mir am Anfang ein bißl unter die Arm greifen. Und überhaupt — die Feindschaft zwischen uns müßt ja nicht sein. Du hast im Laufe der Jahre soviel Erfahrungen gesammelt und die Gemeinde so gut geführt, daß mir direkt angst wird, wenn ich hinter dir nacharbeiten muß."

Das tat wohl. Der Innerkofler hätte am liebsten behaglich gegrunzt. Aber er konnte sich eine letzte Stichelei nicht verkneifen.

„Laß dir halt von deiner Alten helfen. Die ist ja so gescheit, daß sie das Gras wachsen hört."

„Geh, Thomas."

„Na ja, ist schon gut." Der Innerkofler stieß die gesunde Linke unter dem Deckbett heraus. „Ich gratulier dir halt dann. So gut wie ich wirst es ja nie z'ammbringen, aber es ist immer noch besser, du bist es geworden als der Knogler. Und jetzt kann ich dir's ja sagen. Es freut mich schon, daß du reingeschaut hast zu mir. Mein Lieber, da kommst dir vor, wenn du schon bald ein halbes Jahr daliegst und kannst dich kaum rühren. Ist bloß gut, daß der Christoph da ist."

Das letzte war ihm ungewollt entschlüpft, aber er konnte es jetzt auch nicht mehr rückgängig machen. Es bestätigte dem Sägmüller auch bloß, was man allgemein schon wußte, daß der Christoph mit Energie und Umsicht den Hof regierte, obwohl der Innerkofler ihm nur die Rolle eines dienenden Knechtes zugestanden hatte.

Der Sägmüller kam dann auch wirklich sehr oft, auch dann noch, als es schon nichts mehr zu fragen gab wegen der bürgermeisterlichen Aufgaben. Einmal brachte er auch Frau Isabella mit. Das war an einem hellen Frühlingstag, als der Innerkofler schon wieder auf der Hausbank sitzen konnte. Er konnte den rechten Arm schon wieder halbwegs gebrauchen. Nur das Bein schleppte er noch etwas nach. Das Gesicht hatte sich wieder gestrafft, nur das Augenlid hing ihm noch ein bißchen herunter.

Der Kreis wurde dann immer weiter. Auch Blasius kam einmal mit und sagte Christoph ganz offen, daß er ihm die Margret ausspannen müßte, wenn sie nicht ausgerechnet ihm, dem Christoph, gehörte, so gut gefiele sie ihm.

„Bring Wein rauf", schaffte dann der Innerkofler an, wenn sie so gemütlich beisammensaßen. Und Christoph mußte dann seine Ziehharmonika holen. Frau Isabella sah ihn nur an, und er wußte, was sie wollte. Das kleine Lied, ihr kleines Lied:

„Der Schlaf sinkt nieder wie der Schnee,
bald bin ich zugeschneit ..."

Frau Isabella war es schließlich auch, die Christoph lange und eindringlich zuredete, daß er die sterblichen Überreste seiner Eltern nach der Rosenau überführen lasse.

Da tat Christoph etwas, was ihm das Herz des Innerkoflers endgültig aufschloß. Er fragte ihn, ob er nichts dagegen habe.

Einen Augenblick sah der Innerkofler ihn unsicher an. Dann nickte er nur und ging wortlos weg. Was ihn dabei bewegte, darüber sprach er zu niemandem. Als aber dann der Zinnsarg und die Gebeine der Benedikta Staketer und des Ingenieurs Stanz der geweihten Erde des Rosenauer Friedhofs übergeben wurden, machte der Innerkofler seinen ersten, weiteren Gang über den Hof hinaus bis zum Wald hinauf. Er ging an einem Stock, sehr langsam und den rechten Fuß nachziehend. Erst als die Glocken zu läuten anfingen, begann er schneller zu gehen. Es sah wie eine Flucht aus, aber der Klang der Kirchenglocken holte ihn ein wie ein Bote des Himmels, der auf ihn einsprach, daß er doch endlich seiner Seele den Frieden schenken und den letzten Rest von Haß begraben möge.

So kam der Sommer heran. Auf dem Rochusberg weideten wieder die Schafe unter einem fremden Hirten, denn Christoph war bereits der Rosenau verhaftet. Um diese Zeit sah der Innerkofler ein, daß er auf eine vollständige Gesundung nicht mehr rechnen durfte.

Meist saß er auf der Hausbank und schaute mit traurigem Blick hinaus auf die Felder und Wiesen, auf denen Christoph mit den Leuten werkte. Ging jemand vorüber, so blieben die Leute gern stehen, und der Innerkofler war dankbar für jeden kleinen Plausch. Nur einer senkte die Stirne immer tief, und meistens machte der Hallmansberger Ferdinand einen großen Bogen um den Innerkoflerhof, wenn es sich nicht vermeiden ließ, daß er ins Dorf mußte.

An einem Abend, Christoph fuhr gerade mit einem Fuder Heu in die Scheune, setzte sich auch die Innerkoflerin zu ihrem Mann auf die Bank vor dem Haus. Da faßte er ihre Hand und sagte:

„Mit mir wird es doch nichts Rechtes mehr, Mutter. Aber der dort —" er deutete mit dem Kinn zu Christoph hinüber, der den Traktor gerade in die Garage brachte — „der schuftet sich redlich vom Knecht zum Bauern empor. Was meinst du, Mutter?"

Die Innerkoflerin hatte Christoph längst in ihr mütterliches Herz geschlossen und antwortete sichtlich erleichtert, daß ein guter Knecht auch ein guter Bauer sein werde, besonders wenn einer mit solch selbstloser Hingabe dem Hofe diene, als ob es sein eigener sei.

„In Gottes Namen, dann soll er halt Innerkofler werden", gab der Bauer nach, und es schien ihm gar nicht mehr schwerzufallen.

Im Herbst, als in der Rosenau die Rosen schon zu verblühen begannen, hielten Margret Innerkofler und Christoph Stanz ihre Hochzeit.